英国当代作家作品分析

杨柳　著

北京工业大学出版社

图书在版编目（CIP）数据

英国当代作家作品分析 / 杨柳著. — 北京 : 北京工业大学出版社，2020.6（2021.8 重印）
ISBN 978-7-5639-7488-7

Ⅰ. ①英… Ⅱ. ①杨… Ⅲ. ①英国文学－现代文学－文学评论 Ⅳ. ① I561.065

中国版本图书馆 CIP 数据核字（2020）第 118177 号

英国当代作家作品分析

YINGGUO DANGDAI ZUOJIA ZUOPIN FENXI

著　　者：杨　柳
责任编辑：邓梅菡
封面设计：点墨轩阁
出版发行：北京工业大学出版社
（北京市朝阳区平乐园 100 号　邮编：100124）
010-67391722（传真）　bgdcbs@sina.com
经销单位：全国各地新华书店
承印单位：三河市明华印务有限公司
开　　本：710 毫米 ×1000 毫米　1/16
印　　张：11.75
字　　数：235 千字
版　　次：2020 年 6 月第 1 版
印　　次：2021 年 8 月第 2 次印刷
标准书号：ISBN 978-7-5639-7488-7
定　　价：48.00 元

前言

在第二次世界大战结束后，世界进入新型的权力格局，英国逐渐失去了往日的帝国辉煌。英国的衰落波及其文化领域，它失去了乔伊斯、沃尔夫这样具有国际影响力的作家，失去了它昔日的大气与光辉。然而，这一时期的英国文学仍处于飞速发展中。在20世纪80年代，英国文坛涌现出了一大批创作力强而又才华横溢的年轻作家。其中，来自英联邦国家的作家以及移民作家的出现在复苏英国文学的潮流中起到了至关重要的作用。

英国小说艺术首先反映一种崇高的人文精神，小说既是社会生活的缩影，也是作家反映人的话语权利、社会角色和主体意识的重要场所。基于此，本书以“英国当代作家作品分析”为选题，在对英国小说历史与背景研究的基础上，分析了英国当代作家及其作品。本书分为五个章节，第一章以英国小说的历史追溯与文化背景为切入点，对英国早期小说的艺术特征进行解读，明确当代英国小说的概括及研究要点，有针对性地对20世纪末重要作家的艺术风格进行论述。第二章和第三章针对英国当代的早期、中期著名作家的小说创作进行剖析，对具有代表性的早期小说——“钟摆运动”小说创作、重奏小说、寓言与反乌托邦小说、哲理讽喻小说和具有代表性的中期小说——全民文化与“伟大传统”作品、超小说艺术研究、多视角女性小说、学院派学界小说进行了解析。第四章有针对性地对马丁·艾米斯的创作及“三部曲”系列作品进行了分析。第五章对20世纪90年代以后其他小说——多元化观念小说、解构小说、梦幻社会小说及跨文化国际化小说进行探究。

作者在撰写本书的过程中，得到了许多专家和同人的指导和帮助，在此表示诚挚的谢意。由于作者水平有限，加之时间仓促，书中难免存在不足之处，敬请各位专家和读者批评指正，以便在日后修改完善。

南京工程学院外国语学院　杨 柳

目 录

第一章　英国当代小说研究导论

英国小说艺术，像其他艺术一样，不可避免地经历了一个从原始到成熟的发展过程。事实上，它的每个发展阶段都同英国当时的社会、历史、政治、文化和经济息息相关。本章以英国小说的历史追溯与文化背景为切入点，对英国早期小说的艺术特征进行解读，明确当代英国小说的概括及研究要点，有针对性地对 20 世纪末的著名作家的艺术风格进行论述。

第一节　英国小说的历史追溯与文化背景

小说的精彩之处在于它能叙述一个动人的故事。但是，小说的发展历程本身也是一个引人入胜的故事。有关英国小说的故事还是应该从它的历史与背景谈起。由于小说艺术的形成与发展不仅有其自身的客观规律，而且也是社会进化的必然结果。

英国的历史源远流长。据史料记载，最早居住在不列颠群岛上的是凯尔特人（the Celts）。他们长期生活在氏族制度下，辛勤耕作，繁衍生息。公元前 55 年，罗马人在恺撒的率领下不断侵犯这块美丽而富饶的土地。公元 43 年，罗马皇帝克劳狄一世征服了不列颠，从此，它成了罗马帝国的一个管辖区。罗马人便开始在那里建房、筑路、造桥和修建军事要塞，并且对当地的凯尔特人进行了极为残酷的剥削和压迫，使他们沦为奴隶和工具。罗马人对不列颠的残酷统治一直延续了大约五百年。

14 世纪，英国社会更加矛盾重重、危机四伏。1337 年，英国与法国之间爆发了“百年战争”，这不仅迫使无数百姓充当炮灰，而且还使广大英国人民备受苛捐杂税之苦。1349 年，英国爆发“黑死病”，全国大约三分之一的人死于这场可怕的瘟疫，从而造成劳动力的匮乏。为了迫使劳动者在不增加工资收入的情况下为雇主干活，英国国会于 1351 年通过了《劳动者法令》，明确规定那些不愿按原工资待遇工作的人将受到法律制裁。由于“黑死病”肆虐，民不聊生，各地农民纷纷揭竿而起，在英国东部的埃塞克斯出现了大规模的农民起义。在肯特郡，由瓦特·泰勒领导的数万农民一度占领了伦敦。但由于理查二世诡计多端，用欺骗的手段解除了起义军的武装，并杀害了多名起义军领袖，从而使英国的阶级矛盾更加尖锐，社会局势进一步恶化。

15 世纪，英国社会正处于从中世纪转向文艺复兴时期的过渡阶段，封建制度开始解体，而资本主义经济的发展势头逐渐显现。当英法“百年战争”进入最为残酷的阶段时，法国人民在圣女贞德的领导下奋起反抗，击溃了英国军队的进攻，并且收复了被占的土地。然而，“百年战争”刚刚结束，英国统治集团内部便开始争权夺利，从而导致了一场充满血腥的长达三十年的内战，即所谓的“红白玫瑰战争”（The War of the Roses）。与此同时，人民群众对封建制度和残酷内战表现出强烈的不满情绪，各地群众纷纷举行暴动。1485 年，亨利七世即位，英国的混乱局面和血腥历史才算告一段落。从此，英国的文化事业出现了较为繁荣的景象。英国著名印刷家威廉·卡克斯顿将印刷术传入国内。这不但为英国结束多种语言并存的局面和统一书面语言形式奠定了重要的基础，而且也极大地推进了文学事业的发展。

16 世纪，英国社会发生了深刻的变化。亨利八世继位后进一步巩固了王室的地位。他拒绝服从罗马教皇，在国内搞宗教改革，建立新的教会，自封为国教首领，推行政教合一体制。然而，亨利八世的宗教改革遭到了保守势力的强烈反对。1553 年，玛丽女王即位。她不但竭力恢复旧教体制，而且还残酷迫害异教徒。不久，伊丽莎白女王即位，她采取了与玛丽女王截然相反的政策，重新扶植新教，打击旧教。显然，当时英国宗教领域的改革已经完全超出了宗教的范畴，成了英国各派政治力量之间斗争与较量的手段。16 世纪下半叶，英国发生了两件大事。一个重大事件是农村大规模的“圈地运动”。由于羊毛工业的迅速发展，圈地牧羊变得极其重要。于是，成千上万的农民被迫离开他们赖以生存的土地，造成了所谓“羊吃人”的现象。在此期间，另一个重大事件便是英国与西班牙之间的战争。西班牙军队凭借所谓的“无敌舰队”侵犯英国，企图推翻伊丽莎白王朝。英国军民奋起抵抗，最终击败了西班牙侵略军。当时，英国上下爱国情绪高涨，伊丽莎白王朝的政权因此而得到了巩固。

促使英国小说形成的原因是错综复杂的。然而，伊丽莎白时期英国社会的急剧演变无疑为小说的问世提供了极为适宜的气候。其中对小说影响较大的也许是以下几种变化。

第一，人们开始追求知识，并对科学产生浓厚的兴趣。这种崇尚科学和热爱知识的精神在当时已经成为社会时尚。

第二，英国社会的阶级分化日益明显，“阶级”的观念逐渐取代“等级”或“地位”的观念。同时，以商人和手工业者为代表的资产阶级队伍不断扩大。

第三，具有礼貌、教养和文化素养的“绅士”日益增多。

第四，16 世纪英国的宗教改革对社会意识形态的变化产生了重要的影响。同样，“与罗马宗教权威决裂和建立一个可行的教会的漫长过程对文学也产生了一定的影响”。

第五，英语进化的速度以及英语词汇量的增长日益加快。据史料记载，16 世纪初每年新增词汇大约 50 个，而到了 16 世纪末，每年新增的词汇已超过 350 个。

第六，对英语书面语改革的需求越发明显。人们对矫揉造作的语言风格逐渐感到厌倦，并开始推崇通俗易懂的散文语体。

综上所述，以上的变化对英国小说的形成产生了直接或间接的影响。从某种意义上来说，英国小说的问世不是偶发现象，而是具有历史意义的必然走向。

英国小说便是在这样的社会与历史背景下诞生的。从知识和物质发展速度而言，伊丽莎白时代在英国历史上是罕见的。这无疑为文学的发展提供了极为适宜的气候与土壤。此外，欧洲声势浩大的文艺复兴运动席卷英国，这也是文学创作步入空前繁荣阶段的一个重要原因。文艺复兴是一场国际性的新文化运动。它反对包括神权和禁欲主义在内的旧的体制和观念，崇尚科学精神，主张个性解放，并坚持以人为本的人文主义世界观。在文艺复兴时期，古希腊、古罗马的文化遗产得到了前所未有的尊重和传播，英国文坛人才济济、名作极多。与此同时，一部分才华横溢的文人学者正在悄悄地对散文叙事作品的创作进行最初的尝试。他们认真探索、大胆实践，初步掌握了长篇散文叙事作品的创作方法，并逐渐获得了驾驭这种新型文学样式的能力。

第二节　英国早期小说的艺术特征解读

历史证明，英国小说的问世比理查逊和笛福的小说至少提前了一个半世纪。正如一位批评家指出：“坚持认为 18 世纪的小说是新的形式完全是不准确的，因为小说本身是一本古老的家谱。”

16 世纪末，随着文艺复兴运动的深入发展，诗歌一统天下的局面不复存在。伊丽莎白时代的贵族和平民似乎都对故事产生了浓厚的兴趣。莎士比亚等作家为大众舞台创作了一系列具有精彩的故事情节的剧本。这不仅繁荣了英国的戏剧文学，而且有力地推进了散文文学的发展。此刻，新兴的资产阶级文化日益兴旺，英国文坛涌现了一批才华横溢且热衷于创作散文故事的作家。这便意味着小说问世的时机已经成熟。这些英国小说的先驱者们认真探索、大胆实践，成功地翻开了英国小说史这一新篇章。从此，英国的散文文学终于走出了漫长的黑暗与混沌的时代，摆脱了艺术上的枷锁，迎来了自己的春天。英国早期的小说（即理查逊和笛福时代之前的小说）大致可分为三大类：文艺复兴时期描写骑士贵族的传奇经历的罗曼史（romance）、伊丽莎白时期的“大学才子”所创作的现实主义小说以及班扬的寓言小说（allegorical novel）。尽管这三类作品在艺术上还不够成熟，但它们不仅确立了小说在英国文坛的应有地位，而且也开创了英国文学历史的新纪元。

一、罗曼史的解读

众多西方评论家认为，英国小说的形成不是一个突然或偶发的事件，而是一个缓慢的进化过程。除了社会、历史、经济和文化诸多因素之外，小说本身具有一个使其进化的文本模式（the evolutionary model），“凭借这个文本模式，小说才能从以往的叙事形式中有机地发展”。文艺复兴时期较为流行的罗曼史无疑为现代小说提供了一种使其“进化的文本模式”。作为小说的初级形式，罗曼史不仅使早期的散文作家获得了施展艺术才华和发挥想象力的机会，而且有效地反映了英国封建时期的民族意识和精神风貌，英国的罗曼史也许可以追溯到“诺曼征服”时期。当时，从法国传入的不少描写封建骑士的传奇故事和冒险经历的罗曼史对英国的叙事文学产生了重要的影响。马洛礼的《亚瑟王之死》无疑是 15 世纪英国罗曼史的杰出范例。作为一种散文叙事作品，罗曼史虽体现了小说的基本特征，但它与传统小说之间具有明显的区别。具体如下：

第一，罗曼史往往描写很久以前而又理想化的经历；而小说则反映更为近代且不那么具有传奇色彩的社会。

第二，罗曼史所涉及的地点大都不是作者的祖国而是遥远的异国他乡；而小说所反映的事件大都发生在作者的祖国，因而是一种民族文学形式。

第三，罗曼史大都描写骑士与贵族的生活，而小说则更倾向于反映中产阶级和凡夫俗子的生活。

第四，罗曼史的故事情节往往比较松散且带有插曲；而小说的情节大都较为紧凑与连贯。

第五，罗曼史往往以神话史诗为艺术模型；而小说则大都从历史与社会中摄取素材。

第六，罗曼史赞美人的美德与贞洁；而小说则倾向于揭露邪恶与危险的行为。

第七，罗曼史几乎都以第三人称叙述；而小说的叙述形式则更加灵活多样。

第八，罗曼史往往告诉读者书中的故事是虚构的；而小说大都否认作品的虚构性。

上述是罗曼史与传统小说之间的基本区别，但不能成为区别这两种小说文本的唯一标准。事实上，在有的作品中存在着两种艺术形式兼而有之和彼此交融的现象。然而，弄清罗曼史与传统小说之间的基本区别不仅有助于我们深入研究它们的艺术特征，而且也有助于进一步了解英国小说艺术的历史概貌。

18 世纪英国大文豪塞缪尔·约翰逊曾对罗曼史做过精辟的评论："在过去创作的罗曼史中，每一种行为与情感对人们来说都显得如此遥远，人们几乎不可能将它们与自己联系起来。同样，书中的美德与罪恶也超出了其行动范围。"在约翰逊看来，由于罗曼史描写的是贵族和骑士，其故事大多发生在神秘的城堡或异国他乡，因此这种老式的小说对读者既无害处也无用处。但他告诫人们："我们不信的东西就千万别去模仿。"由此可见，罗曼史自 18 世纪起，不再受人欢迎，它在文学中的地位与作用被勃然兴起的小说所取代。然而，当今天重新回顾英国的罗曼史时，它的许多艺术特征依然令人回味。

（一）罗曼史代表作《F. J. 少爷历险记》

文艺复兴时期，英国的罗曼史得到了长足的发展，并拥有大量读者。其中最杰出的作品有乔治·加斯瓦纳的《F. J. 少爷历险记》、罗伯特·格林的《潘朵斯托》和菲利普·锡德尼的《阿卡狄亚》。这些作品全都发表于文艺复兴运动的高潮时期，因而真实地反映出当时小说家的创作倾向和英国罗曼史的艺术特征。

剑桥学子乔治·加斯瓦纳的代表作——《F. J. 少爷历险记》，也是文艺复兴时期最优秀的罗曼史之一。作品描写了一位名叫 F. J. 的贵族子弟与已婚的贵族夫人埃琳娜之间的恋爱故事。尽管这部罗曼史的题材并无多少新颖之处，其描述的也只是一般罗曼史中常见的宫廷贵族的浪漫爱情故事，但"它是 16 世纪最优秀的叙事作品。不仅如此，它体现了当时许多艺术特征和叙述形式，从而可以成为最初的伊丽莎白时期小说的杰出范例"。在现代评论家看来，作者的叙事笔法确有独到之处。在作品开头，作者通过一个名叫 H. W. 与另一个名叫 G. T. 的两个朋友之间的通信来揭示作品的主题，并以此来确立 G. T. 所担任的叙述者的角色。这不仅表明作者加斯瓦纳本人有意退出作品，而且也使读者面临了一个较为隐蔽的叙述者。事实上，G. T. 与其说是叙述者，倒不如说是 F. J. 少爷所写的情书与诗歌的收集人和责任编辑。此外，作品中的三个人物，即少爷、他的爱人埃琳娜以及埃琳娜的妹妹弗朗西斯，也不同程度地充当了叙述者的角色。随着故事情节的展开，F. J. 与埃琳娜之间的关系日趋明朗，两人的身份也随之变成了 HE 和 SHE。于是，人物的姓名完全被性别所取代。由于 HE 和 SHE 之间鸿雁频传，互倾衷肠，因此他俩不知不觉地充当了作品的叙述者。同样，埃琳娜的妹妹弗朗西斯也与 F. J. 少爷之间关系过于亲密，彼此以 Trust 和 Hope 相称。显然，他俩之间的许多对话不仅揭示了人物的性格、关系，而且也使他们充当了叙述者的角色。“在《F. J. 少爷历险记》中区别于罗曼史的是作者超然自得的创作技巧。文章让人目睹了 F. J. 不太走运的旅程，看他从自负变为困惑，继而又成为一个清醒的失败者。”

尽管《F. J. 少爷历险记》在叙述形式上别具一格，并体现了作者的艺术匠心，但它清楚地表现出刚从长篇诗歌脱胎而来的早期小说的艺术特征，即带有明显的诗歌痕迹。“与同时期的其他作品一样，《F. J. 少爷历险记》反映了一种与故事大王乔叟竞争的意识。”在这部罗曼史的开头，叙述者 G. T. 对他一位经商的朋友 H. W. 抱怨说：“在那么多才子中间竟然没有一个敢于走那位杰出而又有名望的杰弗里 · 乔叟爵士所走过的道路。”显然，叙述者的这种“抱怨”本身就体现了乔叟作品中常见的离题现象。随后，他又向读者抱歉自己“有些离题了”。毫无疑问，这种由叙述者发出的“抱怨”或“抱歉”而引起的离题现象不仅反映了长篇史诗和叙事诗对早期小说的影响，而且还成为当时罗曼史的一个普遍特征。然而，最明显的诗歌痕迹莫过于主人公所写的一系列矫揉造作的抒情诗。在这部篇幅仅为八十余页的作品中，作者掺入了近二十首长短不一的抒情诗，借此反映主人公的恋爱过程。读者发现，诗歌不仅在这部作品中占有很大的篇幅，而且也已成为重要的叙事手段。

引人注目的是，作者在《F. J. 少爷历险记》中大胆地发挥了字母的艺术功能。他别出心裁地运用 F. J. 、G. W. 等字母符号来取代人物的真实姓名，并用 HE 和 SHE 来代表男女主人公的身份。这不仅给人一种耳目一新的感觉，而且还让人联想起 20 世纪下半叶的后现代主义小说中那些令人费解的字母、符号和代码。就此而言，最时髦的后现代主义小说和早期的罗曼史之间似乎存在着某种一脉相传的艺术细胞。难怪一位研究英国罗曼史的评论家惊讶地说，16 世纪的小说“在修辞的复杂性和运用文本的自觉性方面有时显示出的‘后现代倾向’简直令人感到震惊”。不言而喻，《F. J. 少爷历险记》在艺术上既反映了由古代长篇叙事诗孕育变化而留下的某些痕迹，又充分体现了早期罗曼史作家的艺术匠心。

（二）罗曼史代表作《潘朵斯托》

在16世纪的罗曼史中，罗伯特·格林的《潘朵斯托》是一部较为重要的作品，它为莎士比亚后来创作《冬天的故事》提供了不可多得的素材。这部罗曼史表现了波希米亚国王潘朵斯托的狭隘胸怀和嫉妒心理，同时也描写了国王的儿子道拉斯托斯与国王的女儿（从小由牧羊人抚养的）弗尼娅之间的浪漫爱情。该作品不仅详尽地叙述了潘朵斯托国王如何百般阻挠男孩与女孩相爱以及他又如何在了解真相之前对自己的女儿一见钟情的过程，而且还表现了潘朵斯托国王在知道弗尼娅是自己的亲生女儿之后令人可怕的嫉妒心理与报复行为。显然，《潘朵斯托》的故事同其他罗曼史的共同点是，它们都是虚构的故事，是离奇的，甚至是荒诞的。然而，“《潘朵斯托》从某种意义上来说是一部比《冬天的故事》更不寻常的罗曼史”，因为作者有意打破了一般罗曼史都应是喜剧作品的常规，并故意为作品设计了一个酸溜溜的悲剧性的结局。这无疑“使熟悉罗曼史传统的读者感到无比震惊”。显然，格林在这部作品中试图为罗曼史探索一条新的发展途径。

在语言形式和叙述笔法上，《潘朵斯托》与《F. J. 少爷历险记》之间具有明显的区别。在格林的作品中，诗歌的痕迹已经基本消失，取而代之的是一种与作品主题十分吻合的凝重深沉的散文语体。而这种语体明显地体现了中世纪学者用以记载历史或撰写法律条文的语言风格。例如，在作品一开头作者便像写学术论文似的滔滔不绝地评论起“嫉妒”的危害性：

> 在使人类头脑感到困惑的所有情感中，没有哪一种情感像令人痛苦的传染病似的嫉妒心理那样令人感到无比厌恶，因为其他所有痛苦能通过理智的规劝而解除，或通过有益的忠告而治愈，或因需求而得到释放，或通过时间的流逝而逐渐消退，但是唯独嫉妒恰恰例外……

显然，这种凝重而又充满学究气的散文语体不仅反映了文艺复兴时期英国学者追求典雅的文风，而且也体现了早期罗曼史的普遍艺术特征。此外，《潘朵斯托》的叙述笔法也十分引人注目。尽管这部作品采用第三人称叙述，但叙述者不断介入作品。例如，“让潘朵斯托去悲伤吧，现在让我们来叙述那个小孩的悲惨遭遇……”现在人们回过头来再阅读，会发现文中的叙述笔法无疑显得稚嫩，但它是四百多年前的英国小说留下的艺术烙印，对现在深入研究小说的发展轨迹具有一定的参考价值。

（三）罗曼史代表作《阿卡狄亚》

在文艺复兴时期，最著名而又最出色的罗曼史也许是菲力普·锡德尼的《阿卡狄亚》。这位被认为“是当时投身于散文小说创作的最杰出的作家”所创作的《阿卡狄亚》是一部“田园罗曼史”（pastoral romance），因为它所叙述的传奇故事发生在一个理想化的山清水秀、风景迷人的阿卡狄亚王国。尽管作者本人并不看重这部作品，并称其为“随意写成的微不足道的东西”，但它成为“18 世纪之前发表的最重要、最富于独创精神的英国散文小说”。该作品共分为三卷，出版后在英国盛极一时，不到十年便重印了十次。应当指出，锡德尼的这部罗曼史在一定程度上受到欧洲传奇文学的影响，意大利人文主义作家桑那扎罗的同名小说为锡德尼提供了重要的创作样板。

同许多罗曼史一样，《阿卡狄亚》的故事情节具有浓郁的传奇色彩。作品生动地描述了皮洛克利斯和缪西多勒斯两位王子的冒险经历以及他俩与阿卡狄亚国王巴西利斯的两个女儿菲洛克利娅和帕梅拉之间的浪漫爱情。故事紧张曲折、充满悬念，而且人物关系错综复杂，其中既有偶然的巧合，又有神谕的显灵；既有悲剧，又有喜剧。锡德尼在作品中生动地描绘了一个犹如世外桃源般的王国中的宫廷秩事和年轻人的冒险经历与爱情生活，这无疑使《阿卡狄亚》具有罗曼史最显著的艺术特征。有评论家指出：“锡德尼并不试图表现日常生活，他体现了诗人的观念。”事实上，锡德尼以一位伟大的诗人所具有的想象力和语言能力，创造了一种罗曼史中前所未有的艺术风格，即“阿卡狄亚风格”（the Arcadian style）。

锡德尼作为一名卓越的诗人，在创作《阿卡狄亚》时大量地运用古典诗歌的语言艺术，从而使这部罗曼史产生了一种独特的艺术效果。“在《阿卡狄亚》中，锡德尼遵循了两种文体规则：一是为了艺术效果使同样的词语在句中形成对语或富有节奏感的叠言，二是经常将生命和感情赋予那些没有生命的物体。”从某种意义上讲，锡德尼别出心裁地采用了具有明显诗歌特征的散文语体来讴歌崇高的骑士精神和理想的爱情关系。在他的罗曼史中，对语（antithesis）、比喻（figures of speech）、头韵（alliteration）和拟人（personification）等手法屡见不鲜，甚至令人目不暇接。

他的作品通常包含多种诗歌语言艺术。有学者对《阿卡狄亚》一段近千词的语篇中的修辞手法做了一番统计，具体结果见表 1-1。

表 1-1　《阿卡狄亚》修辞手法统计表

修辞手法	平均每 100 词中出现的次数	修辞手法	平均每 100 词中出现的次数
头韵	3.1 次	比喻	0.1 次
对语	1.2 次	拟人	1.5 次
反问句	2.7 次	尾韵	1.3 次
叠言	3.6 次	引用古典	0.2 次

长期以来，西方学者对锡德尼的小说语言贬褒不一，有的称其矫揉造作、华而不实，有的则认为它典雅优美、高贵华丽。有许多评论家对锡德尼的“阿卡狄亚风格”赞不绝口，并认为“这是锡德尼对文学的最大贡献”。在他们看来，“阿卡狄亚风格”是这部罗曼史获得成功的重要原因。作者创造性地将诗歌语言运用于散文小说，使具有传奇色彩的故事同优雅的田园诗和悲壮的挽歌交织一体，取得了良好的艺术效果。“毫无疑问，锡德尼的主要艺术特征是美。他在自然、文学、男人和女人身上以及整个生活中都看到了这种美……《阿卡狄亚》充满了这种美。”

（四）罗曼史的特征

罗曼史既是诗歌时代向文学样式多元化时代过渡的产物，又充分体现了小说初级阶段的艺术特征。罗曼史自 15 世纪中叶开始在英国流行，直到 19 世纪初才退出文坛，其由盛转衰的历史长达三百余年。从某种意义上来说，马洛礼的《亚瑟王之死》的问世已经成为英国罗曼史起步的重要标志。这一文学体裁经过历代作家的努力实践得到了长足的发展。即便在 18 世纪现实主义小说全面崛起的时候，罗曼史在英国依然拥有许多读者，并且在艺术上日趋成熟。这种文学样式到了沃尔特·司各特手中已达到了相当完美的程度。英国的罗曼史题材广泛、内容丰富，如神话故事、宗教寓言、英雄传奇、宫廷逸事以及各种冒险经历等。这些题材不仅反映了当时作家的审美意识和创作观念，而且也对作品的艺术风格产生了直接的影响。

在对英国早期的罗曼史做了一番研究之后，我们不难发现其四个显著的特征。

第一，罗曼史追求表现骑士精神和浪漫爱情，并致力于两者之间的完美结合。

第二，罗曼史在叙述形式上显得比较自由，充分反映了正在探索散文叙事文学创作方法的作家个人的审美观和艺术观。

第三，罗曼史在语言风格上明显地体现出诗歌的痕迹，古典诗歌中常用的修辞手段堂而皇之地走进了以散文为基础的罗曼史。

第四，罗曼史的视角大都显得比较成熟、敏感、富有哲理和文化修养，因而较为迎合上流社会人士和知识分子的阅读趣味。

此外，在英国早期的罗曼史中，现实主义的成分已端倪可察。尽管英国的罗曼史已不再流行，且很多作品今天已鲜为人知，但它们不仅发挥过一定的社会作用，而且也对英国小说艺术的形成与发展产生了重要的影响。

二、文艺复兴时期的现实主义小说

文艺复兴时期，很多散文作家还在热衷于撰写具有传奇色彩的罗曼史或详细记录真实的历史事件时，英国文坛涌现了一批以描写现实生活为主的小说家。英国早期现实主义小说的形成不仅受惠于文艺复兴时期人文主义思想的传播与流行，而且也反映了一部分作家从一味表现子虚乌有的神秘王国到着重描写周围现实世界的重要转变。显然，这是一个从“浪漫的理想主义”（romantic idealism）转向“幼稚的经验主义”（naive empiricism）的变化过程。不言而喻，英国早期作家的这种“认识转变”是促进小说文本进化的关键所在。随着骑士精神的消失和封建制度的解体，文艺复兴时期新兴的英国社会和急剧变化的生活方式既不能靠袖珍型的诗歌来描绘，也不能靠令人难以置信的罗曼史来表现，而只能靠贴近现实生活的散文小说来反映。从某种意义上来说，文艺复兴时期的人文主义精神和急剧变化的社会生活对正处在襁褓之中的英国小说产生了一定的催化作用。文学必然要对新的社会现实做出恰当的反映。因此，英国早期现实主义小说的问世不仅是社会演变的必然产物，而且也完全符合文学朝现代化和多元化方向发展的客观规律。

英国早期的现实主义小说摒弃了罗曼史中纯属想象或虚构且令人难以置信的题材，自觉地将创作焦点转向人们既熟悉又感受得到的现实生活。尽管它与18世纪以后的现实主义小说在现实性、事实密度（factual density）以及艺术手法等方面均不可相提并论，但它不仅代表了一种新的文学方向，而且向读者展示了一个与他们密切相关的现实世界。由于英国早期的现实主义小说刚从诗歌脱胎而成并依然处在诗歌十分流行的时代，因此像罗曼史一样，它难免带有古典诗歌的艺术痕迹。例如，黎里的《尤弗伊斯：对才智的剖析》和《尤弗伊斯和他的英国》两部小说在艺术风格上都体现了诗歌化的倾向。此外，英国早期的小说所包含的现实主义成分也不尽相同。有的作品仅仅体现了现实主义的倾向，而有的作品则包含了大量的现实主义描写镜头，展示了当时英国较为广阔的社会图景。

（一）黎里的小说特点解读

约翰·黎里是英国最早的小说家之一。这位“大学才子”中的佼佼者以一个伟大人文主义者的雄才胆略和对文学实验锲而不舍的精神，成功地创作了两部令人耳目一新的现实主义小说《尤弗伊斯：对才智的剖析》和《尤弗伊斯和他的英国》。尽管黎里也是一位出色的诗人，但他明显感觉到，诗歌在迅速变化的社会生活和日趋复杂的人际关系面前已经难有作为，因而文学的改革与创新不但迫在眉睫，而且已经时机成熟。与马洛礼早先的《亚瑟王之死》相比，黎里的小说不仅在谋篇布局上更加成熟，而且在语言形式上更具美感。而与同时代的锡德尼的罗曼史《阿卡狄亚》相比，黎里的小说则更加贴近现实，并更多地涉及人们所关注的社会问题。不仅如此，黎里在小说中成功地发展了一种文辞典雅华丽、充满警句格言的“尤弗伊斯散文体”（Euphistic prose）。

《尤弗伊斯：对才智的剖析》是以欧洲现实社会为背景，旨在描绘理想的绅士风范与行为的教育小说。主人公尤弗伊斯是一位出身名门，受过教育，但涉世未深，举止轻浮，看起来英俊潇洒的雅典人。他来到意大利的那不勒斯，经常出入各种社交场所，并受到种种邪恶的诱惑。他不时向其好友菲罗特斯的爱人露西拉眉目传情，并经常为此与菲罗特斯发生口角。然而，露西拉最终无情地抛弃了尤弗伊斯而投向另一个与她并不相配的求婚者的怀抱。在冷酷的现实面前，相继失恋的尤弗伊斯与菲罗特斯同病相怜，终于言归于好。小说以尤弗伊斯失望地离开那不勒斯返回雅典而告终。

“黎里的《尤弗伊斯：对才智的剖析》显然与骑士时代和古希腊的前辈们没多大关系。事实上，除了其富于浪漫主义色彩的口吻和文体之外，它的内容和意图充满了现实主义色彩……可以将其视为我们的第一部社会风俗小说（a novel of manners）。”

《尤弗伊斯：对才智的剖析》在主题、人物和背景的描写方面均体现了较为浓郁的现实主义色彩。作者重点描写同时代的年轻人的生活经历，生动地反映了尤弗伊斯、菲罗特斯和露西拉之间的复杂关系。该作品以两个年轻绅士与一个女人之间时髦的畸形恋爱为主线来揭示英国当时的社会风貌和生活气息。小说中的雅典人尤弗伊斯暗指当时的牛津学者，而意大利港市那不勒斯则影射伦敦。罗曼史中司空见惯的国王、骑士、王子和公主的形象在这部小说中已不复存在，而那种纯属想象和虚构的并带有神话和传奇色彩的内容也荡然无存。读者看到的都是他们熟悉的生活和人物。这便是这部小说的现实主义所在。不仅如此，作者还对那不勒斯的社会现状做了极为真实的描述：“那不勒斯是个与其说讲究利润倒不如说讲究欢乐，与其说讲究虔诚倒不如说讲究利润的地方。那不勒斯的老百姓不仅怀疑别人的行为和态度，而且还非常妒忌别人的孩子和姑娘。”诸如此类的描写在小说中比比皆是、不胜枚举。事实上，黎里的写实手法在他的续集《尤弗伊斯和他的英国》中得到了进一步的展示。主人公尤弗伊斯与好友菲罗特斯在英国的所见所闻更富有时代气息。他们在坎坷的人生道路上变得更加成熟，并进一步树立了追求知识和事业的信心。显然，黎里的创作方式为英国的现实主义小说开了先河。

黎里的作品在谋篇布局和叙述形式上也为日后的现实主义小说提供了重要的范例。作者将同一人物尤弗伊斯作为两部小说的主人公，并使其好友菲罗特斯担当配角，以此来揭示人物间的矛盾与冲突，反映他们的成长过程，这在以往的散文文学中是罕见的。尽管有人将黎里的这两部作品视作一部小说的上下卷，但更多的人则认为它们是两本分散独立的小说。让同名同姓的人物在不同的小说中出现也许是黎里对英国小说的一大贡献。这种方式使作者获得了更大的艺术空间，可以分开描写同一个人物在不同的时空中的人生经历。这样既可以避免小说篇幅过长或情节过于复杂的现象，又能调动人们阅读的欲望。事实上，这种艺术安排在乔伊斯和劳伦斯的现代主义小说中也是显而易见的（如乔伊斯笔下的斯蒂芬和劳伦斯笔下的厄秀拉）。在叙述形式上，黎里的作品也显示了早期现实主义小说的艺术特征。尽管他的小说以第三人称叙述，但作者本人的影子不时在作品中闪现，例如，“我的年轻人决定在此居住”“绅士们，你们也许看到了才智的作用有时是多么卑劣”，等等。显然，这种叙述方式在现代小说中已经销声匿迹。它无疑反映了尚在雏形期的小说在叙事艺术上的原始特征。黎里在讲述故事的同时有意插入了人物间大量的对话和书信，甚至还将学术论文之类的内容掺入小说，从而使故事情节进展缓慢，而人物的性格及彼此之间的关系则得到了较为充分的展示。更为引人注目的是，黎里在小说中还不时采用内心独白来反映人物的心理现实。

黎里这两部小说的另一个显著的艺术特征便是他创造的雕琢华丽的“尤弗伊斯散文体”。这种散文风格讲究修辞方式，注重韵律和节奏的效果以及强调比喻和形象的艺术作用，因而具有明显的诗化倾向。他似乎比锡德尼更喜欢采用头韵法，例如，在“Naples, a place of more pleasure than profit, and yet of more profit than piety”一语中，place、pleasure、profit 和 piety 通过押头韵的方式产生了一定的节奏感。又如，在“hot liver of a heedless lover”一语中，头韵的表意功能在 hot 与 heedless 两个形容词上得到了充分的展示，而 liver 与 lover 则既押头韵，又押尾韵，造成特殊的音韵效果。不仅如此，作者有时还采用极为复杂的叠床架屋式的韵法。例如，在“Although I have shrined thee in my heart for a trusted friend, I will shun thee hereafter as a trothless foe”一句中，shrined 与 shun，heart 与 hereafter，以及 friend 与 foe 等词为首辅音交错重叠，形成匀称与和谐的韵律对位，从而获得了特殊的效果——近似于立体声。此外，比喻和形象的叠用也是“尤弗伊斯散文体”的更显著的特征。例如，菲罗特斯在给尤弗伊斯的信中写道：“难道你不知道一个好朋友应该像一只在黑暗中发光的萤火虫？或者像在火中能散发最诱人的香味的乳香？或者至少像一朵在蒸汽浴室中比在枝条上更香的大马士革蔷薇？或者……”作者采用了一系列极为具体的形象来比喻“好朋友”，使得语言生动活泼的同时，令人耳目一新。有学者对《尤弗伊斯和他的英国》中一段近千词的语篇中的修辞手法做了统计，结果见表 1-2。

表 1-2　《尤弗伊斯和他的英国》修辞手法统计表

修辞手法	平均每 100 词中出现的次数	修辞手法	平均每 100 词中出现的次数
头韵	5.9 次	比喻	0.4 次
对语	1.4 次	拟人	0 次
反问句	1.1 次	尾韵	2.6 次
叠言	2.1 次	引用典故	0.5 次

“尤弗伊斯散文体”比“阿卡狄亚风格”似乎更加华丽，更加具有诗歌语言的艺术特征。尽管人们对黎里的“尤弗伊斯散文体”贬褒不一，但他采用诗歌般的语言来创作现实主义小说的艺术尝试无疑是值得称赞的。在没有先例和样板的情况下，黎里对英国现实主义小说进行了最初而又积极的尝试，使其在一定程度上突破了早先传奇文学和罗曼史的固有模式。尽管他的语言风格对其小说的现实性产生了一定的负面影响，而且他的小说经常暴露出结构松散等缺点，但在英国作家尚未找到小说更为理想的创作途径之前，黎里的创作实践无疑具有十分积极的意义。

（二）托马斯·纳什尔的小说作品解读

托马斯·纳什尔是英国小说的另一位开拓者。在热衷于小说创作的“大学才子”中，纳什尔似乎最崇尚现实主义手法。尽管他在诗歌和戏剧创作方面也颇有特点，但他更擅长写小说。他不仅极力描绘英国社会底层的平民生活，而且也致力于揭示社会的阴暗面。这种创作倾向无疑使纳什尔成为当时最杰出的现实主义小说家之一。“纳什尔自觉地在尝试一种新的东西。”他告诫读者不要将他的小说当作诗歌来读。他批评旧式传奇小说的空洞乏味，并认为真正的小说应包含实质性的内容。“纳什尔试图在回答这样一个问题，即作家和读者是否能将‘词汇与事物’‘写作与经历’以及‘虚构与历史’重新合在一起。”从某种意义上来说，纳什尔率先展开了作者与读者之间关于小说是否能够跨越诗歌与历史之间的障碍的讨论。

托马斯·纳什尔的代表作《不幸的旅行者，或杰克·威尔顿的生活》是一部充满现实主义色彩的冒险小说，同时也是“伊丽莎白时期小说中最富于挑战性和艺术魅力的作品”。尽管西方批评家对这部作品的归属众说纷纭，但近来的评论似乎越来越强调其现实性和历史性。《不幸的旅行者》巧妙地将历史事实和虚构的内容交织一体，生动地描述了当时英国乃至整个欧洲大陆的社会现实。这部小说以亨利八世的侍从杰克·威尔顿的冒险经历为主线，通过他在“旅行”途中的所见所闻揭示了十分广阔的社会生活图景。威尔顿是个平时爱耍小聪明和爱搞恶作剧的英国士兵。在一次围攻图尔尼城的战斗中，他临阵脱逃。然后，他随萨里伯爵来到荷兰、法国、德国和意大利。一路上威尔顿目睹了当时欧洲大陆的混乱局势。他不仅遇见了荷兰人文主义者伊拉斯谟、英国作家托马斯·莫尔和意大利作家阿雷蒂诺，而且还看到了德国皇帝与浸礼教徒之间的冲突。在威尼斯，威尔顿干脆冒充萨里伯爵与一个意大利名妓私奔。在佛罗伦萨，他目睹了萨里伯爵因争风吃醋而与情敌决斗的场面。而在罗马，威尔顿则发现那里鼠疫横行，强盗猖獗。小说结尾，威尔顿不但改邪归正，并与自己钟情的女子喜结良缘，而且对人生有了新的感悟。有评论家指出：“托马斯·纳什尔因写了一个具有足够篇幅和情节的故事而使自己成为通常被称作英国第一部小说的作者。”

《不幸的旅行者》充分地体现了早期现实主义小说的艺术特征。当重新审视这部四百多年前发表的小说时，人们不难发现，纳什尔的创作风格与前人相比有了明显的发展，其艺术手法也更加成熟。在谋篇布局上，作者显示了较强的驾驭能力。这部小说以威尔顿在英国军队围攻图尔尼城时临阵脱逃开局，并以他改邪归正重新回到军队服役而告终。主人公前后的行为既形成了强烈的反差，又遥相呼应，从而使作品建立在一种首尾呼应、前后连贯的结构之上。在塑造人物形象方面，纳什尔同样采用了现实主义的手法。他描写的既不是一个亚瑟王式的骑士，也不是阿卡狄亚式的情郎，而是同时代的一个有血有肉的流浪者。整个故事自始至终围绕主人公威尔顿的“旅行”展开。作品不仅反映了他的言行举止，而且也揭示了他的喜怒哀乐及性格发展，使其与现代小说中的“圆形人物”有些相似。显然，作者在小说中塑造了一个贴近现实生活且较为丰满的人物形象。在叙述形式上，纳什尔同样运用了生动逼真的现实主义手法。他大胆地采用第一人称叙述，由威尔顿本人来描述自己的“旅行”过程，从而使小说不仅更加贴近读者，而且也显得更加真实可信。不仅如此，作品对现实生活的描绘给读者留下了极为深刻的印象。

《不幸的旅行者》是英国早期现实主义小说的杰出范例。纳什尔成功地采用了一种与“尤弗伊斯散文体”迥然不同的平实朴素却又不时带有讽刺色彩的小说语体，创作了一部篇幅长达一百余页并具有较强现实主义色彩的小说。他似乎在告诉人们，“他在写一种能够表现历史但本身不是历史的小说”。不言而喻，纳什尔为英国早期现实主义小说的发展做出了重要的贡献。

三、新的小说体裁——寓言小说

寓言小说（the allegorical novel）的问世与17世纪英国社会的演变息息相关。随着英语散文的发展和流行，各种以简洁明快的语言风格写成的宣传道德观念与宗教思想的小册子在民间广为流传。1611年，《詹姆斯国王钦定圣经》正式出版。这不仅使英国有了一部重要的宗教文献，而且也对寓言小说的问世产生了极大的影响。在与庄重的教谕相吻合的同时，《詹姆斯国王钦定圣经》采用自然朴实的语体和市井百姓喜闻乐见的本土词汇来叙述神圣的宗教故事，从而进一步提高了英国人的阅读兴趣。英国17世纪的寓言小说旨在宣传正统的宗教思想或道德观念，并假托富于象征意义的故事及拟人的手法来向同时代的人说明守教规和讲道德的重要性，从而达到教育和感化读者的目的。寓言小说不仅具有较强的讽喻性和启示性，而且还体现了一定的时代性和现实性。它既不像罗曼史那样一味追求表现骑士精神和贵族风范，也不像一般现实主义小说那样贴近社会生活，而是一种具有劝诫性质和说教意义的文学作品。从某种意义上来说，寓言小说的诞生不仅丰富了英国小说的样式，而且也进一步扩大了它的社会作用。在艺术形式上，寓言小说往往体现出多样性和灵活性的特点。它既借鉴现实主义小说中富有生命力的艺术手法，又展示出一定的独创性。就文本样式而言，寓言小说似乎与一般的现实主义小说之间并无多大区别。

约翰·班扬是17世纪英国寓言小说的伟大开拓者，同时也是英国小说艺术史上的重量级人物。尽管在班扬之前已经有人写过散文寓言，但他是最早使“寓言小说化”的英国作家。“在《天路历程》中，班扬所创作的不仅是最完美的英语寓言，而且是最杰出的散文小说。”在一个尚不具备小说理论的时代中，这位并没有接受过高等教育的牧师成功地创作了17世纪最优秀的宗教寓言小说《天路历程》和道德寓言小说《败德先生传》。这两部小说不仅具有深刻的宗教寓意和道德启示，而且还展示了班扬独具匠心的艺术风格。从某种意义上来说，班扬的寓言小说的出现使英国的小说艺术跨上了崭新的台阶。《天路历程》是英国小说史上最早也是最重要的一部宗教寓言小说。作品由第一人称叙述，生动地描述了主人公“基督”去天国寻求救赎的坎坷经历。

在小说开头，叙述者在梦里见到一个衣衫褴褛的人背着一个沉重的包袱，手中拿着一本《圣经》在路上徘徊。他便是主人公“基督”。当“基督”从传播福音者口中得知他的家乡将被大火烧毁时，他便将这一可怕的消息告诉家人和邻居，并劝他们赶快离开。但所有的人都将他视为疯子。无奈之下，“基督”决定独自一人去天国寻求救赎，从而开始了他的“天路历程”。起初，一个名叫“易变”的朋友愿意与他同行，但陷入困境后，“易变”中途变卦，而“基督”则义无反顾、勇往直前。后来，他在众人的帮助和指点下，在一位名叫“尽忠”的朋友的陪伴下，克服千难万险，遭受种种磨难，路经“名利场”“羞辱谷”“困难山”和“死亡河”，终于到达“天国城”，并成为一名超尘脱俗的圣人。

《天路历程》是一部极为典型的以说教为目的的宗教寓言小说。班扬在创作小说时，把它设计成一个宗教寓言，或者说，将一个宗教寓言改编成一部小说。他不仅使整部作品建立在主人公去天国朝圣的旅程之上，而且还借此向读者宣传正统的宗教思想，以达到说教的目的。就此而言，班扬是英国小说史上最早将小说作为工具来从事某种事业的作家。小说主人公的“天路历程”不仅是身体层面的跋涉，而且是一次精神层面的旅行，具有深刻的宗教含义和象征意义。作者将“基督”视为人类的代表，将他前往天国朝圣的“天路历程”比作人生道路。在《天路历程》中，“班扬采用了其他寓言家传下来的故事框架，然而，他为自己的寓言设计了许多细节，他并不依赖前人的作品，而是完全凭借自己的创造力”。应当指出，《天路历程》的问世使人们看到了一种新的小说模式。作为一部宗教寓言小说，它与罗曼史之间存在着明显的区别。首先，班扬所关注的主要是精神上的真理和寓言的比喻作用。其次，他描写的是平民百姓而不是贵族骑士，前者的日常生活和举止言行取代了后者的高贵文雅和繁文缛节。最后，也是最重要的，“他用现实主义取代浪漫主义。虽然他坚持了理想主义的观念，但他描写这种生活时从不淡化其中的困难”。就此而言，“《天路历程》从基督教教义和经验主义认识论两个方面均解释了它与罗曼史之间的不同之处”。

作为一部宗教寓言小说，《天路历程》充分体现了班扬苦心孤诣的艺术匠心。今天，人们重新审视这部作品时，不禁对班扬纯熟的创作技巧赞叹不已。这部小说至少具有两个在当时属于极为新奇的艺术手法。第一个艺术特征是作者采用梦境与现实相结合的方式来发挥小说的寓言功能，并以此折射出深刻的精神含义。尽管班扬并不是第一个在文学创作中采用梦境手法的作家，但他成功地创作了英国文学史上第一部完全以梦境为框架的寓言小说，并对如何巧妙地使用梦境形式来叙述小说情节进行了有益的尝试。在《天路历程》中，班扬不但将当时的作家还不太擅长使用的第一人称作为叙述者，而且还将整部小说的框架结构建于叙述者的梦境之上。

《天路历程》中另一个引人注目的艺术特征是作者的象征主义手法。班扬也许是英国小说史上最早采用象征主义技巧的作家。这种技巧显然为他的宗教寓言小说增添了极强的艺术感染力。《天路历程》中大量富有象征意义的人名和地名不但进一步丰富了寓言小说的表意功能，而且也构成了寓言小说的基本模式。班扬笔下的人物大都代表了各种抽象的概念和品质，如“易变”“尽忠”“世智”“无知”“希望”“绝望”“恨善先生”“爱钱先生”和“饶舌先生”等。他们不仅是小说中具体的人物形象，而且也代表了同时代人的性格与品德。此外，小说中的不少地名同样具有象征意义，如“名利场”“困难山”“羞辱谷”和“死亡河”等。毫无疑问，采用富有象征意义的人名和地名对渲染小说主题和铺垫小说气氛起到重要的辅助作用。不仅如此，班扬对小说人物和情节的描写同样具有浓郁的象征主义色彩。例如，主人公“基督”褴褛的衣衫象征着人类的原罪特征，他背上的那个沉重的包袱暗示深重的罪孽和无休止的烦恼，而他所走过的艰难曲折、险象环生的“天路历程”则代表着人类赎罪的困难与痛苦以及追求理想境界的艰难。尽管班扬的象征主义手法与现代小说家的技巧不可同日而语，但他毕竟突破了英国早期小说在表现形式上的局限性，为小说艺术的发展起到了积极的推动作用。

《天路历程》在揭示宗教主题的同时，还在一定程度上反映了 17 世纪英国的社会现实和生活气息。斯图亚特王朝复辟时期英国社会的混乱局势和腐败风气在小说中得到了较为充分的展示。作者在描述“基督”和“尽忠”在“名利场”的所见所闻时对当时的社会现实做了含沙射影的揭露和讽刺：“在这个名利场上出售各种商品，如房屋、土地、手艺、地位、荣誉、升迁、头衔、国家、色欲以及各种欢乐与享受……在这里可以看到偷盗、伪证等，而这一切都带有鲜红的血色。”事实上，诸如此类的现实主义镜头在小说中屡见不鲜。不言而喻，这种描写手法在一定程度上增强了宗教寓言小说的现实性和时代性，同时也体现了这种小说体裁的讽喻性和较为积极的社会作用。

《天路历程》的意义已经超出了宗教寓言小说的范畴。班扬充分发掘了梦境的艺术功能，不仅使他的小说发挥了极大的说教和劝诫作用，而且还使其成为折射现实社会的一面镜子。他借助了一个看来纯属虚构的梦幻故事对当时的英国社会做了较为深刻的批判性描述。《天路历程》获得巨大成功之后，班扬便着手创作它的下集，并于1684年正式出版。下集主要描述“基督”的妻子克里斯蒂安娜同她的四个孩子在邻居“仁慈先生”的陪同下战胜巨人“绝望”和其他怪物最终到达天国的“天路历程”。然而，大多数评论家认为，《天路历程》的下集在艺术上与上集相比大为逊色，两者的文学地位不可相提并论。《天路历程》（上集）代表了英国早期小说艺术的最高成就，同时也是英国文学史上的一个里程碑。

继宗教寓言小说《天路历程》之后，班扬发表了一部较为出色的道德寓言小说《败德先生传》。像《天路历程》一样，《败德先生传》也充分体现了讽喻性、启示性和时代性的特征。作为一部道德寓言小说，它不仅以讽刺的笔调描绘了王政复辟时期英国社会的罪恶与腐败，而且还揭示了深刻的道德含义，对同时代人的价值观念和行为准则具有一定的导向作用。这部道德寓言小说通过“智慧先生”和“关注先生”之间的对话描绘了一个名叫“败德先生”（即坏人）的罪恶行径。

“败德先生”是17世纪下半叶英国奸商的典型形象。他从小作恶多端，后来采用种种卑劣手段发了横财。他投机倒把、囤积居奇、哄抬物价、鱼肉百姓，最终暴病而死，算是得到了应有的报应。班扬通过这一不法商人的形象无情地揭露了当时风行于英国社会的贪婪、狡诈、欺骗和腐败等丑恶现象。他明确告诉读者，英国社会到处都是“败德先生”，“邪恶如同洪水一般，可能会淹没英国人的世界”。班扬义无反顾地摒弃了早期罗曼史中的骑士精神和王者风范，刻意塑造了同时代一个因作恶多端而不得好死的恶棍的形象，其寓言小说的道德含义也就不言而喻了。

引人注目的是，《败德先生传》在艺术形式上出现了新的变化。班扬别开生面地采用了“对话体形式”来叙述刚死不久的“败德先生”的罪恶一生，从而使整部小说建立在“智慧先生”和“关注先生”两人之间的对话之上。显然，这种以人物对话为小说框架的创作手法在英国小说艺术史上是前所未有的。它不仅改变了小说通常只有一个叙述者的基本规则，而且使小说的叙述形式和文本样式发生了明显的变化。不仅如此，班扬还改变了读者的传统角色，使其成为“智慧先生”和“关注先生”对话的忠实听众。在小说中，“智慧先生”承担了叙述故事的任务，而“关注先生”则扮演了评论者的角色，两人一述一评，分工明确，各司其职。“具有权威性的智慧先生和积极参与的关注先生恰当地、始终如一地体现了不同的性格，他们的评论和道德见解全都恰如其分。”值得一提的是，班扬在《败德先生传》中仍然采用了拟人的手法，将富于象征意义的名字用于各种人物，使他们的性格特征一目了然。这无疑再次显示了其寓言小说的艺术特征。然而，《败德先生传》在艺术上也存在着明显的不足之处。例如，作者在小说中掺入了大量宣传宗教教义的布道，“智慧先生”和“关注先生”的对话有时显得冗长、沉闷和乏味。当然，这不仅反映了凭借“对话体形式”叙述长篇小说的难度，而且也表明英国小说艺术的发展依然任重而道远。尽管如此，《败德先生传》是 17 世纪英国文坛一部不可多得的道德寓言小说。正如作者在这部小说的前言中所说：“如果这是上帝的旨意，我想我自己或其他任何人都难以为你们讲更多的故事了。它们是真实的故事，不是寓言，也不是罗曼史。”

班扬是 17 世纪的一位艺术天才，同时也是英国小说的伟大开拓者。他的寓言小说不仅深刻地反映了当时英国社会的腐败和堕落，而且也起到了警世醒人和道德感悟的作用。显然，创作一个优秀的寓言需要非凡的想象力，同时还需要一种能将无形的和难以名状的东西变成活泼和鲜明的主题的能力。当时这种艺术天赋在班扬身上简直无与伦比。班扬的小说不仅使他成为一名伟大的寓言家，而且也对英国小说艺术的发展起到了积极的促进作用。

英国早期的小说是在诗歌依然强势、戏剧不甘示弱的年代中极为顽强地抢占文坛的。英国自盎格鲁-撒克逊时期开始拥有自己的文学起，经过了大约一千年的时间，才拥有了自己的小说。显然，这不但归功于一大批既有远见又有艺术想象力的开拓者的努力，而且还归功于文艺复兴时期文学创作繁荣昌盛的大好局面。当然，这一时期问世的罗曼史、现实主义小说和寓言小说均属于英国小说的雏形，其艺术形式既不够成熟，也不够规范，并具有明显的历史局限性。尽管如此，英国早期的小说家在努力使小说根植于本土的实践与探索过程中充分显示了他们的艺术才华和创作潜力，进一步拓宽了小说艺术的发展空间，并且为 18 世纪英国小说的全面崛起奠定了重要的基础。

第三节　当代英国小说概况及研究重点

一、当代英国小说概况

当代英国小说是根据不同的衡量依据由不同的观点进行界定的。通常把第二次世界大战后的英国小说创作归为当代英国小说的范畴。该时期的小说创作形式多样，主题极为丰富。从文学史的角度看，第二次世界大战至今，可以将英国当代小说的发展经历分为四个阶段。

阶段一：小说家是在第二次世界大战前就成名的文坛元老。代表作家为格雷厄姆·格林、安东尼·鲍威尔。格雷厄姆·格林擅长宗教的创作主题，他的作品探讨了当代西方社会普遍存在的道德伦理困境以及令人无所适从的政治矛盾。由于其作品普遍有着通俗文学的样式，因此极具可读性，然而通俗的形式背后却表达了严肃深刻的问题，这种独特的写作风格也使他赢得了广泛好评，成为当代小说家中的佼佼者。安东尼·鲍威尔则以青年知识分子的生活与思想为其创作基点。其第一部小说《午后的人们》就运用了极具特色的写作方式，例如，将名词当作形容词来使用的独创风格，这种大胆创新的手法使得一些批评家视他为先锋派，对他的具有反叛特点的创作风格给予肯定。此后他接连发表了以青年知识分子的生活经历和人际关系为主题的小说作品。

阶段二：小说家是在第二次世界大战后挑起文坛重任的作家群体，代表作家有威廉·戈尔丁、艾丽斯·默多克、多丽丝·莱辛、金斯利·艾米斯、V. S. 奈保尔等。这些作家创作的作品中既有讽刺社会现象的现实主义作品，也有锐意创新的实验性作品。威廉·戈尔丁在西方被称为“寓言编撰家”，或者说，他的作品是现代神话的体现，他运用象征、比喻等文学话语，表达人性本恶的哲学观念。其作品，如《蝇王》，本质上是第二次世界大战后美苏争霸以及核战争威胁人类等历史事实在文学领域中的反映，既表现出作家对社会现实的密切关注与深入思考，又表现出其对人类未来的关切。艾丽斯·默多克是战后英国文坛最具影响力的小说家之一，同时她还是一位伦理道德哲学家，拥有广泛的国际声誉。在四十多年的写作生涯中，她共发表小说、剧本和哲学著作近四十部，其中小说就有《在网下》《黑王子》和《海、海》等，她的哲学思想深刻地渗透于她的每一部作品中。尽管默多克笔下的人物形象以及小说的情节荒诞离奇，但其传承了像托尔斯泰、乔治·艾略特等的写作传统，在荒诞离奇的情节中表达阐述了其哲学观念和道德伦理思想。多丽丝·莱辛 1919 年出生于伊朗。她青年时期热衷于参加激进的政治运动，对社会改革充满热情，其创作生涯也深受其激进思想的影响。例如，在其创作中，她更多地将主人公设定为婚姻生活不美满的女人。这些女人因为失去丈夫，生活变得破碎而焦虑。在其代表作《金色笔记》中，女主人公因为种种原因离异，生活中既有危机也有坚守，同时精神世界充满惶惑与矛盾。金斯利·艾米斯创作的小说主要有《我喜欢在这儿办》《英国胖子》《翘辫子》《杰依克的东西》和《俄罗斯迷藏》。他的这一类小说大多是揭露现实矛盾之作。比如《翘辫子》尖锐揭露了英国社会老人的凄凉晚境；《杰依克的东西》描写了中年人的庸碌无能，并分析了其中的原因；《幸运的吉姆》则描写了出身中产阶级下层的大学讲师吉姆·狄克逊的遭遇。吉姆思想激进，对现存制度持尖锐的抨击态度，甚至主张把它推翻；这个性格很受当时读者的欢迎，被称为“愤怒的青年”

（Angry Young Man），成了当代英国文学里的“反英雄”典型。V. S. 奈保尔是集游记作者和社会评论家于一身的印度作家。他的小说描写各种文化中那些疏离于社会、一生都在寻找自我身份认同的个体。奈保尔作品的常见主体通常为当代政治生活对旧日的传统和习惯的无情冲击。

阶段三：这一阶段的小说家则是更为活跃的群体。他们的作品不再集中于对战争影响的体现，而是将视角转向成熟的当代社会的方方面面，例如，有的作家热衷于反映大学校园生活和学术界现状，如戴维·洛奇和他的代表作《小世界》，马尔科姆·布雷德伯里与他的《向西行》；有的则热衷于女性题材，如安吉拉·卡特与她的代表作《魔幻玩具铺》，A. S. 拜雅特与其代表作《隐之书》和玛格丽特·德拉布尔的代表作《夏日鸟笼》等。这些小说家的创作与传统的沉重严肃大不相同，通过各种方式表达当代西方的生存危机。在19世纪60年代，后现代主义的特点是短暂的想象力，这种想象力展示出对未来和对新疆界的一种强有力的感觉，但同时也有断裂感、代沟冲突与危机，以及对达达主义和超现实主义这些大陆先锋运动的怀旧想象，而非对现代主义高潮的留恋。

活跃在这个时期的作家群以风格迥异的作品体现了这些特点。其中戴维·洛奇已出版长篇小说12部，被认为是“同代作家中最优秀的小说家之一”。洛奇的作品凭借想象的力量和生动的语言，在精心建构的语言网络中探讨、阐释人类的命运。他通过语言的运用和体系的建构，使作品在文体、修辞、道德、心理、社会和历史等许多方面都呈现出深刻的意蕴。同时他作品的主题也涉及知识分子，作品背景则常以校园为特定空间，因此他又被认为是学院派文学的代表。马尔科姆·布雷德伯里作为著名的小说家和批评家，曾在东英吉利大学创办了闻名遐迩的创造性写作课程，学生包括伊恩·麦克尤恩和石黑一雄等知名作家。作为文学批评家，他有许多重要的评论作品，但令其名声大震的是长篇小说。他在创作中深受18世纪小说家菲尔丁的幽默讽刺风格的影响，传承了社会批判与批判背后深刻的人道主义精神。布雷德伯里的创作风格虽然幽默轻松，但是幽默的背后是对当代西方社会道德堕落，以及当代人被物化、被异化的愤怒与批判。安吉拉·卡特是英国最具独创性的作家之一，其书写风格混杂，魔幻写实、歌德式、女性主义写作均有体现。

阶段四：这一代小说家可谓名家众多。根据英国图书营销委员会在1983年发布的“英国最优秀的20位小说家”名单，《格兰塔》杂志也从1983年开始首次推出了“20位英国最佳小说家”名单，从中可以看到一批无论在写作风格还是市场份额方面都很出色的作家。这些作家的作品主题多样，风格各异，为英国小说界带来了崭新的气象。“当平庸的中产阶级影响渐渐消逝后，对于小说，尤其是严肃小说的理智的态度似乎发生了激进的变化。这个变化也许可以从品味的扩展、对不同水平的妥协上看出来，或者两者都有一些。”这些小说纷繁多样的品位，都展示出最新一代小说家对传统小说的严肃高大的主题的激进冲击。他们大胆地以新的形式实验、主题阐释和情节谋划等各种方式，展现光怪陆离的当代社会。这些作家包括马丁·艾米斯、帕特·巴克、朱利安·巴恩斯、厄秀拉·本特利、威廉·博艾德、波希·埃梅谢塔、麦琪·玛丽·杰、石黑一雄、艾伦·贾德、伊恩·麦克尤恩、席瓦·奈波尔、菲利普·诺曼、克里斯托弗·普里斯特、萨尔曼·拉什迪、莉莎·德·特兰、克莱夫·辛克莱、格雷厄姆·斯威夫特、罗斯·特里曼、A. N. 威尔逊。《格兰塔》杂志自1983年后，每10年都会推出一次作家名单，但由于最新推出的作家的文坛地位尚不确定，而且，“试图界定每段既定文学史的特色与身份本身就是非常困难的，尤其是当我们正处在这个时代的时候”。因此，以下主要集中讨论于1983年推出的最佳作家。“20世纪80年代，一批优秀小说家的优秀的早期作品相继问世……这些小说家对于二战和大英帝国并没有亲身的经历与感受，而是在‘高端’文化与大众文化的区分越来越淡化的时代背景下成长起来的。”他们是首批完全未身受战争时代影响成长起来的小说家，可以说拥有大致相同的背景，都是在当代社会文化的浸润下成长的一代新生小说家。然而由于个人经历的不同，其作品的主题与风格也不尽相同。

上述作家中，有些“异族后裔”的小说充满异国情调，显得与众不同。他们的作品充斥着各种匪夷所思的奇特构想，代表作家有萨尔曼·拉什迪（代表作《午夜之子》）和石黑一雄（代表作《长日留痕》）等。萨尔曼·拉什迪出生于印度，宗教信仰的差异和文化背景的不同，使他的作品主题呈现出明显的独特性。他热衷于书写一些关于混杂和移民等边缘化主题，对政治的关注和大胆呈现也使他的作品褒贬不一。1981年他曾凭借小说《午夜之子》荣获“布克奖”，同时也因作品的主题激怒了印度前总理英迪拉·甘地而被禁在印度发行。日裔作家石黑一雄同样因为特定的文化背景和成长经历，注定了其小说创作的国际化视野和独特的背景与主题。他的小说对于欧亚文明的碰撞与交流展示得较为深刻，对于如何突破特定的文化藩篱而进行更广泛的文化交流是他探讨的重要主题。对他而言，小说乃是一个国际化的文学载体，在一个日益全球化的现代世界中，要如何才能突破地域的疆界，写出一本对于生活在任何一个文化背景之下的人们都能够产生意义的小说，才是他一向努力的方向。石黑一雄小说的题材看似繁复多样，出入在欧亚文明之间，但归纳来说是个多元文化碰撞、交流的现代世界之中的产物，什么东西才足以穿透疆界，激起人们的普遍共鸣呢？石黑一雄其实用相当含蓄、幽微的笔法，在小说中埋藏了一条共同的主旋律，那便是帝国、阶级、回忆，以及童真的永远失去。威廉·博艾德出生在加纳，曾在加纳和尼日利亚生活。他的小说《非洲好人》以西非为背景。之后的《冰激凌战争》虽然以第一次世界大战为背景，但同样是以殖民时的东非在第一次世界大战时的故事为主题。席瓦·奈波尔出生于西班牙，他的小说有《萤火虫》《北之南》和《黑与白》等，这些小说涉及的主题大多表达了对英联邦的悲观情绪，攻击了后帝国时代英联邦国家对西方国家的拙劣模仿和严重缺乏自信的现象。波希·埃梅谢塔是位尼日利亚小说家，她创作的小说有20余部，如《二等公民》《新娘的价格》《母亲的乐趣》等，主题涉及孩子、母亲和女性独立等。

而另外一些作家，虽然出生与成长的地方都是都市，但其作品的主题各有特色。莉莎·德·特兰出生在伦敦，有三次婚姻，拥有自己的设立于荷兰的电影公司，并在莫桑比克拥有农场，她的生活往返于荷兰和莫桑比克之间。她的作品多涉及个人情感及乡村生活。克莱夫·辛克莱也是位毛姆奖获奖的小说家，他创作的主题为哥特式小说、侦探小说和大屠杀文学。艾伦·贾德是一名退伍军人，因此他的小说多利用他的军事背景。格雷厄姆·斯威夫特也是位关注历史的小说家，他的作品《水之乡》《糖果店主》《羽毛球》《杯酒留痕》等，都显示出他对历史探究的特点，对于社会史、自然史、民族史、人类史等，他都有很大的热情。罗斯·特里曼也是位历史小说家，她喜欢从意想不到的角度，关注社会局外人的乏味和无助的生活。A. N. 威尔逊被评论界称为“年轻的守旧者”，因为他的主要作品以维多利亚时期和伊丽莎白时代为背景，同时涉及宗教的主题。除此之外，他还是一位知名的传记作家，曾为列夫·托尔斯泰立传。菲利普·诺曼共发表了多部小说，但他最令评论界和读者欢迎的则是他的传记作品。他为披头士们所传，为甲壳虫乐队、滚石乐队写的传记都受到广泛的好评。克里斯托弗·普里斯特则是位科幻小说家。他的作品《肯定》关注的是心理受到创伤后沉溺在妄想世界的人；《联手》则表现了在多大程度上相信现实和记忆的问题，该作品后被改编为电影。帕特·巴克作品的主题集中在记忆、创伤、生存和恢复。她早期的作品以被贫困和暴力困扰的女性为重点。其代表作品“再生三部曲”则是巴克为了摆脱早期作品为她留下的标签“北方的、地方的、工人阶层的、女性小说家”而做的新的尝试。该小说的主题是第一次世界大战所带来的创伤。厄秀拉·本特利的作品也大多以伦敦为背景，但是她以黑色幽默为主要风格。《自然秩序》中描述了住在伦敦西南部、在曼彻斯特男子学校工作的三个朋友的故事。而《特威克纳姆的天使》则讲述的是作者曾经的演员梦。麦琪·玛丽·杰的作品虽然有比较强烈的政治和社会意识，但她更多表现的是以爱的眼光看待人物和世界。同时她的作品更多关注的是生物学、人类和自然界的关系、气候问题、种族问题等，如《白人家庭》以种族主义的问题为主。

二、当代英国小说的研究重点

由于深受当代西方都市文化的浸润，小说家们把眼光聚集在了当代社会，尤其是当代都市之中，而他们不断问世的优秀作品，也使得他们堪称当今英国文坛的中流砥柱。这些作家以不同风格的作品代表着当代西方最前沿的思想、最具代表性的都市生活方式。以下仅选择最具都市文化背景、最具影响力的当代作家进行研究，主要代表作家有伊恩·麦克尤恩、马丁·艾米斯和朱利安·巴恩斯。他们都是具有深刻都市文化背景的当代英国小说家，被称为“英国文坛三剑客”。之所以将研究重点放在这三位当代英国小说家身上，是经过了一番详细考察与思考的。

马丁·艾米斯直击当代都市文化中最阴暗的欲望；麦克尤恩则对当代都市文化对内在人性的影响和侵蚀进行了沉静而深刻的思考；巴恩斯则以历史为载体，对当代都市文化存在的异化感、无助感和绝望感进行了细致刻画。因此，对这三位主要研究对象的选择是建立在广泛而深入地对当代英国小说家的作品进行阅读、对其创作风格和批判指向进行前期了解的基础上的。这种选择把研究对象集中化、研究方向明确化，避免了研究铺排过大而导致研究主题和研究思路分散的现象。当代英国小说家层出不穷，而且战后出生的小说家有很多都有着明显的都市背景，作品也大多以都市为主题。如若本研究将所有当代英国小说家中有都市背景的作家全部涵盖在内的话，本书将不可避免地成为各个作家作品的罗列，而大量的文本分析则会导致主题松散，使问题研究简化为文本研究。事实上，在本研究中，文学文本的分析都是为揭示当代都市文化的多重困境，因此，再多的文本选择也全部服务于这个主题。那么在文本的选择上就要有重点、有取舍。是否已经被评论界认可、是否具有代表性、作品风格是否契合便成为本研究所考虑的关键所在。以这三位在英国文学界地位已定、接受度较高，同时又有着相同的时代背景的作家为研究对象，既能较好地服务于研究主题，又能避免材料松散罗列，形成较为紧凑、较为严谨的研究结构。

最后，以三位作家的作品为研究对象，能避免选择单一的作家研究无法形成对文化现象和文化逻辑的阐释与说明的薄弱现象。

这三位作家都是出生于战后的作家。他们的成长过程都深受都市文化浸润，并由于都市文化的耳濡目染而对其有着深刻的了解，同时能够在作品中对都市文化做出严肃思考与批判。马丁·艾米斯出生于 1949 年，伊恩·麦克尤恩出生于 1948 年，而朱利安·巴恩斯出生于 1946 年，他们都出生在第二次世界大战结束的时候，而他们最好的作品都是大约在1970年左右问世的，并且他们都是1983年《格兰塔》杂志所评选的20位最优秀小说家。几乎相近的年龄使他们有着相近的生命体验与思想认知，都对当时“在性、伦理、性别等问题的重新认定和思考上”表现出严肃的态度。因此，他们的作品分别从不同的角度探讨了都市文化发展变迁中的两性、伦理以及价值观等问题，值得细读与研究。同时，这三位作家都被评论界普遍认为是当代英国极具重要性的作家。在谈及艾米斯时，阿兰·马塞伊这样说，“两位与艾米斯经常相提并论的作家是朱利安·巴恩斯和伊恩·麦克尤恩。就巴恩斯而言，他们的关系主要在于与另外两位作家众所周知的友谊中，也在于三位作家对于新形式、新方法的尝试中”。在针对英国没有与美国作家像索尔·贝罗、菲利普·罗斯、约翰·厄普代克和唐·德里罗那样的文坛巨匠相比肩的作家时，评论家彼得·查尔兹认为，马丁·艾米斯是与这些巨匠们气质暗合的作家，不过马丁·艾米斯把他们的风格转移到了大西洋彼岸而已——尽管艾米斯笔下也不完全是英国场景。或者，将英国作家与欧洲的作家相比较更加合适一些。像麦克尤恩和巴恩斯这样的小说家，就小说意义的广度以及国际文化地位而言，他们完全可以与德国和法国的文学巨匠比肩媲美。

可以看出，在这个评论中，三位作家从各个层面讲都是可以相提并论的。

第一，他们同属于一个作家群，关注同一问题，揭示同一文化，表达同一认知。因此，对他们的研究将从一定程度上真实反映当代西方文化的现状。

第二，他们的作品大多以当代西方都市为背景，并以深具社会责任的知识分子视角探讨当代西方都市文化中的多重困境。都市是体现当代西方文化最为前沿、最为集中的地方。对城市文化的研究已经成为当代学者的关注重点之一，而在文学文本中探寻都市文化的表现方式则是将文学研究与城市文化研究相结合的重要尝试。

社会学者中的人类生态学家们都对人与环境之间的相互影响非常关注，由此他们将注意力转向了都市形态上。他们非常注重空间结构。这种研究方向把都市社区视为一个全方位的功能主体，从空间和时间两个方面达成对都市形态特点的理解。

三位作家不约而同地在作品中呈现出当代都市文化生态，反映当代都市文化困境，直指当代都市文化的问题。对都市文化的认知无疑是把握当代西方文化风貌的重要途径，也是了解当代西方伦理思想、价值取向的重要途径。

现在每年会有更多的人住在大都市里，尽管并不是被所有人都很好地理解，但事实是，都市的再发展已经成为一种时尚源泉。似乎每个人都在参与重建我们的城市，在这个努力上表现出来的一致是惊人的。例如，建筑师和设计者一直在为未来城市中令人惊诧的一幢幢高楼大厦而努力设计蓝图。但是这和喜欢城市并不是同一个概念。大多正在进行的城市重建计划和建设远景其实都是由那些并不热爱城市的人设计的。他们不仅不喜爱城市的噪声、肮脏和拥挤，他们还不喜欢城市的多样性和集中性，也不喜欢人们都在为城市的紧张感和喧闹忙碌。人们切实见到了城市的重建图景，但是在精神上、在价值观上，未见有所建树。而其实，城市自文明开始以来就是价值观生发的核心要害之地。

都市迅速发展的事实与这种迅猛的物质发展所带来的价值观、伦理观的变化，是揭示当今都市文化真实生态的重要路径。一方面说明当代都市文化发展中的各种问题的确越来越尖锐，成为当代作家所不得不关注、不得不探讨的重要问题；另一方面，也说明这三位作家的作品是解读当代都市文化生态的重要载体。

第三，这三位作家的作品反映了当代都市文化生态的不同侧面，共同构成了对当代都市文化的全面解读。“现代都市的居民中，文化的多样性和混杂性使人们能够在新的社会和经济制度之中创造出另外的生活方式，并通过使用沟通的技术和合作的商业机构来接受已经遍布全球的紧张的城市文化。”三位作家通过生动的文学作品对当代都市文化的复杂性、紧张性及异化性予以阐释和呈现。

第四节　20世纪末重要作家的艺术风格

英国文坛于20世纪最为震荡，同时20世纪也是英国小说艺术最精彩的世纪。而在20世纪末，新旧世纪交替之际，是英国文坛震荡最激烈的时候。不过，20世纪末的小说家在各种艺术思潮的冲击下反倒显得格外冷静和理性。当代英国小说不再像一匹在艺术殿堂里横冲直撞的脱缰野马，而是在传统文学秩序的土崩瓦解中建立了新的艺术规范。显然，处在世纪之交的英国小说家们不仅是承前启后、继往开来的一代，而且也是不甘示弱和有所作为的一代。但是，一百年前同样处于世纪之交的吉卜林、康拉德和福斯特所表现的题材随着大英帝国的衰亡已不复存在。“大英帝国的消失剥夺了小说家的某些机会，同时还导致了更普遍的失落感，这在近几年的小说中以不同形式时而有所表现。”然而，新世纪似乎已经有了许多新的题材。事实上，“后殖民时代的英国越来越像一个在各种语言、文化和种族方面充满可能性的狂欢会场……作家有足够的选择余地，它意味着戴维·洛奇关于小说家处在十字路口的比喻也许很快就将失灵”。此外，英国当代文化和语言的日益国际化不仅推动了小说创作的发展，而且也使世纪之交的英国作家面临了新的机遇和挑战。

在新旧世纪交替之际，英国文坛虽然说不上流派林立，但人才辈出、名作极多，呈现出一派繁荣的景象。尽管当代老中青三代作家的创作经历和审美意识不尽相同，其小说的艺术风格更是千差万别，但他们不仅都致力于表现英国后现代主义之后的经验和意识，而且还是当代英国文坛一群正在为小说艺术的发展添砖加瓦的艺术天才。其中不少年轻作家在竞争中已脱颖而出，成为英国文坛的佼佼者。引人注目的是，在英国当今成千上万个职业和业余小说家中，不但有十几个人的名字听起来十分耳熟，而且他们新出版的每一部小说几乎都会被新闻媒体当作“重要事件”来炒作。种种迹象表明，他们的小说似乎正在步入“经典”的行列，其艺术风格受到当代评论家们的普遍关注和高度重视。

克里斯廷·布鲁克-罗斯年过七旬，是世纪之交英国文坛的宿将，也是继多丽丝·莱辛和艾丽丝·默多克之后英国又一位出类拔萃的女作家。从 20 世纪 80 年代中期开始，布鲁克-罗斯以锲而不舍的革新精神“对现实主义和传统小说的艺术陈规提出了新的挑战”。她先后发表了《合并》《艾克塞兰多》《食词者》和《文本终结》等四部被评论家们称作“网络四重奏”的实验性小说。通过对小说文本意义的重新组合（recontexualization），布鲁克-罗斯“以极其诙谐而又尖锐的方式对当代最后的客观堡垒（即科学与技术）及其‘中性的’语汇提出了挑战”。她在小说中不仅揭示了当代科技的奇异和隐喻特征，而且还生动地反映了新闻媒体对人们日常生活的影响。此外，她在将电脑人格化的同时，以滑稽却又令人信服的笔调描绘了它们对人类技术革新的敏感性以及当代青少年与电脑之间的微妙关系。显然，布鲁克-罗斯的小说以独特的视角反映了当今英国社会中知识分子较为关注的某些现实问题。

布鲁克-罗斯的“网络四重奏”中的第一部小说《合并》充分体现了作者在后现代主义之后继续探索小说艺术新途径的实验精神。这部作品生动地描述了即将被解聘的大学教师米拉·恩克泰在信息时代的混乱意识。尽管小说在一定程度上反映了女主人公与其情人、朋友和学生之间的关系以及她打算建立一个养猪场的计划，但这些具有现实主义色彩的生活镜头与米拉对古希腊阿伽门农、卡珊德拉和奥利安等神话典故的兴趣交织于一体，从而使她能不断“把玩词汇”，并创造“一个神秘、奇妙和复杂的候补家庭”。引人注目的是，这部小说建立在一种非现实的词汇形式之上。在创作上，布鲁克-罗斯通常采用大量的未来时态、虚拟语气、条件式从句和祈使句来表现小说的主题，从而使小说和叙述显得朦胧晦涩。“这部小说中情节与事件的不确定性仿佛完全是在与那些以过去时态表现的连贯性、确定性和可叙述性的特征相对抗。”就此而言，布鲁克-罗斯的语言风格暗示了20世纪末社会现实的不确定性。

在《艾克塞兰多》和《食词者》中，布鲁克-罗斯揭示了当代人与电脑之间的关系以及对科学知识的态度。作者试图表明，观念的更新涉及隐喻在人的知识与感觉中的“置换”作用。人们通过对某些形象、观点或隐喻的互相置换获得了知识。因此，人们往往需要新词汇及词汇之间的新关系来对现实做出新的反应。在作者看来，人们对性别、性格、道德和权力的传统观念可能通过建立新型的人际关系而得到改变。《艾克塞兰多》别开生面地采用了“报道式对话”（reported dialogue）形式来描述当代英国少年如何试图通过电脑向世人叙述故事的情景。然而，当他们在叙述过程中发现成人与孩子、男人与女人以及人类与电脑之间的定义出现混淆时，他们顿时感到不知所措。同样，在姐妹篇《食词者》中，许多叙述者试图通过电脑讲各自的故事，然而他们都无休止地受到“食词者”的阻碍。读者既无法搞清究竟谁在讲故事，也无法知道他们在讲什么故事，似乎作者塑造的人物不但在现实世界中彼此相遇，而且前来指责她的虚假描写。于是，作者本人成了人物的塑造对象，事实与虚构之间的界限再次混为一体。在这两部小说中，作者试图告诉读者，以电脑为标志的科技力量不仅可能主宰人类的生活方式，而且也会使人类不得不从生态平衡的角度来看待词汇。

在“网络四重奏”的最后一部小说《文本终结》中，布鲁克-罗斯进一步展示了她的实验主义手法。她别出心裁地创作了一部滑稽和充满闹剧的“小说的小说”。作者巧妙地将司各特、奥斯丁、歌德和托尔斯泰等著名作家的作品中的人物联系在一起，以滑稽和幽默的笔调来描绘当代经验。在小说中，奥斯丁笔下的女主人公埃玛在参加一个文学研讨会时遭到了恐怖分子的袭击。作家、学者和评论家一起混迹政坛，他们时而互相攻击，而读者则发现自己在不同的民族中推广这部小说。布鲁克-罗斯仿佛在向读者暗示，无论小说怎样改变自己的形式，它永远无法摆脱政治的影响。

布鲁克-罗斯是20世纪末英国实验主义小说的杰出代表。她不仅反映了电台、报纸、影视等媒体对当代社会的影响，而且还揭示了电脑和网络等信息技术对人类的挑战。显然，这一主题在她别具一格的艺术风格中得到了生动的反映。不言而喻，布鲁克-罗斯的创作题材和小说艺术将对21世纪的英国小说家产生一定的影响。

在新旧世纪交替之际的英国文坛上，马丁·艾米斯是一位风华正茂和才华横溢的小说家。艾米斯于20世纪70年代初步入文坛，发表第一部小说时年仅

24岁。如今，他在文坛的地位已完全巩固，“他的每一部新作都被视为一个事件，成为整版书评、记者采访、作者传略和关于作品重要性的辩论的机会”。艾米斯追求表现20世纪末英国社会的阴暗面，在社会上引起了强烈的反响。“他似乎非常乐意以其如今约定俗成及不断持续的非凡能力和有力的雄辩来描述那些非人的、卑鄙的和堕落的现象。”尽管艾米斯的小说常常使读者感到不安，但作者对当代社会道德堕落的无比坦诚令人感到钦佩。自20世纪80年代中期以来，艾米斯相继发表了《金钱》《伦敦场地》《时光之箭》和《信息》等小说，对当代英国的社会现实做了全方位的描述。

一、夸张讽刺风格

《金钱》是艾米斯的一部重要小说。作者以夸张和讽刺的笔调描写了金钱在伦敦和纽约两个国际大都市中的腐蚀作用，从而使作品体现出强烈的时代感和现实感。在作者的笔下，金钱在当代社会中不仅渗透到每一个角落，而且体现了一种超自然的魅力。人们欣喜若狂地拥有它，但不显示它，并且时刻盘算着它对想象中的商品的购买力。在小说中，伦敦是对纽约拙劣的模仿，是一个以次充好的金钱世界的缩影。小说生动地描绘了贪得无厌的主人公约翰在美国影视界疯狂追求财富并最终自我毁灭的过程。然而，“这部小说的艺术魅力不是来自它所描写的事件，而是来自作者对其所展示的金钱世界的厌恶情绪……现代城市生活中所有病态的、可悲的和肮脏的东西在他的艺术风格中都得到了充分的展示”。在《伦敦场地》中，艾米斯通过一个即将死亡的叙述者描述了具有病态心理的女主人公尼古拉如何安排自己死亡的过程。作品揭示了“一种令人眩晕的现实，一种新的恶心，一种发自肠子的道德上的恶心”。在《时光之箭》中，艾米斯采用了一种天真无邪的叙述口吻和倒叙的手法描述了一个纳粹战犯的生活经历。随着小说故事的进展，“时光之箭”飞速回射，现在像一盘倒转的录像带一样回到了过去。小说主人公恩弗道本在战争期间的罪恶行径一幕幕闪现在读者眼前，最终他变成了一个天真无邪的孩子。与此同时，纳粹死亡集中营里受害者的尸体也纷纷复活，相继回到了现实世界。显然，艾米斯通过“时光之箭”的回射不仅让人们进一步反思过去的历史，而且也表现了他本人对伊甸园的消失和人类的堕落的伤感和遗憾。值得一提的是，在上述几部小说中，艾米斯成功地采用了第一人称的叙述手法。这不仅使人物的复杂心理得到了真实的表露，而且也使小说更加贴近读者。从某种意义来说，笛福在18世纪初创立的“精神自传”形式在20世纪末的小说中得到了进一步的运用和实践。

在20纪末的英国文坛上，格雷厄姆·斯威夫特也是一位十分引人注目的小说家。与拉什迪不同的是，斯威夫特更乐意将创作视线集中在英国本土的文化传统和民族意识之上。尽管他的小说充满了疯狂、战争、创伤和丧失亲人的场面，但他的作品体现了一种诙谐与幽默的基调。在《离开尘世》《从此以后》和《杯酒留痕》等小说中，斯威夫特以滑稽的口吻描述了当代人的失落感。然而，他作品的艺术魅力与其说来自这些滑稽可笑的事件本身，倒不如说来自作者创造这些玩笑的方式。引人注目的是，悼念是他小说中一个重要的主题。“他创作了一系列有关居丧的复杂故事，其中出现了许多令人精神振奋、心情愉快和增进友谊的悼念形式。”这便是斯威夫特小说的诙谐之处。在作者看来，当人们丧失亲人或其他难以忘怀的东西时，他们自然会进行悼念。尽管他们明白死亡已无可挽回，但失去的亲人依然存在于他们的想象之中，因而悼念便成为明白和想象之间的一种妥协行为。在斯威夫特的小说中，人物的悼念过程与叙述故事往往彼此交融。“它与叙述故事，或者更确切地说，与那种将孤独感和群体感神秘地结合起来的现代叙述形式具有一种特殊的关系。”

在斯威夫特的小说中，几乎所有的叙述者都扮演了某种角色，并且都处在悼念之中。他们大都是在晚年回忆自己年轻时代生活经历的老年男性。这些人物往往具有负疚感，精神脆弱，对人生失去了信心，但对过去却一直耿耿于怀。例如，在《离开尘世》中，年迈的主人公比奇怀着复杂的心情向他的儿子哈利叙述了自己在第一次世界大战中失去手臂和获得维多利亚十字勋章的经历。他不无伤感地说：“人人都对这场伟大的战争具有自己的想象。在这种想象中，昔日和现代的观念会发生可怕的冲撞……但这种可怕的冲撞可能会以更极端和更荒诞的形势继续发生。”这不仅是这位残疾军人悼念过去的原因所在，而且也是他想象现代悲剧的一种方式。对他来说，对待这种“想象”的唯一办法便是叙述他的故事，寻找他的听众，并与他们共享自己的故事，单独地或与他们一起进行悼念。

在斯威夫特的另一部小说《从此以后》中，小说主人公比尔极力试图将自己想象为哈姆雷特，但他时刻担心自己只能成为一个恶人。显然，哈姆雷特是一个十分恰当的形象，因为他会使读者联想起悼念、讲故事和开玩笑之间的关系。主人公比尔一直在猜想他已故的父亲究竟是火车司机还是外交官。当他母亲再婚时，比尔像哈姆雷特那样悼念自己已故的父亲：“从这种幽灵般的悼念中我开始寻找一个我从不了解的父亲——高尚的、正直的和委屈的。”斯威夫特于 1996 年发表的《杯酒留痕》同样揭示了悼念的主题。全书七十五个部分由七个人物全部采用第一人称叙述，其中五个男人，两个女人。在五个男人中，有四人曾经参加过第二次世界大战。他们在悼念一位刚去世的名叫杰克的人。作者巧妙地采用了时空错乱的手法来揭示人物的复杂经历和他们之间的微妙关系，并成功地驾驭了七位悼念者的不同声音，使其形成一种彼此呼应、互相补充的“复式叙述”（plural narration）。值得一提的是，在斯威夫特的小说中，玩笑与悼念往往交织一体，日常的玩笑似乎成为将悼念者连在一起的纽带。例如，当《杯酒留痕》中的杰克去世时，人们自然会悼念他，但这不是因为他的去世是个玩笑，而是因为他本人生前经常与他们开玩笑。显然，斯威夫特在创作中捕捉到了一个独特的题材，并使他的几部小说成为一个和谐与统一的艺术整体。

二、独创性

引人注目的是，在20世纪末的英国文坛上涌现出一批才华横溢的苏格兰作家。1994年出版的《20世纪70年代以来的苏格兰小说》对十余位作家的数十部小说做了重点介绍。该书的主编华莱士先生在“前言”中的一句话：“现在人们都认为，过去20年是苏格兰文学最多产和最富有挑战性的时期……苏格兰作家取得了如此卓越的成就，除了那些最古怪的人之外，没有人会否认‘苏格兰小说’是一股重要的文学力量。”在这些才华出众、成绩斐然的小说家中，詹姆斯·凯尔门、和威廉·博伊德无疑是佼佼者。

（一）代表人物：詹姆斯·凯尔门

詹姆斯·凯尔门自20世纪80年代初步入文坛起奋笔疾书，锲而不舍，如今已成为英国小说界一位举足轻重的人物。他的《寻找机遇者》《不满情绪》和《多晚了，现在多晚了》等小说“在三个关键领域对苏格兰的小说创作产生了重要的影响，即对工人阶级生活的描绘，对‘声音’的处理和对叙述形式的运用”。尽管凯尔门有时也采用实验主义的手法，但他也许是当代英国现实主义小说的代言人。他针对目前许多小说脱离现实生活的倾向，明确指出：“在我们的社会中，我们已经不习惯将文学视为可以反映普通女人和男人的日常生活的艺术形式……这是我们不想看到的。”凯尔门还认为，“在英国出版的90%的文学作品所描写的人物从不需要对钱感到担忧。人民似乎总是观察或阅读那些生活在充满金钱和运气的世界中的人的感情危机”。然而，凯尔门虽然致力于描写社会基层人物的现实生活，但他并未放弃对实验主义技巧的尝试。他在近期出版的某些小说中不仅淡化故事情节，而且有意采用了一种被评论家认为是“非表现”的模糊的语言风格。值得一提的是，凯尔门在描写社会底层人物时经常采用相当粗俗的语言。这种现象在他1994年获得布克奖的小说《多晚了，现在多晚了》中尤为明显。凯尔门蓄意的粗话不仅遭到了批评家的谴责，而且也影响了其小说的销售。有的英国的图书销售商称《多晚了，现在多晚了》是“灾难性的失败……它将被证明是 1980 年以来商业上最不成功的一部获布克奖的小说”。

然而，凯尔门在艺术风格上体现了一定的独创性。他对人物视角的处理和对叙述形式的运用充满了艺术匠心。“凯尔门在艺术风格上的一个显著特征是口语和书面语的混合使用，从而使叙述者的口吻体现出口语化的特点。通过这种方式，他为自己找到了一种克服作为叙述用语的英语和作为对话用语的琴格兰语之间明显区别的特殊方式。这种区别常常使苏格兰作家陷于困境。”从某种意义上来说，凯尔门将其小说的叙述语言从英语书面语的陈规中解放出来是对小说语言的一种大胆尝试。这无疑使他的艺术风格更加贴近苏格兰人的性格特征和生活方式。此外，凯尔门在叙述形式上模仿了伍尔夫那种捕捉人物瞬间印象的方式。在他的小说中，故事情节十分有限，而冲咖啡和卷纸烟等动作则是他笔下那些在生活中失意的人物的无休止的日常行为。“凯尔门笔下的所有主人公都被迫没完没了和无情地忍受着难以忍受的异化的折磨。”例如，在《寻找机遇者》中，不得不借住在他姐夫家的主人公塔马斯是生活中“偶然的人物”。在小说结尾，他搭上了一辆驶向未来的卡车。然而，他根本无法把握自己的未来，而是像赌徒那样“寻找机遇”。同样，在《不满情绪》中，主人公道尔是一名对现实生活和个人境况怀有强烈“不满情绪”的教师。在充满敌意的环境中，他的异化感日趋严重。他越是想逃避可怕的现实，越是感到有一种可怕的势力在牵制着他。小说以他准备将一块石头扔向一个大机构的玻璃窗而告终。《多晚了，现在多晚了》于 1994 年获“布克奖”，该作品同样揭示了当代英国凡夫俗子的严重异化感和孤独感。主人公萨米是个酒鬼，而且还是一个无时不在与严酷的生活环境谈判的人。在绝望之中，他有意激怒警察并希望遭到逮捕。警察不仅满足了他的愿望，而且还打瞎了他的双眼。于是，失明成为小说的重要主题之一。在小说结尾时，萨米不仅看不见世界，而且他本人也从这个世界上“失去了踪影”。显然，凯尔门的小说较为深刻地揭示了当代英国市井百姓在现实世界中的微不足道和严重的失落感。从某种意义上来说，第一次世界大战之后在英国小说中流行的有关异化的主题在凯尔门的小说中再次得到了深刻的反映。

（二）代表人物：威廉·博伊德

威廉·博伊德是 20 世纪末活跃在英国文坛上的另一位杰出的苏格兰小说家。同凯尔门一样，博伊德也于 20 世纪 80 年代初在文坛崭露头角。然而，他在艺术风格上显得不够稳定，并试图表现本人并不熟悉的题材。20 世纪 80 年代初，他发表了《非洲的一个好人》和《冰激凌战争》两部以非洲为背景的小说。尽管这两部小说并未获得好评，但“博伊德充分显示了描写故事和组织材料的能力”。然而，他的第三部小说《明星和酒吧》“对他这样有才华的作家来说几乎是个灾难”。博伊德似乎并不了解自己的艺术特长，创作了一部以美国为背景的呆板而乏味的喜剧小说。不过，他对美国社会的浓厚兴趣使他的下一部小说《新的忏悔》大获成功。

《新的忏悔》抛弃了当代英国年轻作家常有的那种胆怯心理，体现了一种充满艺术活力的大家手笔。这部小说以第一人称的形式叙述了一个精力充沛、富有才华却极其自私和冷酷无情的电影导演与社会之间的激烈冲突。主人公托德试图逆历史潮流而动，他对有声电影感到厌恶。在他看来，“历史是错误的……有了声音，电影太容易解释，太精确，这会使那种含蓄的东西不复存在”。然而，托德是一个反对现代文明与科学进步的可怕的魔鬼，他所从事的事业最终遭到了社会与历史的无情报复。引人注目的是，作者在处理小说的时空问题上显示了丰富的想象力，从而使作品产生出一种电影的效果。“博伊德在创作这个想象中的电影时表现出异乎寻常的艺术才华，他用语言制作了一个电影。”不少评论家认为，《新的忏悔》既具有传统经典小说的气质，又体现了20世纪末的时代特征，是一部不可多得并且在新世纪依然会有影响的杰作。显然，20世纪末的英国小说在艺术上体现了多极互动、多元发展的倾向。新的现实主义潮流在涌动中不时与其他各种文学思潮互相冲撞，却又经常以彼此交融的方式来达成妥协。后现代及后殖民时代的小说家们在艺术上博采众长、兼容并蓄的同时，往往根据各自的审美意识和创作观念来捕捉当代小说的热点。正如一位英国评论家在论述走向2000年的英国小说时指出：“英国的文学交通已经超过了十字路口到达了一个实实在在的联轨站，它的复杂性加之从国外传来的隐约的回声也许使其成为这个创作时代一种更为恰当的比喻。在这个时代中，供长期使用的主要道路依然清晰可辨，但它们正在不断地被新的方向所掩盖，并与旧的道路重新组合，同时又不断分化。”

第二章　英国当代早期著名作家小说创作

文学创作和社会情绪密切相关。英国当代早期的小说创作，总体上是当代英国社会情绪的一种表述，而当代英国情绪的变化，则是当代英国“国家形式”变化的一种反映。本章重点论述典型的“钟摆运动”小说创作、重奏小说、寓言与反乌托邦小说和哲理讽喻小说。

第一节　20 世纪 50 至 60 年代小说创作中的“钟摆运动”

“钟摆运动”即时而偏向“写什么”，时而偏向“怎么写”；当“钟摆”偏向“写什么”时，往往是偏重作品内容含义的写实主义占上风，而当“钟摆”偏向“怎么写”时，则往往是偏重作品形式革新的实验主义占上风。其实，这种晃动于“写实”和“实验”之间的“钟摆运动”，在 20 世纪下半叶的英国文学中依然存在，特别是在 20 世纪五六十年代。

进入 20 世纪 60 年代后，“钟摆”又开始摆向另一边，文学中的实验和“形式革新”又活跃了起来。比如，威廉·戈尔丁等人实验性地采用寓言讽喻的方式创作哲理小说，以此探讨道德和人性问题，因而被称为“哲学寓言派”。还有如劳伦斯·达雷尔和穆丽尔·斯巴克等小说家，此时也以形式新颖的作品蜚声文坛。更令人关注的是 B. S. 约翰逊和约翰·福尔斯等人为代表的“形式革新派”，他们不是彻底摈弃小说的传统结构，就是极度怀疑小说的“真实性”，从而创作出一部部令人咋舌而又不乏深意的“怪作”，形成小说创作中一道奇异而怪诞的风景线。

一、“长河小说”

“长河小说”即长篇系列小说。在英国，最早创作“长河小说”的作家当推 19 世纪中叶的安东尼·特罗洛普，他的“巴塞特郡小说系列”包括六部长篇小说。20 世纪初，约翰·高尔斯华绥的长篇家族史小说“福尔赛世家三部曲”也属此类。

首先是老作家伊夫林·沃在 1952—1961 年间推出的长篇三部曲《荣誉之剑》，即《军人》《军官与绅士》和《无条件投降》。在这部以第二次世界大战为题材的长篇系列小说中，伊夫林·沃充分发挥了他作为讽刺作家的杰出才能，他描述的军旅生活充满讽刺意味而毫无英雄气概，作品中的主要人物也都带有“后英雄”和“滑稽角色”的色彩。由于伊夫林·沃亲历过这场战争，因而对战争场面的描写生动细致，明显具有写实特征，而他的天主教信仰又使作品在表现战乱的同时具有宗教劝谕的性质。三部曲结构恢宏，语言简洁生动，体现了伊夫林·沃一贯的语言风格，而更为重要的是，小说通过大量的外部细节描写来显示人物个性，塑造人物形象，并从人物个性和任务关系的变化中揭示主题，其采用的完全是传统的现实主义手法。

其次是，C. P. 斯诺的总称为《陌生人和兄弟们》的系列小说在这一时期特别引人关注。《陌生人和兄弟们》共有 11 部长篇，按创作时间和故事发生时间，大致可分为两组：第一组包括《希望的年代》《乔治·巴桑特》《富人的良心》《光明与黑暗》《院长们》和《新人》；第二组包括《回家》《事件》《权力通道》《沉睡的理性》和《结局》。所有这些小说均使用第一人称手法，有些是主人公艾略特讲述自己的故事和个人经历，有些则是由他以观察者和评论者的身份来讲述他人的故事，但无论是讲述自己的故事，还是讲述他人的故事，采用的都是传统的写实手法。

《陌生人和兄弟们》从《希望的年代》开始，在主人公对未来的茫然期待中达到《结局》。总标题“陌生人和兄弟们”清晰地阐述了系列小说的主题——人与人的关系，既是兄弟，又是陌生人。在现代社会，人们必须相互合作、相互支撑，因而就如兄弟；与此同时，人们又必然会明争暗斗、尔虞我诈，因而又是陌生人——总之，既亲密，又疏远。就广度而言，这部系列小说跨越时间长达半个多世纪，涉及政府、大学、实业界等各个领域，描绘了社会各阶层的众生相，因而很容易使人想起巴尔扎克的《人间喜剧》。

除了斯诺的系列小说，还有威廉·库珀的三部曲也是当时广为人知的“长河小说”。库珀和斯诺一样，也是 20 世纪 50 年代英国文学保守运动的一员大将，在反对实验和回归“传统”方面堪称斯诺的“战友”。他在 1950 年出版的《外省生活花絮》通常被认为是第一部“愤怒的青年”小说，其后他又写了续篇《婚姻生活花絮》和《都市生活花絮》。三部“花絮”，构成了一组三部曲，而且和斯诺的系列小说一样，也采用第一人称的叙述手法讲述主人公的经历。就库珀的创作成就而言，这三部“花絮”无疑是最重要的。

在这三部“花絮”中，库珀不仅最早塑造了“愤怒的青年”形象，还表明了他的创作思想。他的第一部“花絮”，即《外省生活花絮》，很明显有模仿19世纪小说家乔治·艾略特的《牧师生活花絮》的痕迹，后面两部“花絮”也基本上是沿用乔治·艾略特的手法写成的，所以有评论家说，其“小说风格是现实主义的、文献性的，甚至是新闻报道式的”。确实如此，而且这是库珀有意追求的。

库珀向来反对现代派的实验主义，主张小说“返回”19世纪，他曾在《对实验小说若干方面的反思》一文中写道：“写实验小说是逃避写生活在社会中的人，因为小说家们无法适应社会，也无法投入社会；他们躲起来写孤独的人的内心感受，因为他们无法忍受当下的工业化社会。”显然，他觉得实验小说过多地关注“孤独的人”，他自己则对“生活在社会中的人”更感兴趣，而这就是19世纪英国小说的“伟大传统”。

实际上，当时的“长河小说”还有很多。

二、“愤怒的青年”

“愤怒的青年”这一名称始见于1951年莱斯利·保罗的《愤怒的青年》一文，但该文说到的是当时的一种社会现象，和后来的那些年轻作家并无关系。1954年，金斯利·艾米斯的小说《幸运的吉姆》出版后畅销一时；1956年，剧作家约翰·奥斯本的剧本《愤怒的回顾》公演后引起轰动。由于这两部作品都塑造了当代青年中的“反英雄”人物形象而引起评论界的关注，于是“愤怒的青年”便成了概括这一文学现象的常用术语。1958年，一部专门研究“愤怒的青年”现象的著作，即《愤怒的10年：20世纪50年代文化反叛述要》，深受学术界重视。至此，那些在作品中表达了“愤怒的青年”情绪的小说家才在英国文学界确立了重要的地位。

“愤怒的青年”小说家在20世纪50年代短短的几年中就创作了大量作品，其中不乏名篇佳作，如艾米斯的《幸运的吉姆》、约翰·韦恩的《大学后的漂泊》、约翰·布雷恩的《跻身上层》和艾伦·西利托的《星期六晚上，星期天早上》等。还有威廉·库珀的《外省生活花絮》和默多克的《网下》等，也属此类。

显然，这些小说代表了现实主义小说在英国的又一次“回潮”，但这次“回潮”并不意味着完全“回归”到英国现实主义小说传统，只能说他们在很大程度上继承了传统现实主义的写实风格，就如批评家拉宾诺维兹所说，他们“满足于传统的表现手段，反对文学形式上的试验，抵制技巧风格上的变革”。金斯利·艾米斯曾说：“那种认为‘实验’是英国小说命根子的想法是很难绝迹的。在这一语境下，无论在结构上还是在风格上，‘实验’都可以归结为‘挡不住的怪僻’。但我们并不觉得在主题、（创作）态度和风格上的冒险真有那么重要。”他认为实验小说的时代已经一去不复返，再来宣扬实验小说的特性显然已经过时了。同样，约翰·韦恩也认为，实验小说的顶峰是詹姆斯·乔伊斯的《尤利西斯》，此后，“几乎没有什么实验小说的创作给人以严肃的印象，它们只不过是在趋附时尚，或是在急躁地追逐新的噱头，实验小说已经随乔伊斯一起死去”。

因而，“愤怒的青年”小说家在创作实践中不约而同地使用传统写实小说的形式。所谓“传统写实小说的形式”，其主要特点就是“讲故事”。在他们的小说中，有中心人物、性格刻画、典型环境、故事情节、景物描写、时间顺序，有跌宕、波折、开始、结局，就是没有现代派小说的形式实验；就如有人指出的，他们的小说“根本没有实验技巧的痕迹。他们的文风是浅显的。他们的时间顺序是顺时性的，他们没有使用神话、象征，或意识流内在叙事”。金斯利·艾米斯也曾说，他的小说就是“用直白风格讲述的可信人物的可靠故事，不搞愚蠢的实验之举”。

此外，“愤怒的青年”小说家大多出身中下层家庭，对社会底层有着切身的体会和感受，因此在描写劳工阶层的小人物和出身底层的年轻人时非常贴近生活。他们的作品主要揭示二战后出身底层的年轻人的追求和奋斗，以及他们的“愤怒”、不满、反抗和最后的消沉或妥协。这也在很大程度上继承了19世纪现实主义小说的社会批判传统。在他们的作品中，主人公的内心往往充满牢骚、怨艾和愤恨。他们大多出身底层，又因得益于“福利社会”而受过高等教育；他们试图通过种种努力（如投身商界、“高攀婚姻”等）爬上社会上层。但现存社会体制和价值观念又使他们的愿望难以实现。所以，他们既憎恨社会秩序和等级观念，同对又渴望跻身于社会“上层”。基于这样的矛盾心理，他们往往玩世不恭地对抗社会，结果又不得不和现实社会“磨合”，或妥协，或消沉。可以说，“愤怒的青年”是20世纪50年代英国社会的一种典型形象，一种社会转型期的文化符号。

不过，尽管“愤怒的青年”小说家有意继承19世纪的传统，但和19世纪的现实主义小说大师相较，他们不免显得狭隘和局促。他们只是表现出了一群年轻人对社会等级的不满，对现存秩序的“愤怒”，以及对社会生活的非理性反叛，而没能像19世纪现实主义小说家那样，深刻而又富有想象力地展示广阔而深厚的社会历史画面。他们只是在有限的范围内反映了战后英国有限的社会现实。此外，他们的作品往往拘泥于生活中的具体细节和表面现象，既没有触及生活的内里和根本，更缺乏对人生的普遍观照。总之，就如有评论家所说的，“狭隘的范围，肤浅的分析，不负责任、漫无目的的主人公，反英雄式的行为，反理智的观念，粗俗打闹的滑稽剧——这些便是20世纪50年代这群小说家所显示出来的特征”。

三、反传统的实验小说

到了20世纪60年代，几乎整个世界都要比20世纪50年代动荡得多，英国作为一个岛国较之于欧美其他国家虽相对稳定一些，但不可能不受其影响。所以，进入20世纪60年代后，英国文学界也在酝酿变革。新的文学理论开始出现，实验主义开始向现实主义传统发起挑战。人们对小说的走向感到困惑，情形就如戴维·洛奇后来所说：“现实主义小说仍不断涌现——人们容易忘记的是，英国的大部分小说都属于这一类——但是对现实主义建立在审美和认识论上的前提的怀疑越来越强烈，以至于许多小说家开始徘徊在小说的十字路口，思索着眼前的两条路：一条通向非虚构小说，一条通向罗伯特·斯科尔斯在其论著《寓言作家》中所称的‘寓言式想象虚构’。”

戴维·洛奇所说的“非虚构小说”，显然是指现实主义小说，而他借罗伯特·斯科尔斯之口所说的“寓言式想象虚构”，就是指放弃写实传统的实验小说。英国小说徘徊在“十字路口”，面临选择的困境：一方面，英国有着和欧美其他国家不同的历史和传统，现实主义传统在英国根深蒂固，20世纪50年代的现实主义回归就是其明证；另一方面，当时发生在法国和美国的小说实验运动声势浩大，英国小说家不可能对此无动于衷，尤其是对战后年轻一代小说家来说，放弃传统、大胆革新似乎更具“诱惑力”。结果是，就如在20世纪初一样，英国小说界再次分化：第一，传统仍在继续；第二，出现了反传统的实验小说。

实验是形形色色的，但不可能空穴来风——既然要“反传统”，就得和传统“纠缠”。尽管有趋于极端的小说实验，但大多数实验小说家还是从“改造传统”开始其实验的。这方面最好的例子就是安格斯·威尔逊，他的小说创作体现了战后英国小说从现实主义向实验主义的转变。

威尔逊的早期作品继承了19世纪的现实主义传统，以写实的手法描绘中产阶级生活的方方面面，如《盎格鲁-撒克逊态度》和《艾略特太太的中年》等。但是，当20世纪60年代实验之风在英国兴起时，威尔逊开始倡导小说的实验与革新，并于1961年出版了他的第一部实验小说《动物园里的老人》——一部属于“寓言式想象虚构”的政治寓言小说，其中的动物园暗指英国社会，而故事背景则设在未来的1970—1973年间。小说通过描写动物园管理员间的权力争夺以及人和动物间的冲突，影射当代英国社会秩序的沦丧及其面临的威胁，同时感叹昔日“大英帝国”的一去不复返。但是，继《动物园里的老人》之后，威尔逊写了《晚访》—— 一部回归其早期现实主义风格的长篇小说。接着，他还写了一部试图把传统风格和实验手法结合在一起的作品《并非笑料》。最后，他又写了两部“寓言式想象虚构”的实验小说，即《魔术般的》和《让世界燃烧》。

像威尔逊这样的实验，同样也体现在奥威尔、戈尔丁、伯吉斯乃至福尔斯等人的创作中——无论是奥威尔的《一九八四》和戈尔丁的《蝇王》，还是伯吉斯的《发条橙》和福尔斯的《法国中尉的女人》，都属“寓言式想象虚构”的实验小说，同时又在某种程度上保留了现实主义传统。一般说来，这类作品的构思或者说总框架都是“寓言式想象虚构”的，但人物和细节描写是写实的、传统的，或者说“现实主义的”。因此，它们时而被归入实验主义，时而被归入现实主义，也就不足为怪了。

当然，在20世纪60年代也出现了相当极端的小说实验。实际上，早在20世纪50年代，塞缪尔·贝克特就以他的“三部曲”《莫洛伊》《麦隆之死》和《无可名状的人》表明当时的英国小说创作中也存在着最为激进的变革倾向。然而，贝克特对叙述形式和解构叙述形式的实验在20世纪50年代的英国小说界几乎没有获得反响。到了20世纪60年代，情况发生了变化，有些小说家开始追随贝克特，主张对小说进行最激烈的“形式革命”。其中影响最大的是劳伦斯·达雷尔、B. S. 约翰逊和克里斯廷·布鲁克-罗斯等人。

劳伦斯·达雷尔被称为“英国后现代主义小说的开路先锋”，他从20世纪50年代就开始写以重复文本形式出现的所谓“重奏小说”；B. S. 约翰逊则堪称当代英国极力主张小说革新的文学斗士，“极端形式主义”小说的倡导者，被认为是“迄今为止在后现代主义文学道路上走得最远的小说家”。至于女作家克里斯廷·布鲁克-罗斯，她在20世纪60年代创作的三部实验小说，即《外出》《如此》和《两者之间》，致力于对小说的时间处理、结构布局以及语言形式进行实验，在淡化故事情节、人物和叙述顺序方面都明显反映出她受贝克特和法国“新小说”派的影响。她还在创作中探索语言主题，运用自由联想和意识流技巧，并把大量科技术语引入小说。尽管上述三部小说晦涩难懂，但其中的《如此》获得了当年的“布克奖”，因而仍受评论界关注。

第二节　劳伦斯·达雷尔——重奏小说

劳伦斯·达雷尔被认为是英国“后现代”小说的重要开拓者，因其在“后现代”语境中对小说形式的重要探索而为人称道。他的两部风格独特的“重奏小说”不仅表明系列小说不按垂直线形关系而是按平行关系予以组合的可能性，还展示了他对小说的时空关系和框架结构的高超驾驭能力。

一、生平与作品介绍

劳伦斯·达雷尔生于印度，16 岁回英国接受教育，后旅居巴黎，和美国作家亨利·米勒过往甚密，而且深受其影响。二战期间，他曾在开罗和亚历山大港任英国情报处官员。

1938 年，达雷尔就开始发表诗文，他在巴黎出版《黑书：一种痛苦》。此书和亨利·米勒的《北回归线》颇为相似，用狂放而颓废的笔调描述失意文人的堕落景象，其中夹杂着用“超现实主义”手法表现的色情描写，以显示此类文人的性欲混乱和内心痛苦。因而，此书在英国一直被列为禁书，直到 1973 年才得以出版。

1957 年，达雷尔出版实验小说《杰斯婷》，由此而驰名文坛。其后，他又连续出版了实验小说《巴尔撒泽》《蒙塔里夫》和《克莉》。由于这四部作品都以埃及的亚历山大港为背景，而且具有共同的主题，即达雷尔自己所说的“对现代爱情的探讨”，因而，后来合在一起出版，称为《亚历山大四重奏》。

继《亚历山大四重奏》之后，达雷尔继续进行小说实验，出版了好几部长篇小说和短篇集，其中重要的有《吞克》和《能夸姆》等。

20 世纪七八十年代，达雷尔的主要小说作品是《先生》《莉维娅》《康斯坦斯》《塞巴斯蒂安》和《奎因克斯》。这五部作品合在一起，被称为《阿维尼翁五重奏》。

达雷尔不仅是小说家，还是一位诗人，其重要诗作有《诗集》《肖像集》和《天琴集》等。

二、创作风格与特点

达雷尔既然以“重奏小说”而闻名，他的风格就是“重奏风格”，他的特点就是“重奏特点”。

所谓“重奏风格”，就是达雷尔巧妙地借用爱因斯坦的“时空连续体”理论使多部作品按平行关系交替并置，使各类事件融为一体，而不是像一般的系列小说那样，是建立在垂直的线形关系上的。也就是说，几部作品在时间上并无延续性，作品中的事件和人物是在不同的空间里展示的；几部作品之间既互相联系，又彼此矛盾。这种组合本身就已显示出不寻常的复杂性和多重性，再加上达雷尔使用变化无常，有时甚至是令人眩晕的叙述笔法，以及时不时在作品中写到令人困惑的梦境和幻觉，所以他的“重奏小说”给人以扑朔迷离和神秘莫测的感觉。就如他自己所说，这“既是一种四维度的舞蹈，又是一首相对论的诗歌”。

不仅如此，达雷尔的“重奏风格”中还含有“元小说”的特点。和其他“后现代”小说一样，达雷尔的“重奏小说”也表现出探讨小说创作本身的倾向。达雷尔曾说：“这部小说（指《克莉》）只是半公开地探讨了艺术，这是现代艺术家们的重要题材。”在《克莉》中，身为小说家的叙述者达利时而会谈论小说创作和小说技巧。这表明，对小说本身的思考也是这部小说的重要内容。还有小说中的其他几位艺术家，他们不仅谈论爱情、两性和外交关系等，同时也热衷于谈论美学问题；更有甚者，达雷尔在小说中还常常直接插入作家日记和摘自其他小说及刊物的片段，并予以评论，从而使小说创作本身成了小说的重要主题之一。所以，就如有论者指出的，达雷尔的“重奏小说”，其“中心主题是对现代爱情的探讨，而它的副主题则是‘小说本身的性质’”。这在很大程度上反映了20世纪五六十年代“后现代”小说的基本特征。

20世纪80年代，达雷尔的“重奏风格”又有进一步发展，这主要体现在《阿维尼翁五重奏》中。在这部“重奏小说”中，达雷尔不仅表现出更为成熟老到的创作技巧，还表现出他晚年继续进行小说实验的决心。他别出心裁地按流行的梅花形设计出“五重奏”结构，也就是他自己所说的“镜子游戏”，即“五重奏”中的第一部居中，其余四部则呈放射形排列其四周，由此产生出一种独特的所谓“棱镜效果”。也就是说，五部小说就像五面镜子一样相互折射同一主题，各种纷繁复杂的形象和语言成分通过互相折射而将“五重奏”的内涵进一步彰显，从而营造出一种意想不到的艺术效果。

至于早先就有的“元小说”特点，在“五重奏”中也被进一步加强。有论者认为，“五重奏”从整体上说就是一部“关于写小说的小说”，或者说，是一部旨在于探讨小说创作的小说。确实，在“五重奏”中有许多人物既是小说中的人物，同时又在扮演着小说家甚至小说批评家的角色。这些人物同样做着“镜子游戏”，将在后几部作品中的出现的人物，在第一部作品中担任叙述者，而第一部作品中的人物，又会成为后几部作品中的叙述者。这样让人物互换角色，产生出一种更为奇特的“棱镜效果”，即让小说家塑造的小说家人物来完成小说内容的叙述，从而进一步模糊了艺术与生活、小说与现实之间的界限，使小说变得更加扑朔迷离。当然，达雷尔之所以要制造这种效果，目的仍在于表达他的创作意图，即“试图从三维世界转向五层意识，使所有新的人物都成为一个人、一个时代和一种文化的具体表现”。

三、典型作品评析

《亚历山大四重奏》是达雷尔的成名作，充分体现了达雷尔在“后现代”语境中的实验意图。这部由四部作品组成的“重奏小说”以20世纪三四十年代埃及港市亚历山大为背景，主要描述当时青年小说家达利的创作经历以及他和一群游荡在埃及古城的知识分子之间的复杂关系。《杰斯婷》描述了达利和有夫之妇杰斯婷及夜总会舞女梅丽莎之间的感情纠葛。《巴尔塞沙》修正了前一部小说中的人际关系，并揭示了更为复杂的事件和人物间的爱情游戏。在“四重奏”的第三部作品《蒙托列夫》中，小说家达利已显得无关紧要，取而代之的是英国驻埃及大使蒙托列夫有失身份的畸形恋情。最后一部小说《克莉》讲述二战期间主人公达利和艺术家克莉之间的爱情，而杰斯婷和巴尔塞沙等人物也纷纷在此重现。

《亚历山大四重奏》在达雷尔自己来看，他认为“这四部小说应被当作一部作品来阅读……其合适的副标题也许是‘词语连续统一体’”。之所以被称为“词语连续统一体”，是指这四部小说是由“词语”而不是由“故事”予以连续的。也就是说，它们并不遵循通常的时间顺序和客观实际时限叙述故事。实际上，达雷尔在《亚历山大四重奏》里采用的是类似于弗吉尼亚·伍尔夫等“意识”小说家的手法，遵循的是“心理时间”，或者说，是以“心理时间”顺序叙述故事的。所以，对人物心理具有重要意义的短暂时刻，即便只有几分钟，他也会详尽细致地予以长篇描述，而对人物心理来说无关紧要的事情，哪怕是重大历史事件或者几十年漫长的岁月，他也一笔带过。显然，达雷尔采用这种叙事方法旨在凸现人物心理，并通过人物心理映照出时代特征。

《亚历山大四重奏》里人物众多，其中最重要的人物则是杰斯婷（“四重奏”的第一部就是《杰斯婷》）。虽然四部小说的叙述者各不相同，但不管叙述者是谁，叙述的焦点都和杰斯婷有关：第一部里，小说家达利叙述他和杰斯婷之间的畸形恋情；第二部里，巴尔塞沙叙述，他认为杰斯婷和达利纠缠在一起仅是一个幌子，目的是要掩盖她和珀斯沃登之间的非正常关系，避免丈夫内西姆生疑；第三部里，内西姆叙述他当初和杰斯婷结婚是为了结成犹太-科普特人联盟，密谋背叛英国；第四部里，又是达利叙述，讲到内西姆和杰斯婷的图谋被发现，虽然他们侥幸活了下来，但杰斯婷遭软禁，内西姆沦为车夫，等等。可以说，“四重奏”就是通过杰斯婷及其周围的众多人物，展示了现代人所面临的心理危机和“自我”分裂。

在“四重奏”里，许多人物的身份或行为都显得真伪难辨，杰斯婷的身份和行为更是扑朔迷离，令人困惑。她是个犹太女人，丈夫去世后嫁给了富有的科普特银行家内西姆，一夜之间身价倍增，而内西姆之所以娶杰斯婷为妻，是因为和犹太女人结婚可以给犹太人良好的印象，有利于他所致力的犹太-科普特人联盟，从而达到反对英国人统治的目的，而内西姆之所以反对英国人，是因为英国人剥夺了他们家族在土耳其人统治时代所拥有的权力。然而，杰斯婷嫁给内西姆后却认识了小说家达利。她并不知道达利其实是英国情报员，不但和他关系过于亲密，还把他介绍给了丈夫内西姆。内西姆不知道妻子杰斯婷和达利关系过于亲密，还一心想从达利那里刺探有关英国人的情报。后来，内西姆夫妇的行为被埃及的英国殖民当局发现，欲以“反英罪”逮捕他们。杰斯婷得知情况后，对达利谎称丈夫内西姆知道了他们的关系，要“追杀”她，所以她不得不逃到巴勒斯坦去。达利虽是情报员，却对事情真相一无所知，只能对他们三人的关系作表面理解，认为杰斯婷是为他而逃。然而，读者从这里可以看出杰斯婷身份的复杂性：她是犹太人，是妻子，是情人，又是丈夫的眼线和当局的迫害者。不仅身份复杂难辨，杰斯婷的行为和观念更是令人费解。总之，她是个多面人，一个病态心理、“自我”分裂的人。

杰斯婷如此，其实小说中的其他主要人物，如达利、内西姆、珀斯沃登、巴尔塞沙、蒙托列夫和克莉，也都如此。小说中围绕在人物周围的层层谜团，既体现了人物身份的多重性，又展示了人物行为的复杂性和矛盾性。这在达雷尔看来是人们身处社会的必然结果。他把亚历山大港看作有着数千年政治、历史和文化积淀的人类社会的一个缩影，一个有着千年文明积淀的多棱体。透过这个多棱体的光是五彩缤纷的，再加上多棱体的转动和人们的移位，照在人们身上就更加斑斓驳杂、不可分辨了。所以，他认为“自我总是按照社会所作的具体要求不断做出反应；人物不是生活的主人，相反，生活是人物的主人”。

人物身份的多重性和行为的矛盾性表明达雷尔有意消除确定性和非确定性之间的界限。在传统阅读过程中，读者往往凭借理性思维确定人物身份，然而达雷尔认为这种确定性根本不存在。在他看来，现实难以靠理性来把握，即使最伟大的艺术也无法让人认识其全貌，就如小说中达利在回忆自己所经历的生活时所说，“每个人对于我们的了解都只是一个方面，因为我们每次只是将多棱镜的一个面转向每一个人”。因而，只能把理性视为有时可能有用的工具，而非“万能的上帝”。

此外，人物身份的多重性和行为的矛盾性即意味着“自我”分裂。根据雅克·拉康的“后现代精神分析学”，“自我”由两部分组成：一部分称为“意识主体”，即“je”；另一部分称为“无意识主体”，即“moi”。在这两种“主体”中，“无意识主体”是真正的“主体”，也就是前语言的、本能的“自我”；“意识主体”则是社会化了的“自我”，是“无意识主体”的表象，而且和其本源即“无意识主体”之间存在着差异。也就是说，由两部分组成的“自我”本身就呈不稳定性，而其表现就是“意识主体”的多重性。达雷尔似乎和拉康不谋而合，认为“自我”分裂有其内在必然性，还就此加以发挥，认为每个人都有好几种潜在的生活方式，现实生活中的人往往只是选择了其中的一种，而事实是，人们一直行走在各种可能性的边缘上，所以只要有足够的勇气，就能改变“自我”，改变原有的生活。然而，正因为“自我”的不稳定性，“自我”也有其危险性，那就是“自我”在改变过程中的迟疑。结果导致多种可能性同时出现，造成身份的多重性和行为的矛盾性，即“自我”分裂。杰斯婷就属于这种“自我”分裂人格，而且较其他人物更具典型意义，因为她已将这种“自我”分裂人格视为自己固有的人格，还为此辩护说：“一个人有五幅不同的面孔，有什么不好？如果我进行创作，我就将人物刻画成多维形象，即多棱镜视觉效果。一个人为什么不能呈现多面性呢？”

对于当代生活中的“自我”分裂，“后现代”作家大凡有三种表现：一是认为完整的“自我”从未有过，而且永远属于将来时；二是认为“自我”分裂开始于当代生活，而且已不可挽回；三是认为完整的“自我”固然从未有过，但将来或许会有。达雷尔大体属第三种，他认为“自我”分裂、多重人格完全可以避免，那就是超越“自我”，实现“他者”。何为“他者”？这是达雷尔从诺斯替教（Gnosticism）的教义中援引来的。诺斯替教信奉的是“他者上帝”，并认为人唯有和“他者上帝”融为一体，灵魂方能得救。那么，“他者上帝”又为何物？简单说来，类似于中国道家学说中的“道”，是一种具有不可言说性和原始完整性的神秘存在；或者，就如有人所说，是指“被文明否定并替代的东西”，也就是“蒙昧”（当然，也可以说是“天真”“单纯”“质朴”）。显然，达雷尔相信，唯有归顺“他者”，也就是“返璞归真”，“自我”分裂的当代人或许还能得救。

第三节　乔治·奥威尔——寓言与反乌托邦小说

乔治·奥威尔是一位独立思考的作家，具有正直诚实的品格，同时也是20世纪最优秀的英语文体家之一。他对英语表达非常讲究，曾撰文探讨英语的运用。他的小说不仅想象力丰富，而且语言清晰明快、简洁有力。

一、生平与作品介绍

乔治·奥威尔出生在印度，父亲是英国驻印度的文职官员。童年时，他被送回英国，在伊顿公学求学。中学毕业后，未能进入大学，于1922年去缅甸当皇家警察，五年后辞职回国。

乔治·奥威尔自称从六岁起就立志要当作家，但直到1933年，即他30岁时，才出版第一本书《巴黎伦敦落魄记》。该书出版时署名“乔治·奥威尔”，后来他就一直使用这一笔名。

据乔治·奥威尔自己说，《巴黎伦敦落魄记》中几乎所有事件都是他亲身经历过的。他曾在巴黎靠教英语为生，后来突然被辞退，身无分文，甚至无处安身。后来，他在一家饭店当洗碗工，体验了“现代社会的奴隶生活”。回伦敦后，一时间找不到工作，无奈他白天流落街头，晚上在收容所里寄宿，尝尽了穷困潦倒的滋味。

继《巴黎伦敦落魄记》之后，乔治·奥威尔又于1937年出版《通往威根码头之路》一书。该书分两部分：前一部分是纪实性报道，讲述他前往英格兰西北部威根煤矿区考察工人的失业情况；后一部分是政论式评述，讨论英国人民为何不愿接受社会主义的原因。1936年，西班牙内战爆发，乔治·奥威尔以战地记者的身份赴西班牙东北部的加泰罗尼亚报道战事。翌年，他负伤回国，并根据自己在西班牙内战中的亲身经历写成《向加泰罗尼亚致敬》一书。

《巴黎伦敦落魄记》《通往威根码头之路》和《向加泰罗尼亚致敬》都属纪实作品。乔治·奥威尔的第一部小说《缅甸岁月》出版于1934年，是一部模仿E. M. 福斯特的《印度之旅》的作品。其后，他又出版过两部小说，即《牧师的女儿》和《让叶兰继续飘扬》。

1939年，乔治·奥威尔出版第四部小说《上来透口气》。小说主人公是一家保险公司的职员，人到中年，和妻子关系冷漠，家庭生活压抑。为了散散心，他突发奇想，一个人驾车回到阔别20年的家乡去度假。然而，家乡的一切都已改变，“没有田地，没有公牛，也没有蘑菇了。都是房子，到处都是房子”，连他们的老家也被改成了茶室，儿时钓鱼的池塘也被抽干，成了垃圾场……正当他沉浸在回忆中，回味着往日世外桃源般的幽静生活时，一架轰炸机因误投炸弹而使小镇上的人惊恐万状，以为德军已经开始空袭。面对此情此景，他顿时从怀旧的梦境中醒悟，回到了现实世界，看到一切似乎都在崩塌，“坏日子就要来了”。小说反映了英国普通民众在大战前夕的恐慌与不安。

二战期间，乔治·奥威尔曾在英国广播公司主持对印度的广播，但两年后，他就觉得无聊和无意义而辞去了这份工作。1943 年，他担任工党刊物《论坛报》的文学编辑，同年开始创作《动物农场》。随后，成功创作了《一九八四》。

《动物农场》是一部以动物寓言形式讲述的政治小说。动物们赶走主人后以为自己可以真正当家作主，不受奴役和屠宰了，结果又慢慢陷入受压迫的困境，境况和以前完全一样，只是换了个主人而已。一般认为，这个动物寓言是对苏联的影射，其中的主要人物“拿破仑”和“雪球”分别影射斯大林和托洛茨基，其中的情节则是对发生在苏联的某些历史事件的影射。比如，动物们成功推翻主人，影射 1917 年苏联十月革命；制造风车失败，影射 1928 年苏联第一个五年计划；从四头猪开始的动物们的招供和被处决，影射 30 年代苏联的肃反运动和布哈林被处决；“拿破仑”卖木材给临近农庄的主人弗雷德里克而后者付的却是假币，则影射 1939 年苏联和纳粹德国签订《苏德互不侵犯条约》而很快就被撕毁，等等。乔治·奥威尔自己也毫不讳言，此书的宗旨就是要打破苏联是“真正的社会主义国家”的神话。

《动物农场》出版后在英美的立即畅销，不仅使乔治·奥威尔举世闻名，而且还给他带来了丰厚的报酬，解除了他经济上的后顾之忧。于是，他开始悉心创作另一部更为重要的作品，即《一九八四》。

然而，《一九八四》出版后不久（1950 年），正当它产生轰动效应之际，乔治·奥威尔却因肺结核复发而去世了。

二、创作风格与特点

乔治·奥威尔的创作风格和他对文学的看法直接相关。在他看来，“从事写作，至少从事散文写作，有四大动机。在每一作家身上，它们都因人而异，而在任何一个作家身上，所占比例也会因时而异，要看他所生活的环境氛围而定”。他认为“四大动机”具体如下：

动机一，“自我表现的欲望”。因为有个性的人都想过自己的生活，都想显得比别人聪明，而作家大凡都是有个性的人，所以“严肃的作家整体来说也许比新闻记者更加有虚荣心和自我意识，尽管不如新闻记者那样看重金钱”。

动机二，“唯美的思想与热情”。因为从事写作的人，或多或少都有自我欣赏的倾向，希望享受“一篇好文章的抑扬顿挫或者一个好故事的启承转合”，希望和他人分享“自己觉得有价值的和不应该错过的体验”，所以“任何书，凡是超过列车时刻表以上水平的，都不能完全摆脱审美热情的因素”。

动机三，“历史方面的冲动”。因为几乎人人都有“希望还原事物以本来面目”的冲动，作家更是如此，更想“找出真正的事实”并把它们记录下来，以昭示后代。

动机四，“政治方面的诉求”。因为人人都有社会理想，都有政治期待，也就是希望世界应该是怎么样的，作家当然也不例外，所以从广义上说，“没有一本书是能够没有丝毫的政治倾向的；有人认为艺术应该脱离政治，这种意见本身就是一种政治”。

在这“四大动机”中，乔治·奥威尔自己认为最重要的创作动机是哪一种？他说，“从本性来说我是一个前三种动机压倒第四种动机的人”。也就是说，“政治方面的诉求”对他来说本不重要。他说，若在和平的年代，他很可能会写一些没有什么政治色彩的书，“但实际情况是，我为形势所迫，成了一种写时事评论的作家”。这里的“形势”，就是指纳粹德国的兴起、西班牙内战和“二战”的爆发。由于受这种形势所迫，他在1936—1937年之间形成了他的政治理想，并且开始为此而写作：“我在1936年以后写的每一篇严肃的作品都是指向极权主义和拥护民主社会主义的，当然是我所理解的民主社会主义。”

当然，在承认自己的创作具有政治倾向的同时，乔治·奥威尔并未觉得自己因此而牺牲了作品的艺术性。恰恰相反，他说：“我一直在努力把政治写作变为一种艺术。”正是这种努力，决定了他的艺术风格。

这种风格在《动物农场》里才真正体现出来。乔治·奥威尔早先很欣赏狄更斯、特罗洛普、毛姆和威尔斯等小说家的写实风格，希望自己也能写出他们笔下的那种丰富多彩的人物形象和引人入胜的故事情节，但他在这方面的尝试不太成功。他的前期作品如《缅甸岁月》《牧师的女儿》《让叶兰继续飘扬》和《上来透口气》等，都摆脱不掉作者个人自传的影子，情节平淡无趣，人物形象也谈不上丰富多彩，只有一个孤独的、对社会不满的主人公。所以，当他写《动物农场》时，他一改过去的写实风格，采用老旧的动物寓言形式，通过讲述一个神奇的动物故事，隐喻现实中的一种政治制度的内在荒谬性。起初，动物们因不堪压迫而在一群猪的领导下赶走了农庄主，开始实行“所有动物一律平等”的理想制度，然而作为领导者的那群猪却为了权力而争斗起来，结果在权力斗争中获胜的那些猪又成了新的主人，原先的“所有动物一律平等”的理想也被修改为“有的动物较之其他动物更为平等”，动物们又回到了从前的状态。由于动物寓言旨在影射和说理，既不讲究人物形象的丰富多彩，也不需要引人入胜的故事情节，乔治·奥威尔采用这种形式可谓扬长避短——既发扬了他的思想敏锐之“长”，又避开了他早期作品中的人物单调和故事平淡之“短”。所以，《动物农场》堪称构思奇妙、见地深刻、语言犀利。乔治·奥威尔自己也称，这是他“第一部有意识地将政治目的和艺术目的融为一体的书”。《动物农场》的成功没有使乔治·奥威尔感到满足。他说：“我发现等到你完善了一种写作风格的时候，你总是又超越了这种风格。”他继而又做了更为大胆的尝试，尽管有失败的心理准备，但他确信自己应该采用怎样的风格来写作。“我已有七年不写小说了，不过我希望很快就再写一部。它注定会失败，因为每一本书都是一次失败，但是我相当清楚地知道，我要写的是一本什么样的书。”这本书就是《一九八四》。

在作品《一九八四》中，乔治·奥威尔凸显了和《动物农场》截然不同的写作风格。如果说《动物农场》是寓言形式的，人物全是动物，而且具有喜剧色彩，那么在《一九八四》中他采用的则是反乌托邦形式，即用未来的某个虚构的地方为背景讲述一个令人恐惧的故事，而这个故事又和现实生活有着某种联系，或者说，是对现实生活的某种引申。毫无疑问，乔治·奥威尔采用反乌托邦形式，就如他采用寓言形式一样，目的还是显示他的“影射艺术”。

不过，作为反乌托邦小说，《一九八四》和英国文学史上有名的同类作品——如18世纪作家斯威夫特的《格列佛游记》第四部——有所不同。

詹姆斯·乔伊斯曾在《青年艺术家画像》中显示了两种不同的叙事艺术，即“静态艺术”和“动态艺术”。所谓“静态艺术”，就是其效果完全来自自身，或者说，不需要自身以外的任何东西就能产生艺术效果。所谓“动态艺术”，其效果则并不完全来自自身，而是需要自身以外的某些辅助因素，或者说，需要参照发生在现实生活中的某些特定事件。像《格列佛游记》这样的反乌托邦小说，如果说属于“静态艺术”的话，那么《一九八四》显然是一部“动态艺术”的反乌托邦小说——它需要参照发生在20世纪上半叶的某些特定事件才能产生艺术效果。

显然，乔治·奥威尔最后形成的是一种“动态—影射”风格，其特点是将现实，特别是政治现实，加以“虚化”——“寓言化”或“反乌托邦化”——同时保留其基本特征，即“含沙射影”，从而使读者产生联想，由此获得一种艺术效果，比如，《动物农场》的荒唐可笑，《一九八四》的惊悚可怕。这就是乔治·奥威尔自己所说的“努力想把政治写作变为一种艺术”。

三、典型作品评析

乔治·奥威尔于 1948 年创作了《一九八四》，那是他的最后一部作品，也是他的巅峰之作。当时，希特勒（即纳粹）政权刚刚倒台，在英国，新上台的工党政府也在实施国有化政策。乔治·奥威尔对此深感厌恶，因为在他看来，所谓的国有化政策往往就是“极权主义”的代名词。于是，他把 1948 年中的 48 颠倒一下，成了 1984，并以此作为书名写了这部反乌托邦小说，意思就是说，他要描述一下，在不太遥远的将来，“国有化政策”会变成什么样子。

在小说中，乔治·奥威尔虚构了这样一个将在 1984 年发生的故事：主人公温斯顿·史密斯是“大洋国”里的一个普通公民。“大洋国”的统治者是“内党”，“内党”的领袖是“老大哥”。“老大哥”从不露面，他的大幅照片却户里户外到处张贴，他炯炯有神的眼睛，紧盯着臣民。温斯顿·史密斯仅仅属于“外党”，和所有的同志一样，身穿清一色的蓝布工人套头衫裤。他服务的机关是“真理部”。政府除了“真理部”以外还有三个大部，即“和平部”“仁爱部”和“富裕部”。四大机构各占据一座 300 米高的金字塔式的建筑。建筑外墙上大书特书党的三大原则——“战争就是和平”“自由就是奴役”“愚昧就是力量”。温斯顿·史密斯是“记录科”的科员，工作是修改各种原始资料，从档案到旧报纸，全都根据指示加以修改。他的家和所有私人居所一样，有一个叫作“电屏”的现代设备加以监视。每个房间右面的墙上都装有这样一面长方形的金属镜子，可以视听两用，也可以发号施令，室内的一言一语、一举一动，无时无刻不受这面镜子的监视和支配。平时无事，“电屏”上就没完没了地播放大军进行曲、政治运动口号和“第九个三年计划”超额完成的消息。这些广播由中央枢纽控制，个人无法关掉。还有，这是理所当然的：在“大洋国”里，一切和“内党”不一致的言行都被视为非法，都可能带来灭顶之灾。温斯顿·史密斯是个良知未泯的人，他内心感到极度痛苦，而他唯一能做的只是暗暗地挣扎。挣扎有两种方式：一是秘密写日记，二是和女友朱利娅偷偷约会。然而，即便是偷偷约会，那也是不允许的，所以，他和朱利娅不久便被捕入狱。在狱中，他受尽凌辱和折磨。尽管肉体痛苦他还能忍受，但面对“思想警察”的思想工作，他的意志顿时土崩瓦解了。结果，他把能出卖的都出卖了，包括自己的良知、尊严、爱、女友、信念，而且还满怀着对“老大哥”的由衷感激和爱戴“以死赎罪”，在临刑的一刻成了“世界上最幸福的人”。通过这个故事，乔治·奥威尔展示了一个他想象中的极权主义世界。在那里，个人的行为和思想都要受到严密的监控。不仅有无处不在的“电屏”四下藏匿的麦克风和时刻都在巡逻的直升机监视着人的一举一动，甚至连个人的思维和记忆也要受到控制和操纵。这是历史上任何专制制度都无法比拟的。

第一，修改或销毁有问题的书面材料。温斯顿·史密斯在真理部工作，每天要根据上面的指示对一些材料进行修改，如果修改无效，干脆销毁，即送入手边的那个“遗忘洞”里。“这种不断修改的工作不仅适用于报纸，也适用于书籍、期刊、小册子、招贴画、传单、电影、录音带、漫画、照片——凡是可能具有政治意义或思想意义的一切文献、书籍都统统适用。”还有历史，也要加以修改。不过，“真理部的主要任务不是改写过去的历史，而是为大洋国的公民提供报纸、电影、教科书、电视节目、戏剧、小说”。于是，“一切都消失在迷雾中。过去给抹掉了，而抹掉本身又被遗忘了，谎言便变成了真话”。在真理部强迫提供的“真理”中，个人失去了对过去的记忆，泯灭了对历史的回想。温斯顿·史密斯自己就“竭力想挤出一些童年时代的记忆来……可是没有用，他记不起来了；除了一系列没有背景、模糊难辨的、灯光灿烂的画面以外，他的童年已不留下什么记忆了”。

第二，反反复复地宣传。在电幕上不仅反复播放“内党”的口号，如“战争即和平、自由即奴役、无知即力量”，以及“生产超额完成”“经济稳步增长”“战场上不断胜利”“生活日益提高”等消息，还不断揭发“假想敌”对“老大哥”的“诬蔑”、对“内党”的“攻击”和对“革命”的“背叛”，以至于人们在有计划、有组织的宣传下都变成了“内党”的崇拜者，对“内党”所说的一切从不怀疑。即使是孩子，也要在“少年侦察队”的操纵下“有计划地”使“他们崇拜党和党的一切，唱歌、游行、远足、木枪操练、高呼口号、崇拜老大哥——所有这一切对他们来说都是非常好玩的事。他们的全部凶残本性都发泄出来，用在国家公敌，用在外国人、叛徒、破坏分子、思想犯身上了”。

第三，“双重思想”训练。在“大洋国”里，警察巡逻队还不算可怕，更为可怕的是“思想警察”。不过，“思想警察”是针对思想有问题的人的。对“人民群众”，则予以“双重思想”的训练，以使他们养成“有利于国家的”思维习惯。所谓“双重思想”，也称为“辩证法”，就是，“既知又不知，既知道全部真实情况，却又说一些滴水不漏的谎话，同时持两种互相抵触的观点，明知它们互相矛盾，但仍然深信不疑，用逻辑来反逻辑，一边表示拥护道德，一边又否定道德，一边相信民主是办不到的，一边又相信党是民主的捍卫者，忘掉一切必须忘掉的东西，而又在需要的时候想起它，然后又马上忘掉它……”总之，只有具备了“双重思想”，才能理解“内党”的口号：“战争即和平、自由即奴役、无知即力量”，才能真正理解“内党”的一切，从而无条件接受“内党”的领导。

第四，强调社会组织和集体活动。“大洋国”有数不清的社会组织，如“少年侦察队”“青年团”“青年反性联盟”，等等。通过这些组织，“内党”控制着所有成员的社会活动和私人活动。比如，“青年反性联盟”的目的就是要“防止男女之间发生不被党允许的不正当关系”。特别是对女青年，“通过早期的周密的灌输，通过游戏和冷水浴，通过在学校里、少年侦察队里和青年团里不断向她们灌输的胡说八道，通过讲课、游行、歌曲、口号、军乐等，她们的天性已被扼杀得所剩无几”。此外，“内党”还通过“电屏”经常进行一些强迫性的集体活动，如“电屏体操”“两分钟仇恨”等。尤其是“两分钟仇恨”，它旨在激发人性中邪恶的本性，使全体公民在热爱“老大哥”的同时把心中的仇恨变为本能，并将这种仇恨发泄到“敌人”身上。

第五，发明和灌输所谓的“新语”。语言是思维工具，要改造人的思想，就必须消灭原有的语言，创造新的语言，通过对语言的控制来控制人的思想。因此，“内党”组织“专家”编撰《新语词典》，并有计划地逐步消灭词汇量极大的原有语言，代之以词汇量极小的“新语”。“新语的全部目的是要缩小思想的范围。最后要使得大家在实际上不可能犯任何思想罪。因为将来没有词汇可以表达。凡是有必要使用的概念，都只有一个词来表达，意义受到严格限制。”因此，采用了“新语”、忘掉了原有语言之后，就不会再有异端思想了；即使有，也没法表达。再说，“新语”不仅可以彻底改变人的思维习惯，还可以彻底改变人的意识形态。用“新语”来广播和宣传，用“新语”来发表社论和声明，用“新语”来重写莎士比亚的作品，人的思维和意识都将在不知不觉中被彻底改变。如果用“新语”来重写历史，“内党”的一句口号，即“谁控制过去就控制未来；谁控制现在就控制过去”，便将完美地实现。

除用以上介绍的招式控制全体社会成员的思想意识外，更为可怕的是“内党”还要扼杀人的性本能。主人公温斯顿后来之所遭到“整肃”，就是因为他还有性冲动。他没有“经过批准”就和朱莉娅在乡间小树林里约会，还偷偷地和朱莉娅在“普罗”区（即“人民群众生活区”）的住房里同居，因而被斥之为“腐化堕落”。但他总觉得“任何腐化堕落的事都使他感到充满希望。也许在表面的底下，党是腐朽的，它提倡艰苦朴素只不过是一种掩饰罪恶的伪装。……凡是腐化、削弱、破坏的事情，他都愿意做”！他甚至还有个想法：“不仅是一个人的爱，而是动物的本能，简单的、不加区别的欲望，这就是能够把党搞垮的力量。”可是，如今已没有纯真的爱了。没有一种感情是纯真的，因为一切都夹杂着恐惧和仇恨。他们的拥抱是一场战斗。这是对党的打击。这是一种政治行为。确实，对“内党”来说，性是一种政治行为！

至于小说自身的意义，用乔治·奥威尔自己的话来说，只是想表达一种忧虑、一种恐惧，即“如果极权主义成为我们普遍的生活方式，那么所有其他的人类价值，像自由、博爱、正义、对文学的喜好、对平等的对话、文理清晰的写作的喜好、肯定人人皆有道德情操的信念、对大自然的爱、对独特的个人化行为的赏悦，以及爱国的情怀，都将归于消灭”。或者，用批评家欧文·豪的话来说，“理性的人是不会把《一九八四》真当作现实的预言看待的，即便是对作者怀有恶意的人，读了小说之后也知道，这是一种警示——当然，是一种可怕的警示”。

第四节　威廉·戈尔丁——哲理讽喻小说

威廉·戈尔丁以其长篇小说《蝇王》闻名于世，并于 1983 年荣获“诺贝尔文学奖”。他是继詹姆斯·乔伊斯和 D. H. 劳伦斯之后英国文坛上最有影响力的作家之一。

一、生平与作品介绍

戈尔丁出生于英国西南部康沃尔郡的一个知识分子家庭，他从小喜欢文学，在 10 岁前就读了不少文学作品，7 岁时就开始写诗。他的父亲是当地马尔勃勒中学的资深教师，思想激进，倡导科学，反对传统宗教；母亲是当时争取妇女参政的女权运动参与者。戈尔丁的童年是在康沃尔郡的乡村里度过的，那里生活安逸，但相当闭塞。后来，他就读于父亲执教的马尔勃勒中学。

1930 年，19 岁的戈尔丁听从父亲的安排，进入牛津大学攻读自然科学。但是，两年后他就放弃自然科学专业，转入了文学系攻读他深感兴趣的文学。在攻读文学的同时，他继续写诗，并于 1934 年出版了他的处女作——一部包括 29 首短诗的诗集。诗集出版后虽然没有引起评论界的重视，但对于一个年仅 23 岁的大学生来说，诗集的出版本身就是一个极大的鼓励，从此他立志要成为一名作家。

1935 年，他从牛津大学毕业，并获文学士学位。但是他要成为作家的梦想并没有马上实现，因为他首先要解决生计问题。他到了伦敦，在一个小剧团里当配角演员，后来又当编导，但他对戏剧并无兴趣，所以这四年间他没有什么建树，感觉也很不好。他后来回忆说，这四年时间是“白白浪费”的。其实，这四年的生活磨炼对他后来的创作并不是毫无意义的，至少丰富了他的阅历。

1939 年，戈尔丁结婚后便辞去剧团的工作，到英国南部城市索尔兹伯利的一所教会学校任教。不料，第二年就爆发了第二次世界大战。他于当年应征入伍，在海军服役。自 1940 年至 1945 年的整个大战期间，他一直在军舰上服役，最高军衔为海军中尉。他参加过无数次海战，其中包括击沉德国主力舰“俾斯麦号”的战役、大西洋护航和 1944 年的诺曼底登陆。战争中他很勇敢，但战争的残酷仍使他无比震惊，并在他的心里留下了不可磨灭的可怕印象。他曾写道：“经历过那些岁月的人，如果还不理解，‘恶’出于人就像‘蜜’产于蜂，那他不是瞎了眼，就是脑子出了毛病。”这句话，可以说为他后来的全部创作点明了主题——他的作品几乎全都是围绕着“人性之恶”这一最基本的主题展开的。

1945 年，戈尔丁退役。他回到索尔兹伯利，继续在那所教会学校里教授英国文学。自此以后，直到 1954 年，这九年间他一直过着默默无闻的生活。他一边教书，一边写作，同时还潜心研究古希腊文学。在这一时期，他共创作了四部小说，但没有一部得以出版，其中《蝇王》一书就曾遭到 21 家出版社的拒绝。然而，在他多方努力之下，《蝇王》终于在 1954 年问世。这是他有生以来出版的第二部作品，这时他已 43 岁，而当初他发表处女作时才 23 岁，其间相隔了整整 20 年。出乎他意料的是，《蝇王》出版后赢得了评论界的一片赞美。比如，著名小说家兼批评家福斯特把这部作品评为当年最佳小说；另一位著名批评家普里切特则称他为“当今作家中最有想象力、最具独创性的作家”。于是，他一举成名。

成名后，他接连发表了许多作品，其中最重要的是三部长篇小说，即《继承者》《品彻·马丁》和《塔尖》。和《蝇王》一样，这三部作品也是用象征手法表现“人性之恶”这一主题的。《继承者》以虚构的史前社会为背景，写“智人”——即现代人的祖先——如何闯入原始、纯朴的尼安德特人的世界，并以“智慧”征服了尼安德特人，从此便给世界带来了“恶”。《品彻·马丁》讲述一个英国海军军官因沉船而漂泊到一个荒岛上，但和鲁滨孙相反，他没有在岛上开创文明，而是出于人的惰性，躺在一块岩石上等死。《塔尖》的主人公是中世纪的一个教长，他出于对上帝的敬仰，要在自己的大教堂上修建一座塔尖，为此他不择手段，最后当塔尖修成时他却失去了对上帝的信仰，成了邪恶之人。

1967 年，他的又一部长篇小说《金字塔》出版。这部小说的主题依然是“人性之恶”，但风格和他以前的作品迥然不同。他过去的作品都比较凝重，而这部作品比较轻松，以一种幽默诙谐的笔调表现了人类对邪恶的嗜好。

在戈尔丁不断发表新作并不断受到好评的同时，《蝇王》也不断再版，这使他的声誉与日俱增。他在《蝇王》出版后的第二年即1955年，就被选为皇家文学会成员。1961年，他的母校牛津大学授予他硕士学位；1966年，苏萨克斯大学、肯特大学、沃里克大学和巴黎第四大学分别授予他荣誉文学博士学位；1970年，布赖顿市立萨西克斯大学授予他文学博士学位。与此同时，他的作品被翻译成欧洲各国语言在各地广为流传，尤其是《蝇王》，一时成了大学校园里的畅销书，销量达数百万册之多，并于1963年改编成电影。不久，此书又被列为“英国当代文学杰作”，成为英美各大学文学课的必读书。戈尔丁本人则应邀到美国的一些大学讲学。

然而，在出版了《金字塔》之后，也许是由于过多的社会活动，戈尔在此后的12年间没有发表任何作品，直到1979年才有新作问世——长篇小说《看得见的黑暗》。在这部作品中，他又恢复了过去那种凝重的象征主义风格。小说的主人公马蒂在第二次世界大战期间还是个孩子，他在德军轰炸伦敦时脸被烧伤，留下了“看得见的”伤疤，但小说的主旨不在于控诉战争，而是用战争及战争造成的创伤象征性地表现主人公心灵上“看不见的”伤痕。这伤痕是他在学校里一再违抗教师的教诲而造成的，而心灵的伤痕和教师的教诲仍然只是象征，所要表现的则是戈尔丁对战后英国社会的悲观情绪——他认为，英国人和任何国家，要想克服自身的邪恶本性是不可能的。

此时戈尔丁已68岁，但他的创作力仍很旺盛，继《看得见的黑暗》之后，他在第二年即1980年又发表长篇小说《越界仪式》。这是他计划写的三部曲的第一部，出版后获英国当年颁发的最高文学奖——“布克奖”。1983年，瑞典文学院授予他“诺贝尔文学奖”，授奖理由是“因为他的小说用明晰的现实主义的叙述艺术和多样的具有普遍意义的神话阐明了人类在当今世界的现状”。

第二年即1984年，戈尔丁发表长篇小说《纸人》。也许是人们对他的期望过高，这部作品发表后遭到了不少著名批评家的指责，认为它没有新意，只是过去作品的翻版而已。

戈尔丁晚年致力于完成他的三部曲创作。他于1987年发表三部曲的第二部《近距离》；1989年，第三部《地狱之火》问世。这是他后期创作的主要成就。除了小说，他还写有剧本、诗歌和散文等。

1993年6月，戈尔丁在康沃尔郡去世，享年82岁。

二、创作风格与特点

戈尔丁小说具有独特的创作风格与特点，其中包括戈尔丁对人性的看法，即他的人性观。瑞典学院在授予戈尔丁诺贝尔文学奖的颁奖辞中说："戈尔丁以神话形式创作的多样化的小说，确立了他在文坛的牢固地位。这些作品揭示了最忧郁、最悲惨的主题，所反映的概念是原始的和多彩的，使读者感到一种叙事的乐趣和作者创造性的讽刺意识。他的早期作品对年轻人有格外大的吸引力。对他作品含义的众说纷纭，充分显示了它的活力和对人们极大的诱惑力。他的人生哲学是牢固的。由于他的观察，使世界普遍存在的腐败现象与人类本身一样深沉。他抨击了那些来自政治、经济等方面的体制所造成的罪恶，认为与其维护这些罪恶，不如引导这些体制或改变他们，以使罪恶与危害转化为善良与美好。"戈尔丁自己曾说："在写作方面如果我还有什么雄心壮志的话，那就是创作一个故事，比我过去的作品更加深刻地揭示人类的本性。"

的确，深入探索人类的本性是戈尔丁小说创作的常规主题，而戈尔丁所表达的人性观，既来自基督教"原罪说"（即亚当和夏娃的"堕落"），又源于古希腊"性恶说"。(柏拉图曾说："人……是一种驯化或文明化了的动物。尽管如此，他需要有恰当的训导和幸运的性格……如果他没有受到足够的教育，或受到的教育很坏，在世界上的一切生物中，他是最野蛮的。"）戈尔丁的人性观，可以说是基督教"原罪说"和古希腊"性恶说"的现代混合版。他认为，现代人只是披了一件文明的外衣，一旦剥去这件外衣，就会显露出最野蛮、最黑暗、最疯狂的兽性。因此，在他的作品中，他几乎总是把人物从具体的社会环境中分离出来，使之与文明、与教育暂时隔绝，由此而"深刻地揭示人类的本性"。

不过，戈尔丁的人性观并非一开始就是这样的。他年轻时曾对人性抱有一种很美好的观点，几乎和其他空想社会主义者（如 H. G. 威尔士）一样，认为人能够通过改造社会和最终消灭所有社会邪恶势力而使自己臻于完美。然而，"二战"改变了他对人性的看法，他开始从乐观变为悲观。在他看来，人性原本就是恶的，并非社会制度或政治制度所造成。他说："我们这代人发现了有关人的一个基本观点，即人身上的恶不能简单地用社会压力来解释。"也就是说，恶并不来自外部，而是"产生于人类自己的内心深处——是人类心中的恶造成了邪恶的制度，或者改变了最初的状况，改变了原来的发展，是它把美好的事物变成了邪恶的、有害的事物"。

戈尔丁的第一部小说《蝇王》就表达了他的这种人性观，而他此后的作品，可以说也都是为此而写的。所不同的是，他用了不同的表达形式，就如他自己所说，“我发现思想不易获得，但我不难得到表达思想的形式”。换言之，从抽象层面上说，“人性恶”是戈尔丁所有小说的唯一主题，但从表达形式上说．他的小说创作在不同时期具有不同的风格与特点。

《蝇王》出版后，许多学者把这部小说解读成一篇“寓言”，还有人直接称戈尔丁为“寓言编撰家”。确实，小说本身具有深刻的寓意，人物、环境、细节等许多地方都明显具有特定的含义，因此小说出版后，即1957年，批评家约翰·彼特在其《约翰·戈尔丁的寓言》一文中为小说定下了“寓言说”的主调。此后，人们大多采用这一说法，认为这部小说是“寓言”或者“神话”。对于“寓言说”，戈尔丁本人在《寓言》一文中似乎接受了这一说法，但后来他又觉得“寓言说”不太贴切，不如说是“神话”，因为他认为“神话比寓言要更加深刻，更加富有内涵……从神话是生存的关键、生命的全部意义的古老含义上来讲，神话出自事物的根本”。但不管怎么说，《蝇王》包含丰富的形象和想象，具有强大的反映现实、讽喻现实的功能，这一点是不言而喻的。当然，也有人指出，《蝇王》“包含了对传统作品中神话的戏弄性模仿成分”；还有人认为，《蝇王》是一部科幻小说，因为小说用科幻手法把人类境况放到了一个虚拟环境中加以表现，从而达到了用写实手法难以表现的哲理层面和思想深度。

如果说《蝇王》的风格特点当初还无法确定的话，那么当戈尔丁的第二部小说《继承者》出版后，人们对此仍众说纷纭。《继承者》是针对 H. G. 威尔士《世界史纲》中有关尼安德特人的一段论述而写的，而且旨在于和 H. G. 威尔士的“人性善”走相反的路径。小说的场景设在遥远的尼安德特人生活的欧洲大陆。人类学家认为，尼安德特人生活在距今数万年以前，后来因为生存环境的变化，欧洲又出现了“新人”，也称“现代人”，即今天的人的祖先。戈尔丁用非凡的艺术想象力和创造力，描述了尼安德特人和“新人”相遇后的对立冲突以及尼安德特人的最终消亡。和“文明”程度较高的“新人”相比，尼安德特人仍然处于一种天真纯朴的原始状态。他们以素食为主，从不杀生；他们混沌未开的状态更接近动物界。处于这种状态下的尼安德特人遇到了更加“文明”的“新人”，其结果只能是灭亡。和《蝇王》一样，《继承者》也表现了对立冲突的双方，但这一次不是代表野蛮的“部落”战胜代表文明的一方，而是更“文明”的“新人”，最后消灭了尼安德特人部落。显而易见，无论是《蝇王》中的“倒退”，还是《继承者》中的“进步”，其实质是相同的，即说明邪恶是人类与生俱来的本性。在表达形式方面，这部小说用尼安德特人的视角来叙述，但到最后一章，突然转换成了“新人”的视角。这种视角的转换在整体结构的支撑下具有强烈的反讽效果，即在“新人”眼里是“妖魔”的尼安德特人其实是纯真无邪的，而将尼安德特人“妖魔化”的“新人”自身，恰恰是野蛮而邪恶的。关于戈尔丁小说的风格特点，一般认为在他的第三部小说《品彻·马丁》中才基本定型，即寓言式的主题呈现、封闭自足的故事环境、细腻而诗化的语言、文学典故的穿插和精心设置的结局是构成其独特风格的关键要素。

自1967年后的十多年间，戈尔丁似乎沉默了，仅出版了一部中篇小说集，即《蝎神》。人们说他江郎才尽了，但当他的长篇《看得见的黑暗》在1979年问世后，他再度成为人们关注和议论的焦点。这部小说虽取材于现代生活，但在风格上和他早先的作品一脉相承，是“寓言”，是“象征”，而且含义更为复杂，其中还涉及大量文学典故。戈尔丁的本意是想借文学典故的指涉和暗示帮助读者理解小说的主旨，但结果反而增加了文本解读的难度。对此，他还拒绝解释，说：“因为种种原因，《看得见的黑暗》是我拒绝谈论的小说之一。人们越是逼我，我的拒绝就越是坚决。”这就使这部小说显得更加神秘了。

不过，两年后他就出版了一部虽然也讲究技巧但读起来并不艰涩的航海小说《越界仪式》。许多批评家认为这部小说是他晚年不可多得的一部优秀之作，可与麦尔维尔的《比利·巴德》、康拉德的《“水仙号”上的黑鬼》和柯瑞律治的《古舟子咏》等航海杰作相媲美。继《越界仪式》之后，他又写了两部航海小说《近距离》和《地狱之火》。这三部小说被称为戈尔丁的“航海三部曲”。

从作品主题来讲，三部曲“回到早期（作品）对以下问题的审慎的、几近痴迷的思考，即虚构与历史、真实的道德与自我的基础、社会体制的本质以及个体在体制中的位置”。可见，戈尔丁经过一段时间的沉默后，仍一如既往地对人性和生存等基本问题表示关注。但就表达形式和风格而言，三部曲和以往作品有所不同，主要是受20世纪七八十年代文坛实验之风的影响，采用了一些新形式和新技巧，如“互文”和“元小说”成分。如果说戈尔丁的早期小说仍和传统现实主义保持着某种若即若离的关系的话，那么以三部曲为代表的后期小说表明，戈尔丁在20世纪80年代以后的创作风格更偏向于“后现代”的新实验主义，因而批评界早先对其小说风格的总体评价就不得不加以修正了。

的确，自《看得见的黑暗》起，戈尔丁的小说就有点“后现代”意味了，而在三部曲中，则更加明显地表现出了“后现代”倾向。如在《越界仪式》中，戈尔丁并置使用两个文本，即塔尔波特的日记和科利的信，同时在其中使用大量典故，使其呈现出“后现代”小说的“互文”特征。尤其是通过不同文本间的冲突有意制造歧义，如塔尔波特的日记是富有理性的，但流于肤浅；

科利的信是充满情感的，但神秘兮兮。因而，当两者谈论同一件事情时往往南辕北辙，如关于《古舟子咏》中所用的那个神秘的传说，塔尔波特认为是愚蠢的，而科利则深信不疑。对此，作者又不做评判，意思就是“信不信由你”。这是“后现代”小说的很大的一个特点。另一个“后现代”特点，即“元小说”（或“超小说”）的“自我解构”，在这部小说中也时而出现，如小说结尾时，塔尔波特用一句话，即“生命是没有形式的……文学将形式强加于生命是极其错误的”，不仅把整部小说，甚至把整个文学都统统否定了。

总而言之，三部曲的主旨在于显示“关于写作的写作”的潜在局限，但是其连续而大量的细节又主要印证了传统现实主义的目标，让读者相信一个被创造出来的世界是真实的。也就是说，实验和写实的对立统一，即戈尔丁后期小说的主要特点。

三、典型作品评析

戈尔丁的早期创作成就大于后期，而在他的早期创作中，《蝇王》和《品彻·马丁》无疑是重要作品。《看得见的黑暗》虽是后期作品，却是后期中的第一部。由于这部作品预示着戈尔丁后期风格的转变，因而是他后期的重要作品。

（一）《蝇王》作品分析

《蝇王》是戈尔丁的成名作，也是他的代表作。小说的内容并不复杂，时间为虚构的某次现代战争期间，地点为南太平洋上的一个荒岛，人物为因飞机失事而流落到这个荒岛上的一群英国男孩。这群男孩被困在荒岛上之后，就设法生存下去。他们选了一个叫拉尔夫的男孩当他们的首领。另一个小名叫“猪仔”的男孩是拉尔夫的“顾问”，因为他生性温和而且善于思考。还有一个叫西蒙的男孩表面上有点古怪，但他很有灵性，对未来的事情会有一种预感。拉尔夫在猪仔和西蒙的协助下，带领着这群男孩开始在岛上生活。他们点起篝火，希望路过的船只能看到篝火而前来营救他们。与此同时，他们搭好一个简陋的窝棚后便去采摘野果，以此充饥。拉尔夫让一个叫杰克的男孩照管篝火，然而杰克是个不安分的孩子，他一开始就因为自己未被选为首领而耿耿于怀，而且他非常喜欢吃肉，便擅自离开篝火去打野猪，致使篝火熄灭，错失了得救的良机。拉尔夫为此责备他，他便开始与拉尔夫为敌。这样，就导致了分裂：拉尔夫、猪仔、西蒙和其他一些男孩重新把篝火点起，继续期待着有人来救他们；杰克则鼓动另一些男孩脱离拉尔夫，他把他们带进山洞里去住，带他们去打野猪吃，他们则拥戴他为新的首领。分裂最后导致冲突，两派大打出手。在冲突中，杰克的一派占了上风，他们杀了猪仔和西蒙，拉尔夫也危在旦夕。然而，就在拉尔夫濒临死亡之际，海上驶来一艘快艇，一位海军军官带着士兵冲到岛上，搭救了他和他的几个小伙伴。

显而易见，《蝇王》继承的是由笛福的《鲁滨孙漂流记》开创的英国“荒岛文学”传统。“荒岛文学”是英国读者喜闻乐见的，而20世纪初在英国几乎家喻户晓的一部“荒岛文学”作品，是19世纪作家巴伦廷写的《珊瑚岛》。这部作品描写了三个英国男孩，即拉尔夫、杰克和彼得金，因船只失事而漂流到一个荒岛上，他们团结互助，战胜海盗，并帮助那里的人建立了文明的家园，宣扬的是“大英帝国是文明传播者”的传统观念。《蝇王》则是对《珊瑚岛》的“模拟反讽”。它模拟了《珊瑚岛》的基本框架和主要人物（两个最重要的人物也叫拉尔夫和杰克），但通过对人物的不同处理和对情节的重新设置，它嘲讽了《珊瑚岛》，并通过这样的嘲讽表现出反传统的现代意识。

《蝇王》的书名源于《圣经》，即“苍蝇之王”，比喻污秽和丑恶之最。戈尔丁将此作为书名，显然意指人性之恶，或者说指人的兽性，因为小说中的那群男孩特别害怕荒岛上有野兽，其实真正的野兽就是潜伏在人性中的兽性。

这部作品可以从现实和象征两个层面上来理解。首先，在现实的层面上，这是关于一群孩子的故事。故事中的四个主要人物，即拉尔夫、杰克、猪仔和西蒙，在求生的过程中表现出了不同的个性和品质：拉尔夫沉静正直，杰克则任性好斗，猪仔富有理智，西蒙则长于直觉。他们原本可以得救，但由于杰克的嫉妒和贪欲，他们不仅发生了争吵，还导致了可怕的悲剧，最后幸亏有一艘军舰经过那里，他们才意外得救。在这个层面上，《蝇王》显然嘲讽了《珊瑚岛》所宣扬的那种自以为是的传统观念。它描绘出的是这样一幅图景：英国男孩（作为英国人或者英国精神的代表）到一个荒岛（作为落后或者“不文明”地区的代表）上，根本不可能团结互助，不可能战胜邪恶，更不可能建立起新的文明，而只会陷入野蛮的境地。因为英国男孩和世界上任何男孩一样，也带有人的劣根性——自私和残暴。

其次，在象征的层面上，故事中的四个男孩又分别象征了人性的四个方面：拉尔夫是正义的象征，杰克是欲望的象征，猪仔是理性的象征，西蒙则是信仰的象征。四个人合在一起，就是人性的象征。如果说小说中的荒岛是整个世界的象征的话，那么杰克和其他三人的分裂和冲突就是人性自身分裂和冲突的象征性表现。最后，杰克杀死猪仔和西蒙，意味着人性中的欲望吞噬了理性和信仰，这时正义（拉尔夫）也就岌岌可危了，因为正义本是靠理性和信仰支撑的。至于小说结尾处出现的海军军官，那显然是某种超自然力，或者说，是神的象征。

但是，无论在现实还是在象征的层面上，《蝇王》都反映了戈尔丁对现实和人性的悲观思想。现实的丑恶是由人性之恶造成的，这是他的一贯看法。从另一个角度看，他的关于人性之恶的观点又是在当时的现实生活中形成的。他经历了惨绝人寰的第二次世界大战；战后，世界又笼罩在冷战和原子弹的阴影下。他和他那一代人就是在这种情况下反思历史和预测未来的。当时，悲观主义在西方形成一种思潮，具有相当的普遍性，就如法国现代作家加缪在 1957 年接受诺贝尔文学奖时所说：“这是一些在第一次世界大战初期出生的人们，在他们 20 岁的时候，正值希特勒政权建立，与此同时革命有了最初的一些进展，然后他们接受的教育是面对西班牙战争、第二次世界大战和集中营以及受拷打的、被囚禁的欧洲人。就是这些人，今天不得不教育人，而且在一个处于原子毁灭威胁下的世界上工作。谁也无法要求他们是温情主义的……”

《蝇王》的成功虽然在很大程度上是由于它迎合了人们对核战争的后果感到忧虑和进行思考的需要，但在另一方面，由于它所具有的多层次的象征性含义，也为人们提供了“见仁见智”的各种可能。比如，信奉弗洛伊德学说的批评家从中看出的是儿童对文明社会和父母权威的反抗；道德主义者从中得出的结论是人一旦脱离社会制约和道德规范，“恶”就会无限膨胀；政治学家认为，《蝇王》说明了民主的破产和专制的胜利；基督教会则把它看作“原罪”和“世界末日”的最好说明；存在主义者又把它看作对世界和人生荒诞性的真实描绘，等等。所以，《蝇王》出版后多次再版并受到批评界的高度重视是不足为怪的。瑞典文学院授予戈尔丁诺贝尔文学奖，在很大程度上也是基于《蝇王》的巨大影响。

尽管《蝇王》带有强烈的悲观主义倾向，但在客观上仍具有积极的意义。就现实方面而言，它否定了大英帝国是文明传播者的传统观念，从一个侧面表现出英国对昔日光荣历史的反思，同时又表现出正视现实的现代意识。就象征方面而言，它至少提醒人们，人类文明的发展并非坦途，而是人类战胜自我的一个曲折而痛苦的过程。

从艺术角度看，《蝇王》充分体现了戈尔丁独特的创作风格。现实主义、浪漫主义和象征主义在这部作品中结合得完美无缺。小说中的人物描写与塑造完全是现实主义的，细节很真实，人物都具有鲜明的人性，而这种真实的描写又和大胆想象的故事情节显得很和谐。小说的情节虽然是完全虚构的，但都从人物性格中引发出来，如最关键的情节——杰克和拉尔夫等人的争吵和冲突，便是以杰克和拉尔夫的个性为基础的，若没有这一点，小说就会显得不真实。同样，小说中的象征意义也是从人物个性和事件中自然引申出来的，而不是人为地安置上去的。比如，拉尔夫是正义的象征和文明的代表，他的诚实善良的个性与此正好相合；杰克作为欲望和兽性的象征，则和他的任性妄为的个性相合；猪仔是个胖胖的、戴着眼镜的男孩，显然是个性格文静、头脑聪明的好学生，以他作为理性的代表当然再合适不过了。事件的象征意义也是如此。拉尔夫点燃篝火，作为期待拯救的象征，是从指望有人把他救出荒岛这一点，自然引申为拯救文明的；杰克的兽性表现，则以打野猪的情节作为象征，同样合情合理。总之，戈尔丁在使用象征手法时总是使事物的自然性质和象征意义保持一致，而不像法国象征主义作家那样往往喜欢使用隐秘的、晦涩的象征。所以，《蝇王》虽然寓意深刻，读起来却非常明晰、浅显，毫无令人费解之处。这也是《蝇王》出版后大受普通读者欢迎的原因之一。

戈尔丁在《蝇王》中也多处借鉴了其他著作的创作经验。从《鲁滨孙漂流记》到《珊瑚岛》的英国“荒岛文学”自不待言，戈尔丁还借鉴了古希腊悲剧的某些表现手法，如小说中的西蒙之死就和欧里庇得斯的《酒神祭司》中的彭透斯之死很相仿，寓意也相近，即在窥探人性时反而被人的兽性当作“野兽”杀死。小说的结尾，即拉尔夫在走投无路之际突然出现了前来营救他的军舰，则显然借鉴了欧里庇得斯《美狄亚》结尾处的“机械降神法”。虽然《美狄亚》里的龙车在《蝇王》里很巧妙地被改成了现代军舰，但两者的含义是一样的，意外获救的解决方式表明，戈尔丁对人类文明的未来还是抱有一线希望的，而《蝇王》一书读来虽使人震惊，但并不使人绝望，其原因也在于此。

（二）《品彻·马丁》作品分析

《品彻·马丁》是戈尔丁的第三部小说。小说主人公马丁原叫克里斯托弗（即“基督的信使”），但是他奸诈异常，到处坑人，因此获得了“品彻”（Pincher）这个绰号，意思是“盗窃者”。马丁是海军底层军官，在战舰被鱼雷击沉后，他在神志恍惚间被海浪冲上了一块礁石。如同流落荒岛的鲁滨孙一样，马丁在狭小的空间里开始了漫长而艰难的求生之路。从落水时被动地大喊“救命”到“慢慢地思索”，从本能的求生到冷静、理性的思考。在痛苦之中，他回想起一生中所犯下的种种罪恶。此时，他既挣扎于肉体的生存与死亡之间，又挣扎于灵魂获救与堕入地狱之间。上帝化作一位老人来安慰他，他却至死不悟，于是，上帝发出了雷鸣闪电。最终，他被淹死了，而且是肉体和灵魂的双重死亡。小说第二年（1957年）在美国再版时，所用的书名就是《克里斯托弗·马丁的双重死亡》。

实际上，马丁在礁石的挣扎是他的灵魂的挣扎，此时他的肉体已经死了。戈尔丁曾说：“《品彻·马丁》的全部故事，是品彻的死后经验。”可见，小说所写的是人的灵魂之罪恶，以及灵魂的最后死亡。不过，尽管就表达“人性本恶”这一点而言，《品彻·马丁》和戈尔丁的前两部小说（即《蝇王》和《继承者》）并没有什么两样，但在这部小说中，戈尔丁进一步探索了人性的复杂性，从而塑造了一个既像英雄又似恶棍的人物形象。

马丁貌似英雄，面对死亡，他顽强不屈、坚忍不拔，一个人在礁石上自言自语：“你不能屈服！”对着落日的天际，他发誓：“我要活下去！”对着茫茫大海，他高喊：“我要战胜你！”他还很冷静，有条不紊地在那块礁石上准备好衣物和饮水，打算在那里生存下去。他甚至还为礁石上的各个部分取地名，为的是“把它们打上印记，给它们套上锁链。要是礁石想让我屈从于它，我是不干的，我要让它听我支配”。当内心出现莫名的恐惧时，他仍坚定而清醒地告诫自己：“我决不能就此放弃，我一定要活下去，此外，还不能丧失理智。”可谓“当代鲁滨孙”。

然而，马丁的外部举止虽然很像英雄，他的内心深处、他的灵魂却充满了邪恶。在小说中，戈尔丁通过对马丁的意识活动的描写，同时又揭露了这位“英雄”的邪恶本性。他是个地地道道的恶棍，贪婪、卑鄙、自私、无耻；他为人虚伪、内心猥琐；他背信弃义、无恶不作；为了满足欲望，他不择手段；为了一己私利，他可以杀人放火。而正是这种邪恶的本性，给了他生生不息的生存动力。他是个绝对的、顽强不屈的利己主义者，一个甚至敢与上帝作对的“当代撒旦”。他是叛逆的、无畏的，然而又是无耻的、邪恶的，就如有人所说：“某种思维定式使我们偏爱所谓拼搏、与命运抗争之类的主题，崇拜海明威《老人与海》里的老渔民桑提亚哥或者像西绪福斯那样推石上山、永不止息的英雄，戈尔丁则提示道，恶的本能也可能坚毅无畏、百折不挠。”

源于自己的邪恶本性，马丁还有一套人生哲学。对人，他是这样理解的：“我来告诉你人是怎么回事。他原来也是四脚在地爬行，后来‘需要’硬是将他的上身拉直，使他成了个不伦不类的杂种。”这样的论调，除了恶意嘲笑人类，也是对人类本性的一种反思。人究竟是什么？人来自动物，但人和动物究竟有没有区别？回答是：人有智慧，但人的本性仍和动物一样，是自私、野蛮和邪恶的。基于这样的反思，马丁回想起自己和剧院制作人彼特的一段对话：彼特把他们所在的剧团比作一个埋在地下、里面有条鱼的铁皮罐子，不久罐子里就长出蛆虫，随后“小蛆虫吃小小蛆虫，中蛆虫吃小蛆虫，大蛆虫吃中蛆虫。后来，大蛆虫互相吃起来，到最后只剩下一条。罐子里原来是一条鱼，现在却变成了一条胜利的大蛆虫”。马丁认为，那个剧团就是人类社会的缩影，而他，只希望自己是那条“胜利的大蛆虫”。

对于马丁这个人物，戈尔丁自己曾评论说：“克里斯托弗·赫德里·马丁除了他自己生命的重要性之外，什么也不相信……对生命的贪求是他的本能，这种本能强迫他去拒绝死亡这种献身的行为。在一个由他自己的谋杀本性所构成的世界中，他继续孤独地生存下去。在他淹死之后，他的尸体在大西洋的浪涛中翻滚，然而他那贪婪的自我却找到一块岩石来让他（的灵魂）苟延残喘。从外表和理性上判断，他是被鱼雷击沉的一艘驱逐舰上的幸存者；但是在内心深处，他明白事情的真相。他不是在为躯体的生存而挣扎，而是为了继续保持自己的身份而挣扎，当时他正面临着将要粉碎和扫除他这恶徒身份的力量——黑色闪电。因为克里斯托弗·马丁，这位基督的信使已经变成了盗窃者品彻·马丁，他是渺小而贪婪的。仅仅作为盗窃者就意味着炼狱，作为永不悔改的盗窃者就意味着万劫不复的地狱。”可见，这是一部具有宗教内涵的小说。戈尔丁在小说中不仅凭想象力塑造了马丁这样一个“典型的人”，还借“这个人”的灵魂，展示了内在于人性的“炼狱”和“地狱”。

就表达形式而言，《品彻·马丁》不仅体现了戈尔丁小说的基本风格，如抽象的主题、寓言的格局、封闭的环境和诗化的语言等，还含有大量暗示性的“模拟讽刺”，如马丁这个人物就是对“创业者”鲁滨孙的“模拟讽刺”。马丁具有和鲁滨孙一样超越常人的理性和智慧，但所讽刺的是，他本性邪恶，因而他的努力终究是徒劳的，不但肉体没有像鲁滨孙那样最后得救，连灵魂也坠入了万劫不复的地狱。小说中还有对埃斯库罗斯、弥尔顿、艾略特和康拉德等“经典作家”作品中的人物或情节的“反讽”或“戏拟”，如埃斯库罗斯笔下的“光辉形象”普罗米修斯就被狠狠地“戏拟”了一番。甚至连小说的题目，也是对 H. T. 达林描写一战的作品《品彻·马丁》的“反讽”。而所有这些“反讽”或“戏拟”，无疑都是对传统“人性善”观念的戏弄，因为戈尔丁坚信，人性是“恶”的。

第三章 英国当代中期著名作家作品分析

英国当代中期，文学作品依然呈“钟摆运动”，人们仍喜欢谈论传统，又时不时地受到各种新思想、新潮流的质疑和冲击。本章重点从全民文化与“伟大传统”作品、小说艺术研究、多视角女性小说、学院派学界小说等方面对英国当代中期著名作家作品进行分析。

第一节 20世纪70至80年代的全民文化与“伟大传统”

对传统的质疑和冲击，从文化层面上讲，主要来自全民文化和青年文化的兴起。所谓“全民文化”，很大程度上就是指日益普及的电视节目所产生的文化效应。由于电视节目是全民化的，既无上下等级之分，也无“高雅”“低俗”之别，于是便产生了全民文化意识，或者说，形成了一种全民化的“共同文化”。这种全民化的“共同文化”，不但有别于传统的以中上层文化意识为核心的“传统文化”，还不断地消融“传统文化”，使“传统文化”处于危机之中。所谓“青年文化”，特指表现年轻人叛逆意识的文化活动。年轻人的叛逆意识历代都有，但过去大凡是被压制的。现在则不然，随着全民化的“共同文化”的形成，年轻人的叛逆意识在最大程度上被容忍了。于是，从20世纪60年代起，代表“青年文化”的甲壳虫乐队、摇滚音乐、流行音乐、爵士乐和嬉皮士就开始风靡全国，继而便是各种反传统的价值观、道德观、社会观、婚姻观的出现。

除了文化层面上的原因，就文学而言，还有一些具体原因也使其“伟大传统”受到质疑和冲击。

首先，从20世纪60年代开始活跃起来的所谓“社区艺术”。这一文化运动的倡导者鄙视所谓的“高雅艺术”，主张推行各种非传统的戏剧、电影、绘画、音乐和舞蹈。比如，1979年有个“社区艺术”团体发表宣言称：“我们必须明白这一点，那些赋予欧洲荣誉的所谓文化传统，即巴赫们、贝多芬们、莎士比亚们、但丁们……他们现在已经不再可能给欧洲人民带来什么了……20世纪最大的艺术骗局就是硬要所有的人相信这就是他们的文化。”

其次，问世于20世纪70年代的各类“新文学刊物”鼓吹“文学革命”。比如，以剑桥大学为基地的《格兰塔》，宣称其宗旨是顺应时代潮流，传达时代呼声，力主文学的政治性，强调文学的实验性和“革命性”；还有曼彻斯特大学的《评论季刊》，影响更大，其撰稿者多为所谓的“新左派”，如特里·伊格尔顿和雷蒙德·威廉斯等人，他们力图在20世纪后半叶重振“马克思主义文学评论”，而其评论目标之一，就是对英国文学的“伟大传统”予以“再批判”。

当然，对“伟大传统”的冲击还有来自国外的影响，主要来自法国和美国。20世纪60年代，法国的罗兰·巴尔特、雅克·德里达、克洛德·列维-施特劳斯等人关于语言、文学、文化的新学说，诸如结构主义、后结构主义、解构主义等，一时风靡欧美。还有美国的“后现代主义作家”如唐纳德·巴瑟尔姆、威廉·加斯、约翰·巴思、弗拉基米尔·纳波科夫等人的理论和作品，也传到了英国。起初，英国文学界对此颇为冷漠，但到了20世纪七八十年代，无论是结构主义，还是解构主义，还有“后现代主义”，都已经在英国生根、开花、结果了。

然而，不管怎么说，英国文学的“伟大传统”毕竟很顽强，时不时还会“复兴”。所以，这一时期的小说创作既可说呈钟摆状摇晃，时而实验主义，时而现实主义，也可说品种繁多、相间杂陈。归纳起来，这一时期的小说主要有七种，即实验现实主义小说、女性专题小说、地方小说、校园小说、新科幻小说、新哥特式小说和侦探小说。

一、实验现实主义小说

所谓“实验现实主义”，也就是“有限实验主义”，或者说，对现实主义做有限的实验和发挥。一般说来，这类小说仍以写实手法“讲故事”，无论是人物，还是情节，基本上都是写实的、传统的，或者说“现实主义的”，但和传统现实主义不同的是，这类小说的主旨并不仅限于“反映”或“批判”社会现实，而是更多地尝试用“真实的”人物和情节来表述一种“寓言式的”虚构和想象，或者说，实验性地用写实手法表现“超现实”的、形而上的抽象主题。在当时，进行这一实验的小说家有不少，其中最成功的是安东尼·伯吉斯和约翰·福尔斯。

安东尼·伯吉斯的小说几乎都在探讨一个抽象问题，比如，在他的成名作

《发条橙》里，他探讨了关于犯罪的神学和社会学含义。这部小说针对现代技术在未来的发展，表现了强烈的“反乌托邦”观点。小说是以一个15岁流氓亚历克斯的视角加以叙述的。亚历克斯在听莫扎特的音乐时，会出现威胁和谋杀的幻想，而小说向读者提出的挑战是：当亚历克斯被强迫和社会保持一致时，即“承诺社会认可的行为，一种只能是善的机械行为”时，他既质疑了个人自由，也质疑了社会责任。更为令人困惑的是，伯吉斯在让亚历克斯讲述他的故事时充分展示了他的活力，而在亚历克斯的讲述中所反映出来的公众社会则显得既麻木又空虚，两相对照，作者似乎有意要读者同情主人公，而这个主人公又显然是不可同情的。也许，小说的实验性就在这里——有意激怒读者，诱使读者思考小说提出的问题。再比如，在那部未来主义幻想作品《欠缺的种子》里，伯吉斯以滑稽夸张和讽刺的漫画式的手段、运用虚构以及闹剧的形式假想未来英国的恐怖前景，将寓言、讽喻和神话的表意方式糅合在一起。在这个未来世界里，由于人口过剩而使生存空间狭隘，食品匮乏。为了应付这个局面，当局限制生育……由此，伯吉斯通过主人公—— 一个历史教师——之口阐述了一种“野蛮—文明—野蛮”的道德循环论。同样，在20世纪80年代出版的《世间权力》里，故事叙述者肯尼斯·图米是个成功的作家，他不仅穿越五大洲周游世界，还发现自己很像“希特勒、墨索里尼和这个可怕的世纪产生的其他可怕的人物”；他不仅结识了乔伊斯、温德姆·刘易斯、F. M. 福特和吉卜林，还发现自己是神圣意大利的（虚构的）罗马教皇的内弟。可以说，通过图米的自述经历，伯吉斯对现代人类的道德矛盾做了既是实验性的而又颇为有趣的探索。

与伯吉斯相较，约翰·福尔斯的小说所涉面更广，更具形而上的哲学意味。他的《捕蝶者》用第一人称写成，是一部“后弗洛伊德”的幻想之作。其后，在《魔术师》（1966年出版，1977年修订后再版）里，压抑和释放又被相互转换，形成一种非常复杂的机制，像变戏法似的令人眼花缭乱。毫无疑问，福尔斯最有名的小说是《法国中尉的女人》。在这部作品中，压抑和释放则被并置，小说的叙述者查尔斯·史米森一边讲述他的故事，一边回顾历史，探讨哲理；同时，他还对从19世纪60年代到20世纪60年代“阿兰·罗布-格里耶时代”的道德和小说叙事加以重新解说。福尔斯既欣赏维多利亚小说，又对它产生质疑。《法国中尉的女人》的两个中心人物，即查尔斯和传说被法国中尉抛弃的情妇萨拉，充分体现了小说的主题。两人都寻求打破“铁一般确定的东西”，即那个时代的社会、道德和宗教传统，但萨拉又欺骗和逃避查尔斯，而查尔斯呢，同样对其闪烁其词、半真半假。最后，故事依然扑朔迷离，这时福尔斯又撇开叙述者查尔斯，自己出场给读者提供了有关故事的三种可能的结局：第一种，传统意义上的幸福结局；第二种，非传统意义上的幸福结局；第三种，不确定的、没有结局的结局。然而，在最后一章，他又暗示，似乎第二种结局已无可能，而第一种结局，读者也知道可能性不大，所以最可能就是第三种结局，即没有结局。通过这样的叙事实验，福尔斯不仅表明人物命运的不可预见性，还对小说本身乃至语言本身的“真实性”提出了质疑。

除了伯吉斯和福尔斯，对小说进行有限实验的小说家还有勃丽吉德·勃洛菲、加布里尔·贾希波维希、格雷厄姆·斯维夫特、彼得·阿克罗伊德和詹姆斯·凯尔曼等人。此外，有些作家，如多丽丝·莱辛、安吉拉·卡特、贝里尔·班布里奇，以及稍后的 A. S. 拜厄特、珍妮特·温特森、萨尔曼·拉什迪等，他们虽不以实验为宗旨，但也并非对传统现实主义亦步亦趋，而是在其基础上都有所突破、有所创新。换言之，对传统现实主义进行有限实验并非某些小说家的专利，而是当代英国小说家中的一个很普遍的倾向，只是实验程度不同而已。

二、女性专题小说

20 世纪 60 年代之后，英国最激进和最重要的社会变化是女性视野和女性机会的扩大。不仅“新道德”开始挑战有关性别和婚姻的传统观念，而且在女性就业方面也不断涌现出新的模式。这不可能不影响到女性小说创作。

通常，20 世纪的女性作家总认为，男人本能地重视物质和外部客观世界，而且过分强调经济、政治等制度而忽视人的精神世界，忽视物质、制度等对人的精神生活的影响，因而，在她们看来，男人往往是迟钝、傲慢、粗鲁、专横的，而女人则是敏感、细腻、高雅的，甚至比男人更具观察力。基于此，她们对“现实”的看法也有别于 19 世纪作家的传统看法。她们认为，真正的现实既不是物质世界，也不是人的外部行为，而是物质和外部行为背后的精神世界——她们要着力表现的，就是这种“现实”。这种看法在她们笔下，不仅直接反映在男人和女人身上，同时也间接反映在她们所采用的创作技巧上。

总体来看，当代英国女性作家大凡都有意沿用传统现实主义的创作方法，但由于女性创作本身就具有反传统性质，当代“女性现实主义”实际上并非 19 世纪现实主义的翻版，而是一种“女性—实验现实主义”。这种“女性—实验现实主义”在 20 世纪初曾在弗吉尼亚·伍尔夫的创作中表现得最为激烈（因而她通常被视为“现代派”），在凯瑟琳·曼斯菲尔德的创作中则表现得较为温和（因而她从不被视为“现代派”）。当代英国女性作家中固然也有人步弗吉尼亚·伍尔夫的后尘，甚至比她更激烈，如克里斯廷·布鲁克-罗斯，但大多数属于“曼斯菲尔德派”，如多丽丝·莱辛、艾丽丝·默多克和玛格丽特·德拉布尔等。其中艾丽丝·默多克和玛格丽特·德拉布尔甚至声明自己按19世纪现实主义传统进行创作，但实际上，艾丽丝·默多克自己也承认，由于哲学观和认识论上的原因，要完全这样做是不可能的。

不过，尽管当代女性作家在创作方法上互不相同，女性命运却是多数女性作家共同关心的问题，也是她们最重要的创作主题。从20世纪初争取男女平等的女性，到20世纪60年代以后“解放了的”女性，都一直处于追求、痛苦、幻灭之中。当代女性作家的作品所反映的，就是女性在追求自我实现的过程中所经历的感情磨难，以及在一个仍为男性所主宰的社会中女性所处的困境。

在当代英国女性作家中，影响最大的要数多丽丝·莱辛（她于2007年获诺贝尔文学奖，是英国唯一获此奖的女作家）。尽管莱辛的小说广泛涉及了殖民主义、共产主义等20世纪最重要的社会问题，但女性问题始终是她创作中的核心主题。她曾在小说《金色笔记本》中借一个人物之口说：“俄国革命、中国革命，它们什么也不是。真正的革命是女人反对男人。”可见，在莱辛看来，真正的革命开始于女性意识的觉醒。莱辛以关注东非殖民地生活的小说开始她的创作生涯，在她的五卷本系列作品《暴力的儿女们》里，她描述了女主人公马莎·奎斯特的政治理想因环境所迫而趋于幻灭——马莎因“处在青春期，所以应该是不快活的”；因是英国人，所以有些心神不定和自我防护；因处在20世纪40年代，不可避免地为种族和阶级问题所困扰；更重要的是，因是女人，她还“必须否定过去受束缚的女性”——这么多问题纠缠在一起，她最后因无所适从而不得不放弃早先对世界革命的信念。在塑造女性形象的同时，莱辛也开始了对传统现实主义的“有限实验”，即对她所称的“内在空间小说”的探索。探索的结果就是，她的小说代表作《金色笔记本》的问世。在这部小说中，莱辛以女主人公、女作家安娜·伍尔夫的多本笔记本为小说框架，用黑的、红的、黄的和蓝的笔记本分别展示女主人公的各个生活侧面，小说围绕着安娜为争取自由而做出的种种努力，显示了一种新的女性价值观。在20世纪70年代初出版的长篇小说《黑暗前的夏天》里，莱辛仍以女性命运为主题，主要刻画一个女人的觉醒及其觉醒后的不知所措。女主人公凯特·勃朗生命中黑暗来临前的最后一个夏天，象征性地代表了当代女性的茫然与空虚。

和莱辛的《黑暗前的夏天》一样，女作家琼·里斯的长篇小说《藻海无边》也表现了女性的无奈和悲愤。这部小说别出心裁地部分套用了《简·爱》中的人物和情节，但把背景从英格兰移到了西印度群岛，而且是从另一个角度加以叙述的。小说的女主人公不再是简·爱，而是罗彻斯特的妻子伯莎·梅森。通过对伯莎·梅森身世的描述，琼·里斯对她后来的精神错乱报以无限同情，并以此对夏洛蒂·勃朗特在《简·爱》中所表述的价值观提出了质疑。伯莎·梅森是个可怜的、被诱骗和被利用的女人，而简·爱还自以为自己得到了幸福，其实她也是个可怜的、被诱骗和被利用的女人。在结尾处，伯莎·梅森在桑菲尔德府的顶楼里产生了这样的念头："我想到了我的复仇和暴风。"她神情恍惚地看着眼前的蜡烛，火苗正摇曳不定……她要放火，不是因为神经错乱，而是为了"复仇"。

20世纪70年代另一位引人注目的女性作家是芭芭拉·佩姆。她早年的小说，如《温顺的盖泽勒》《杰出的女性》《珍妮与谨慎》《不如天使》和《举杯祝福》，都旨在表现矜持克制、举止端庄的女性美德。20世纪60年代后，她一度被人遗忘，直到1977年，才有所改观。这主要是由于诗人菲利普·拉金的竭力推荐，而此时她已经64岁（三年后，即1980年，她便去世了）。在芭芭拉·佩姆的后期小说中，最出色的是《秋天四重奏》。这部小说稍稍有别于她早先的小说模式，但仍然没有背离她所擅长的题材，即写普通人默默无闻的生活。小说名为《秋天四重奏》，写的是在伦敦一家办公机构一起上班的两个男人和两个女人。芭芭拉·佩姆以老练的笔调，使小说既具有辛辣的讽刺意味，又让人感受到生活"依然具有变化的无限可能性"，因而这部小说被认为是20世纪70年代不可多得的佳作。

和芭芭拉·佩姆风格迥异，安吉拉·卡特的小说给读者提供的则是一个魔术般的戏剧化世界，其中可谓变化万千。她的小说技巧尤为出色，但选题显得随心所欲，既有为成年人写的、幻想的喜剧童话，又有情节紧张且不无色情意味的惊险小说，如《除夕的激情》《烟火》和《血迹斑斑的房子》等。在《霍夫曼医生的定时炸弹》里，她表明她对富有音响色彩的叙述感兴趣，而在《马戏之夜》和《机灵的孩子们》里，又明显表现出她对戏剧性的关注。不过，尽管安吉拉·卡特的小说题材五花八门，小说主旨则万变不离其宗——女性问题。比如，在《马戏之夜》里，她写了一个想学鸟飞的伦敦女人。这个女人从小就不可思议地认为自己一定会长出翅膀来，当她长大后，她却成了伦敦音乐大厅和圣彼得堡帝国马戏团的明星；最终嫁给了住在西伯利亚荒漠中的一个美国记者；最后，当她丈夫发现她并不会成为"羽毛丰满而会飞翔的女人"时，她只好报之以尴尬的苦笑。同样，在《机灵的孩子们》里，安吉拉·卡特描述了一对孪生姐妹成为戏剧演员的经历，并从中揭示出"每一个女人的悲剧"，就是"到了一定年纪之后，看上去就像一个模仿者"——男人的模仿者。"那么，男人的悲剧是什么呢？"这是小说主人公百思不得其解的问题，也是安吉拉·卡特留给读者思考的问题。

从某种意义上说，在20世纪六七十年代的英国小说家中，最"典型的"

（至少在社会学意义上）是玛格丽特·德拉布尔。她的处女作《夏日鸟笼》是一部以第一人称叙述的作品，描写一个受过大学教育的女人和她妹妹在当代社会生活中的经历，其中有聚会取乐，也有流言蜚语。《金色的耶路撒冷》描述的是一个出生于北方农村的女大学生在所谓“有着高度文明和教养”的伦敦所经受的诱惑，以及她所领悟到的人情世故，以此展示了当代都市生活的方方面面。在德拉布尔20世纪70年代的小说中，《冰期》也许是最巧妙、最富有启发性的。这部小说并没有集中描写某个女人的社会经历，而是展现了一系列相互关联的人际关系，而所有这些关系都暗示出当代英国社会破败不堪、令人失望的状况——腐败的房地产开发商、爱尔兰共和军的爆炸、破裂的婚姻、趋炎附势的官员、凋零萎缩的乡村……总之，在德拉布尔笔下，当代英国并不是一个很有希望的地方。

三、地方小说

地方小说在英国古代就有，而且到20世纪下半叶仍保留着原有特点。具有苏格兰、爱尔兰和威尔士地方色彩的小说，分别被称为“苏格兰小说”“爱尔兰小说”和“威尔士小说”。

英国由四大民族组成，其中英格兰人占多数，其次就是苏格兰人、爱尔兰人和威尔士人。尽管苏格兰小说家、爱尔兰小说家和威尔士小说家大多都用英语写作，但其作品中仍会不同程度地表现出各自的民族特色和地方色彩，因而有时可称为“地方小说”。

当代苏格兰小说家大多仍以苏格兰山区风貌和具有民族特色的风土人情为创作题材，其中较有影响的有安德鲁·奥哈根、乔治·麦凯·布朗和欧文·韦尔什等人。但最杰出的当代苏格兰小说家穆里尔·斯帕克则不仅表现苏格兰人的风俗和历史，还有志于探讨现代苏格兰人的精神生活，其重要作品有《死亡警告》《佩克姆莱民谣》和《琼·布罗迪小姐的壮年》等。

同样，20世纪中叶有影响的爱尔兰小说家，如埃德娜·奥勃伦、约翰·麦加亨、布赖恩·穆尔和威廉·特雷弗等人，他们不仅继承了前辈作家（如詹姆斯·乔伊斯）独有的民族忧思和宗教情结，还以相对冷静的态度审视和思考本民族文化的特征。20世纪七八十年代，又有一批优秀的爱尔兰小说家脱颖而出。例如，詹妮弗·约翰斯顿，她的作品《船长与国王》《到巴比伦有多远》《旧约圣经》《火车站的男人》和《幻觉者》真实反映了英裔爱尔兰人的生活；迪尔德丽·马登，她的小说《隐匿的征兆》《记住光与石》和《没有什么是黑的》表现了爱尔兰人的家庭生活和社交生活。还有约恩·麦克奈姆，他在20世纪90年代发表了两部“爱尔兰小说”，即《复活的男人》和《历史上的爱情》，从而成为这一时期最受关注的地方小说家之一。

至于威尔士小说家，则大多受到威尔士传统文化和英格兰文化的双重熏陶。他们有的客居国外，有的留守故土；有的用威尔士语写作，有的用英语写作，但几乎全都怀有强烈的民族情绪。他们对自己所属的民族往往抱有一种“哀其不幸、怒其不争”的矛盾心理，既对现状感到不满，又对未来忧心忡忡。在当代威尔士小说家中，影响比较大的有格温·托马斯、艾米尔·汉弗莱斯、凯特·罗伯茨、简·莫里斯、艾丽斯·埃利斯和尼尔·格里菲思等人。其中，凯特·罗伯茨用威尔士语写作，作品以工业题材和女性题材为主，翻译成英语的有《戴脚镣的脚》和《活动睡眠》等；简·莫里斯的小说《哈夫的最后来信》曾获布克奖提名；艾丽斯·埃利斯用英语写作，代表作《吞食罪孽者》以抒情的笔调生动表现了威尔士的乡村生活，其他重要作品有《第二十七个王国》《莫名其妙的笑》《衣柜里的衣服》《世界边缘的小客栈》《金柱子》和短篇小说集《亚当的傍晚》等。最值得一提的是尼尔·格里菲思的小说《砂砾》。这部小说集中反映了威尔士文化的边缘性，及其进退两难的困境。小说中含有大量用威尔士民间口语写成的对话，也彰显了威尔士民间语言风格。

四、校园小说

校园小说也称“学界小说”，大多以大学和学院为背景，描写学界生活的空虚和无聊。实际上，这类小说早在20世纪50年代就已出现，其中广为人知的是C. P. 斯诺的《院长们》和金斯利·艾米斯的《幸运的吉姆》。不过，在20世纪七八十年代，有更多的学界小说涌现，一时形成了一股“学界小说热”。在这股“学界小说热”中，最为热门的学界小说家是汤姆·夏普、戴维·洛奇和马尔科姆·布雷德布里。

汤姆·夏普是位幽默作家，他在《枯萎》及其续集《枯萎的选择》和《高处的枯萎》中对一位技术学院的讲师做了不无善意的讽刺，而在《小酒馆学者》中，他则毫不夸张地揭露了剑桥学院的腐败和教员们的暗用心机。

戴维·洛奇可谓“学界小说大师”，他的“学界小说三部曲”，即《换位：关于两个校园的故事》《小世界：一个学院的罗曼史》和《美好的工作》都以虚构的拉米奇大学为背景，讲述发生在学界的荒唐之事。三部曲中的前两部揭露学术腐败，第三部则是嘲讽学界的自命清高。除了针砭时弊，戴维·洛奇还在这三部小说中做了小说叙事方面的探索和创新，即在传统叙事形式中注入新的活力。例如，《小世界》套用了朝圣和寻宝故事，但结局是王尔德式的，两者结合，正好和既老又新的英国大学相协调；《美好的工作》则采用了类似

19世纪女作家盖斯凯尔夫人在《北方和南方》里使用的和解主题，既突出了争执双方不同的情景及其偏见，又为双方的相互理解预设了某种可能性。

马尔科姆·布雷德布里最著名的学界小说是《历史人》和《为什么来斯拉卡》。在《历史人》里，布雷德布里塑造了一个当代陈腐学究的典型形象，即激进派社会学教授霍华德，他不管遇到什么问题，总想解释，而解释的前提永远是："你需要知道一点马克思，知道一点弗洛伊德，知道一点社会历史。"在《为什么来斯拉卡》里，布雷德布里既嘲讽了英国学界的故弄玄虚，又嘲讽了柏林墙倒塌之前东欧国家的愚昧无知。主人公佩特沃斯是个被英国文化委员会派往东欧一个叫"斯拉卡"的国家做巡回演讲的语言学教授，他的研究课题似乎很深奥，他自己称之为"作用于语言分界面的真实的、想象的和象征的交换现象"，其实呢，就是最简单的"你、我、他"，而孤陋寡闻的斯拉卡人却被他糊弄住了。更具讽刺意味的是，斯拉卡人并非个个愚昧，有人问佩特沃斯是否认识"校园作家布洛奇"，使佩特沃斯大为尴尬。显然，"布洛奇"是布雷德布里和洛奇的合称，意指专门揭露学界丑闻的小说家。

五、新科幻小说

这一时期另一个值得关注的现象是科幻小说的再度兴起。科幻小说在英国古代就有，可以追溯到19世纪初，即玛丽·雪莱的《弗兰肯斯坦》，但这一时期的科幻小说和过去的有所不同。科学技术和信息改变着人们的一切，人们对科技怀着一种矛盾心理——它给人类带来进步和利益是值得欢迎的，但它用于暴力、战争和恐怖活动又会给人类带来毁灭性的灾难。此外还有一种新的忧患意识，即担心，以科学技术为代表的理性力量日益强大会排斥以生物和自然为代表的本能力量，从而造成人性和世界的双重分裂。现实世界令人不安，冷冰冰的物理世界正在取代热乎乎的感情世界。于是，人们寄情于神奇的未来新世界。

但是，新科幻小说并非一味沉溺于超脱尘世的虚无世界。不少小说家用科幻小说来探讨、抨击当今的社会和政治。比如，多丽丝·莱辛自1979年起开始写"太空小说"（Space Fiction）系列，共有五部，即《歇卡斯塔》《第三、四、五区间的联姻》《天狼星人的试验》《第八行星代表的产生》和《关于伏尔英帝国多情人的文件》。上述科幻小说明显具有讽喻含义，表达了作者对人类命运和世界前景的思考和忧虑，同时也是作者针砭社会弊病的一种艺术化演绎。还有如托尔金的《指环王》，尽管是在20世纪50年代的作品，但在这一时期特别受欢迎。这部把中古传说和科学幻想熔为一炉的系列小说，在20世纪50年代出版后就曾得到评论家的赞许，后来一直是一部炙手可热的畅销书，而且还被拍成了电影。

新科幻小说的流行表明小说家甚至把目光投向超越本国现实的古代、外国和其他星球，从而无限扩展了小说的时空观念。然而，尽管小说家讲述的是远古或者未来的故事，实际上，当时他们关注的是20世纪末和即将来临的21世纪，这也许是世界性的“世纪末情绪”的一种表现。

六、新哥特式小说

哥特式小说从20世纪70年代起又流行起来。当代哥特式小说和18世纪后期的恐怖小说相似，但不完全相同。当代哥特式小说有一种“黑色幽默”情绪，作者用自嘲的态度讲述悲剧事件，把人的残忍和可笑糅合在一起，以此揭示人性的双重性和荒诞性。穆里尔·斯帕克的作品就是一例，她的《驾驶座上》《不得打扰》《领土权》和《存心混日子》等作品，都有一个共同的特点——刺激读者的神经。

还有蓓里尔·班布里奇，也同样如此。她的《制瓶厂出游》写女主人公以观赏送葬为乐事，后来她自己也死于非命，尸体被人装进一个空酒桶里，而且像垃圾一样被扔掉了。这样的小说，既令人觉得可怕，又令人觉得怪诞和可笑。

还有伊恩·麦克尤恩，他的长篇小说《水泥花园》虽不能说是纯粹的新哥特式小说，但其中时不时把梦魇、死亡和日常琐事并置，制造出一种对任何事情都觉得无所谓、都只是做做鬼脸的黑色幽默气氛。他的《陌生人的安慰》也给人同样的感觉。实际上，这一时期有不少作家的作品，如玛格丽特·德拉布尔、威廉·特雷弗、马尔科姆·布雷德布和稍后的马丁·艾米斯的有些作品，都可视为新哥特式小说。

这或许和当时世界经济萧条、暴行频繁、社会不安有关。死亡和恐怖成了小说家的热门题材。然而，他们在讲述阴森恐怖的故事时，又好像司空见惯，见怪不怪，像开玩笑似的讲述着这类故事。就如马丁·艾米斯所说，“我把我身边看到的所有荒诞的、熟悉的、哀婉的都写下来……正经地。读我的小说，自然阴森可怕……当今世界无处不见破烂和凄惨。”但同时又说：“我的小说是玩笑文学。我追求的是笑。”

七、侦探小说

正统的英国文学界对侦探小说在20世纪50年代时还嗤之以鼻。到了20世纪70年代，尤其是在20世纪80年代，文学界不得不承认，侦探小说也是严肃文学的一部分。这和 F. D. 詹姆斯·怀特、约翰·勒卡里、鲁思·伦德尔、迪克·弗朗西斯等侦探小说家的努力和成功是分不开的。1986 年英国各图书馆联合评出 100 部最受读者欢迎的文学作品，其中迪克·弗朗西斯一人的侦探小说就占了六部。当代侦探小说的成功，首先是因为其题材范围已大大超过了当年柯南·道尔和阿加莎·克里斯蒂的推理小说，不仅反映了国与国之间，尤其是两个超级大国之间的间谍战，还反映了国际黑社会组织的内幕和重大政治事件；其次是因为侦探的侦破手段更加多样化，侦探小说中往往还展示了科学技术的发展；再有，当代侦探小说家大多属“动作派”，善于描绘侦探和对手在广阔空间展开的搏斗和厮杀，场面惊心动魄；最后一点是，当代侦探小说往往穿插了许多性爱情节和性爱场面，这也增加了小说的吸引力和可读性。

特别是 F. D. 詹姆斯，在复兴侦探小说方面可谓头号功臣。F. D. 詹姆斯继承的是柯南·道尔和阿加莎·克里斯蒂推理小说的传统，但她把推理拓展到了对人物心理的探究和描述，因而使她的作品既有侦探小说的趣味，又有心理小说的深度。此外，她还善于描绘当今英国社会的形形色色，这又使她的作品具有了社会小说和风俗小说的意味，再加上她精于编制扑朔迷离的情节，文笔洒脱流畅，所以读者对她的作品好评如潮。1986 年，她的新作《死亡的体验》荣登该年度畅销书榜首，连倡导现实主义文学的金斯利·艾米斯也承认她是“一流女作家”，美国、加拿大的多所著名大学邀请她去讲授小说技巧，剑桥大学还授予她研究员职衔。

第二节　约翰·福尔斯——超小说艺术研究

约翰·福尔斯作为实验小说家，在 20 世纪七八十年代享有盛名。他的有些作品被称为“超小说”，一时成为英美评论界议论的焦点。他的作品尽管不多，但他在小说叙事方面的实验不仅引人思考、激发想象、愉悦读者，还影响了后来一大批年轻小说家，因而在他去世后，他仍是文学研究者最为重视的当代英国小说家之一。

一、生平与作品介绍

约翰·福尔斯出生于英格兰埃塞克斯郡的雷昂西镇。第二次世界大战期间，他随全家迁居到德文郡一个偏远的小村庄。在那里，当时 15 岁的福尔斯由于为大自然的神秘所吸引而开始喜欢博物学，所以他后来一直是一个热忱的业余博物学家。福尔斯幼年时就读于著名的贝德福德学校——一所典型的贵族子弟学校，但他和同学的关系不甚融洽，加上学校功课沉重，他一度觉得难以支撑，好在此时全家因战争而被疏散到德文郡，他得以休学一年。一年后，他回到贝德福德学校，似乎换了一个人，不仅成绩优良，而且还成了一个出色的运动员，甚至还当过学校的体育教练。从贝德福德学校毕业后，福尔斯到皇家海军服役两年，最高军衔是中尉，但从未执行过战斗任务。退役后，他进牛津大学攻读法语和法国文学课程，并于 1950 年以优异成绩获文学学士学位。从牛津大学毕业后，福尔斯先是在波埃第埃大学教英文，后来又到希腊的一所男子中学教英文。1954 年，他和伊丽莎白・怀登女士结婚并定居伦敦，仍以教书为生。

直到 1963 年，他的第一部小说《收藏家》出版，后又被拍成电影，之后他才成为专业作家。他在靠近海边的莱姆・里基斯买了一幢老式房子。他就住在那里，每年的大部分时间都用来从事写作。

福尔斯的作品不仅想象力丰富，而且形式新颖，但他并不是一个多产作家。这和他的写作习惯有关。他写好一部小说的草稿后，往往要放在书架上“冷却”一段时间，少则几个月，多则一两年，然后再进行修改，最后定稿。他的第一部小说《收藏家》就是这样修改过八次之后才正式出版的。此外，尽管他喜欢独辟蹊径，甚至在作品中“颠覆”传统的小说创作法则，但他的有些思想是始终一贯的，而且在他的多部作品中反复出现。福尔斯的第二部小说是经过十多年的修改后于 1965 年出版的《魔术师》。《魔术师》的出版使福尔斯成为评论界关注的焦点。四年后，当福尔斯的第三部小说《法国中尉的女人》出版后，他更是声名大振，在大西洋两岸引起轰动，因为在这部小说中，他以一种独特的文体和技巧对小说的传统形式和创作手法、对小说的所谓“真实性”以及小说家的“叙事权威”提出了挑战和质疑，甚至还刻意揭示小说本身的虚构性。批评界和学术界对此评论如潮。

继《法国中尉的女人》之后，福尔斯的主要作品有：短篇小说集《乌木塔》、长篇小说《丹尼尔・马丁》《曼蒂萨》和《蛆》。其中，《丹尼尔・马丁》和《法国中尉的女人》一样把真实和虚构、实在和潜在糅合在一起，明显具有实验小说的性质；《曼蒂萨》是一部以 18 世纪英国教会为背景的讽刺小说，探讨的则是诸如自我和世界的分裂等现代社会所关注的问题；《蛆》的英文书名*A Maggot*是个双关语，既可解释为“苍蝇的幼虫”，又可解释为“狂想”，而小说也确实给人以蛆的感觉，既令人恶心，又令人想入非非。

从某种程度上说，福尔斯不是一个纯小说家，他写小说是为了表述他的思想，而他的思想，显然是法国存在主义思想，用他自己的话来说，就是要“重新确定个体自身的独特性”。他不仅认为“写作是教育的一种形式”和“宣传我的人生观的手段”，而且公开宣称他并不想成为“优秀的小说家”，倒很乐意被人称为“睿智的哲学家”。所以，他有“哲学小说家”的名声。

福尔斯于 2005 年在多塞特郡的家中去世，享年 79 岁。

二、创作风格与特点

福尔斯虽以“超小说”而出名，但他并非一开始就写“超小说”。福尔斯的早期作品可以说是现实主义的，至少算是写实风格的。他还认为，“21 世纪需要更多的现实主义，而不是更多的奇想、科幻和诸如此类的东西”。只是，他理解的“现实主义”可能一开始就和正统定义有很大区别。按正统定义，现实主义就是忠实于生活，同时尽可能真实地反映现实，而他却认为，“如果你想忠实于生活，你就要撒谎，对现实进行撒谎。现实是不可能被描述的，只能用明喻或暗喻来表示。人类所有的描述方式（不仅包括文学描述方式，而且也包括摄影、数学以及其他描写方式）都是比喻性的。即使是对物体或运动进行最精确的科学性描述也是比喻性的”。他所说的“撒谎”是指文学虚构，这和正统定义的现实主义并不矛盾，因为不论哪种主义的文学都允许虚构，但和正统定义相左的是，他认为现实“只能用明喻或暗喻来表示”，甚至认为描述即虚构，所以“人类所有的描述方式都是比喻性的”。为什么描述即虚构？这个问题显然涉及感官真实性和语言真实性及其相互关系等复杂问题，在此，只要注意到福尔斯非常强调小说的虚构性和比喻性就可以了。那他为何要如此强调？原因就在于他写小说的初衷就是要表述他的思想，即通过小说的虚构和比喻，表达他对世界和人生的抽象思考。

其实，关于这种抽象思考，福尔斯曾在《智者：思想上的自我画像》一书里直接表达过。在书中，他以笔记形式为自己“画像”，也就是袒露自己的思想。而他对政治、社会、宗教、艺术、进化和人性等问题的关注与思考，用他自己的话来说，其宗旨是“维护个体的自由，抵制对世界构成威胁的、强迫人们循规蹈矩的种种压力”。显然，这是存在主义思想，而且和同时代的萨特、加缪等法国存在主义作家一样，福尔斯也把世界的荒诞性和个人的自由选择作为思想的出发点，由此观照和思考诸如个人的独立性、个人自我界定以及个人对社会的“介入”和反叛等生存问题。简单地说，他的存在主义信念就是“力图重新确定个体自身的独特感”。

毫无疑问，福尔斯的存在主义思想决定了他的小说风格。尤其是他的早期小说，就如萨特和加缪的存在主义小说一样，采用的是传统现实主义手法，表现的则是纯哲理性主题。比如，他的第一部小说《收藏家》，就可以说是一个用小说形式写成的哲学寓言，人物和故事都是隐喻性的，隐含着作家本人对生存价值和自由意志等哲学命题的存在主义思考。同样，他的第二部小说《魔术师》也是有人物、有情节的哲理小说，而且较之于《收藏家》，这部小说的艺术手法更加精湛，哲理思辨更趋成熟，主题内涵也更趋向复杂。但无论是《收藏家》，还是《魔术师》，除了表现存在主义主题，这两部小说在形式上都没有多少实验的痕迹，因而很难说是“超小说”。

《法国中尉的女人》才是真正实验的开始，即福尔斯的第三部小说。有不少批评家认为，这部小说标志着福尔斯在叙述技巧方面的重大突破，同时也意味着福尔斯小说风格的转变，即由早期的哲理小说变为了“超小说”。福尔斯自己曾说：“《收藏家》是一种寓言，《魔术师》也是一种寓言，而《法国中尉的女人》则是技巧上的一次练习。”他所说的“技巧上的一次练习”就是一次实验，其结果就是把《法国中尉的女人》写成了一部“超小说”。

所谓“超小说”（meta-fiction，有时也译作“元小说”），意思就是“关于写小说的小说”，其主要特点是：小说明显具有自我评论和自我解构倾向；或者说，是一种“介于小说和批评之间”的文学样式。它们既不是传统意义上的“小说”，也不是一般意义上的“文学批评”，而是两者的混合。它们既像传统小说一样建构一个小说世界，同时又自我解构，像文学批评一样对这一小说世界加以分析和评论。“超小说”在20世纪六七十年代的英国小说界相当流行，当时有不少小说家写过“超小说”或者具有“超小说”倾向的作品。毫无疑问，福尔斯是其中的佼佼者，尤其是他的《法国中尉的女人》，被认为是“超小说”的杰出代表。

不过，尽管福尔斯的“超小说”是一种很奇特的小说，它们所“超”的是传统现实主义小说。也就是说，它们是在现实主义基础上的一种实验，而不是“抛弃”现实主义，所以仍属实验现实主义小说。这和有人称它们为“后现代小说”并不矛盾，因为“后现代”的意思是非现代派，也非“反现代派”（“反现代派”的意思往往就是指“传统现实主义的返回”），而这和实验现实主义的概念其实是一致的，因为后者的意思也是：既不是现代派，又不是“传统现实主义的返回”，而是一种基于传统现实主义的“实验”，其结果已和传统现实主义大相径庭。

传统现实主义对小说与现实之间的关系是坚信不疑的，即认为小说是对现实的反映，这可以说是现实主义的精髓所在。然而，福尔斯的实验恰恰对现实主义的这一精髓提出了质疑，就如批评家指出的，他的实验“在对其自身的创作方法进行批评的同时，不仅审视了小说的基本结构，而且还探索了小说文本之外的那个世界可能存在的虚构性”。换言之，出于对小说反映现实的怀疑，福尔斯的“超小说”往往以自我探索的方式来寻求这一问题的答案，并且按照当代哲学、文学和语言学理论来重新组建小说秩序。

福尔斯把自己的“超小说”看作外部世界的一种象征，并由此来探讨小说本身以及小说与外部世界的关系。所以，他的“超小说”往往建立在一种自我对立的原则之上，即构筑一个小说虚拟世界，同时又揭露这一虚拟世界。由于这两个过程在“超小说”中是同时出现的，因而不仅使“创作”和“批评”的界限变得模糊不清，甚至使“建构”和“解构”的概念也被有意混淆了。换言之，福尔斯既旨在于创作一部小说，同时又旨在于对这部小说的创作过程和创作方式予以揭露，即充分暴露其虚构过程，以此表明小说是人为制作的、虚假的，既不是对现实的真实反映，也不是对现实的不真实反映，因为它根本就不是“反映”，而是“制作”。如果这一“制作”和现实有什么关系的话，这种关系正是他所要探讨的，但不管怎样，小说肯定不是现实的直接“反映”。

显然，由于福尔斯的“超小说”旨在于揭露小说的虚假性，其最好的揭露对象当然就是传统现实主义小说，因为现实主义小说，尤其是经典现实主义小说，被普遍认为是“真实地反映了现实生活”。也正因为这一缘故，福尔斯的“超小说”通常所模拟的就是现实主义小说，就如批评家所说，“‘超小说’可以关注小说某些特殊的传统形式，与此同时展示它们的构筑过程，例如，约翰·福尔斯在《法国中尉的女人》中采用了‘全知作者’的传统形式”。然而，模拟的目的却是揭露其“非现实性”。说得具体一点，就是福尔斯在其“超小说”中不仅讽刺性地模仿传统小说（尤其是哈代的小说），而且还对传统小说的形式予以解构性批评，以此显示传统小说自身的虚构性。不过，需要说明的是，福尔斯揭露传统小说的虚构性并不是“指责”传统小说，而只是想以此表明：任何小说，哪怕是被认为“最真实的”小说，实质上都是虚构的。福尔斯曾在1973年出版的《诗集》序言中说：“小说是游戏，是允许作品和读者玩捉迷藏的一种巧妙手段，要说这有什么过错，那也是小说形式所固有的。严格地说，小说大体上是一种很巧妙而且能令人信服的假设——也就是说，它和谎言是最亲密的表亲。小说家因为意识到自己在说谎而感到不安，所以大部分小说总孜孜不倦地描摹现实；这也是为什么揭穿这个游戏，在作品中让谎言——即小说创作过程的虚构本质——凸现出来，成为当代小说的特色之一。”显然，“过错”不在于小说本身，而在于人们对小说的误解。

《法国中尉的女人》之后，福尔斯的长篇小说几乎都是“超小说”，这可以说是他后期创作的主要风格特点。比如，在长篇小说《丹尼尔·马丁》中，小说主人公马丁是个小说家，而且正在写一部自传体小说，并给小说的主人公取名为斯蒙·沃尔夫，而这个斯蒙·沃尔夫呢，也是个正在写小说的小说家。于是，这部小说就成了小说家（约翰·福尔斯）讲述小说家（丹尼尔·马丁）笔下的小说家（斯蒙·沃尔夫）所要讲述的故事。可想而知，在这种交错循环的多重转述过程中，现实与虚构之间的界限肯定被消解了。读者无法分辨什么是现实，什么是虚构，所以只能面对"小说"，即福尔斯所说的"游戏"。至于福尔斯在1980年推出的两部长篇小说，即《曼蒂萨》和《蛆》，不仅是"超小说"，甚至可以称为"超级'超小说'"，因为这两部小说所要解构的不再是传统小说——前者通过对现代派小说的滑稽模仿，试图解构"解构主义"；后者通过对宗教派别之争的描述，试图解构宗教，揭示出宗教的"虚构性"。福尔斯后期的"超小说"在批评界和在读者中都没有引起太多反响。

三、典型作品评析

福尔斯最重要的作品无疑是《收藏家》和《法国中尉的女人》——前者是他的处女作，后者是他的代表作。

（一）处女作分析：《收藏家》

《收藏家》是一部心理哲理寓意小说。小说共有四个部分：第一部分是男主人公克莱格的自我表述；第二部分是女主人公米兰达的自我表述；第三、四部分又是克莱格的自我表述。透过男女主人公的自我表述，读者了解到，他们之间发生了这样一些事情：克莱格是个年轻的小职员，性格怪异而孤僻，生活中的唯一乐趣就是收集蝴蝶标本。他暗恋上了一个艺术系的女学生米兰达，幻想她能成为他的终身伴侣。为此，他先是跟踪米兰达，后来便想法绑架米兰达。他在伦敦郊外购置了一所房子，还精心布置了一间地下室。然后，他神不知鬼不觉地绑架了米兰达，并把她供养在那个地下室里，就像他收集来的蝴蝶标本。除此之外，他什么也没做，只是幻想着米兰达有朝一日会爱上他。小说中的这部分内容，是由克莱格自述的。接下去，是米兰达被克莱格囚禁后偷偷记下的日记。她在日记中无比惊恐地回顾了自己被克莱格绑架的经过。这部分内容，实际上是把克莱格讲述的事情从米兰达的角度又讲述了一遍。最后，小说又转为克莱格的叙述。他讲道，米兰达被他绑架后，根本就没有爱上他，而是不久后便死了，为此他感到很沮丧，准备再找一个姑娘，希望能成功，等等。小说题为《收藏家》，显然是指克莱格，他不仅沉溺于收藏蝴蝶标本，还想"收藏"他钟爱的女孩。这显然是一种变态心理，即心理学上所说的"幽闭"，一种因孤独而扭曲的自我。小说表面上讲的是克莱格囚禁米兰达，实际上是要表现克莱格的“自我囚禁”，即克莱格囚禁米兰达这件事本身，就意味着克莱格囚禁了他自己的心灵。这一点，在福尔斯小说中是直接点明的，他在米兰达的日记里写道：“克莱格是一个被囚禁的人；被囚禁在充满憎恨、狭隘的当下世界之中。”然而，这部小说不仅仅写了一种畸形心理，同时还蕴含着这样一层哲理：表面上是收藏家收藏收藏品，实质上是收藏品“收藏”收藏家。这可以引申为：表面上是占有者占有占有物，实质上是占有物“占有”占有者。再可以引申为：表面上是我们在做事情，实质上是事情在“做”我们——也就是说，只要我们想占有什么东西，或者想做什么事情，我们的心灵实际上就被什么东西或者什么事情“囚禁”了，因而也就不再自由了。换言之，我们都是这样那样的“收藏家”，所以我们都有不同程度的“幽闭症”。这层意思，如果用社会学语言来说，那就是在当今物质社会，人的心灵为物质所笼罩，所以表面上好像是人在支配物质，实际上是物质在支配人。

如果说，这就是《收藏家》的寓意，那么作为一部小说，更为重要的还在于它是如何表述这一寓意的。

第一，一部寓意小说必须要先设置一个相对封闭的环境。福尔斯曾说：“我是笛福的崇拜者——我最为推崇的是笛福能够创造奇异的环境，如我们在《鲁滨孙漂流记》中所看到的。”笛福的“奇异的环境”是一座无人居住的荒岛，即一个相对封闭的环境，只有在这样的环境中，关于鲁滨孙的寓意故事才有可能发生，或者说，笛福才有可能讲述这样一个故事。同样，福尔斯在《收藏家》中也设置了一个相对封闭的环境——伦敦郊外一幢没人注意的房子里的一个地下室。这个地下室既适合主人公克莱格的个性表达，又是他的内心世界的象征。克莱格把米兰达囚禁在这个地下室里，象征着他在内心深处想占有米兰达（即把她当作收藏品），而他想把米兰达当作收藏品，进而又是他的收藏癖异化的象征——人被“物化”了，而他在“物化”他人的同时，他自己也被“物化”了，丧失了人性，因为只有在人与人的关系中才有人性，在人与物的关系中是无人性可言的。既然他把一切都看作可以“收藏”的物，他自己当然也就成了无人性的物。

第二，这部小说的叙事结构也是相对封闭的，采用了循环叙事手法。主要表现为小说三个部分的叙述者，米兰达的叙述，即日记，是包含在他的叙事结构中的，就如有研究者所说，“在这部小说的叙事结构中，一个叙事包容和‘囚禁’另一个叙事，这非常适合于突出小说的幽闭主题”。他们的叙述具有明显的对应、平行、重复、循环、回复等特点，尤其是小说的结尾，似乎又回到小说的开端。小说以克莱格密谋绑架米兰达开始，最后以他物色到新目标为结尾，由此完成了一个大循环，因此小说的结尾成了新的可怕的开端。这个循环叙事模式构成了一个“封闭的圆圈”，其寓意是：无论是“克莱格们”，还是“米兰达们”，将永远深陷入这个万劫不复的“圆圈”。

第三，使用双重第一人称叙事，有助于深化小说寓意。克莱格的叙述和米兰达的叙述是一种包容和被包容的关系，是对应于两人之间囚禁与被囚禁的关系的，但同时，两者又形成鲜明对照。克莱格的叙述是冷静的，也可以说是死气沉沉的，而米兰达的叙述则是情绪化的，甚至是亢奋的。这当然是为了符合他们不同的处境和不同的个性，同时也为读者提供了不同的视角来观察隐藏在同一事件背后的含义，但更为重要的是，这有助于小说寓意的深化。克莱格的物化语言“囚禁”了米兰达的人性化语言，即意味着物欲遮蔽了人性，而米兰达的死，则无疑象征着人性被扼杀，从而使小说的幽闭气氛达到了令人窒息的程度。

第四，小说的故事结构对应于莎士比亚的《暴风雨》，使小说寓意更具哲理性。克莱格囚禁米兰达的故事和莎剧《暴风雨》的故事很相像。《暴风雨》的故事是英美读者熟知的，其含义“恶虽一时压倒了善，但最后得胜的终究是善”也早成定论。福尔斯套用《暴风雨》的故事，也就彰显了小说的“形而上”寓意，即它是关于人性善恶的，而非社会的、历史的，或者是关于男女感情的。不过，《收藏家》的故事和《暴风雨》的故事还是有不同之处，米兰达被囚禁后并没有人来救她，而是死了，克莱格也没有像凯利班那样被人制服，而是依然我行我素。可见，福尔斯比莎士比亚悲观得多，他的意思是“恶不但一时压倒了善，而且还将继续下去”。

（二）代表作分析：《法国中尉的女人》

《法国中尉的女人》是一部典型的“超小说”。在这部小说中，福尔斯既惟妙惟肖地模拟了19世纪维多利亚小说，建构了小说世界，同时又不断对此予以解构，意在表明传统小说本质上的虚构性。

小说讲述了这样一个似乎发生很久以前的故事：32岁的绅士查尔斯·史密森虽然父母早亡，却是叔父罗伯特男爵的唯一继承人。他和漂亮的欧内丝蒂娜·弗里曼订有婚约，但仍迷恋于订婚前认识的一个叫莎拉·伍德拉夫的女人。这个女人就是所谓的“法国中尉的女人”，因为独立不羁、感情奔放，为当时虚伪拘谨的维多利亚社会所不容，所以有传闻说她是个不自爱的女人，曾被一个法国中尉抛弃。查尔斯对此将信将疑，但出于对莎拉的爱，他仍和她交往，而且和她关系越来越密切。莎拉好像也很爱他，还坦率地把她和法国中尉的事情告诉了他。她说的虽和传闻不完全一样，但她承认自己确实曾被法国中尉抛弃。对此，查尔斯内心很矛盾，然而正当他想摆脱莎拉的神秘诱惑时，他却发现莎拉和法国中尉的事情纯属虚构，但是，就在查尔斯想找莎拉把事情弄清楚之前，莎拉突然失踪了。于是，他便到处寻找莎拉……结局如何呢？福尔斯别出心裁地写了三种结局，供读者自己选择：第一种，查尔斯没找到莎拉，便和欧内丝蒂娜结了婚；第二种，查尔斯找到莎拉，并打算和她结婚；第三种，查尔斯虽然找到了莎拉，但最后还是离开了她。

需要说明的是，福尔斯在这里是把维多利亚小说当作传统小说的范本来对待的，所以他戏拟的不是特定的维多利亚小说，而是包括维多利亚小说在内的所有传统小说。因为所有的传统小说几乎全都具有这样的特点：小说家对现实世界表现得极为自信，他们在不无混乱的现实世界中抽取他们所需要的材料，然后赋予这些材料以某种秩序，也就是建构一个既和现实世界有联系又完全不同于现实世界的小说世界；在这个世界里，小说家不仅拥有绝对的叙事权，还拥有支配读者的权力，而这种支配权，就是通过小说家的叙事权获得的；也就是说，小说家通过叙事制造幻觉，使读者（至少在读小说时）生活在一个幻象世界里，从而使他们对小说中发生的一切信以为真。

那么，福尔斯在《法国中尉的女人》里是如何破坏这一幻象世界的呢？那就是他一边模拟维多利亚小说，一边予以自我破坏。为了自我破坏，他主要用了三种方式，即放弃绝对叙事权、插入自我评论和制造文本短路。

第一，放弃绝对叙事权。这部小说最引人注目的是它的结局。在传统小说中，故事结局绝对是由小说家安排好的——这是小说家的权力，也是为了制造幻觉所必需的。但在这部小说中，福尔斯放弃了这种权力，因而就如戴维·洛奇在《现代写作模式》一书里所说："我们既看不到传统小说那种真相大白和命运已定的封闭式结局，也看不到那种像康拉德对詹姆斯所说的'令人满意但并未结束'的现代派小说的开放性结局，而是看到了多种结局、虚假结局、嘲弄式或讽刺性的结局。"具体说来，小说分别在第四十四章、第六十章和第六十一章里给出了三种不同的结局。先是说主人公查尔斯抛弃了颇有心机的"法国中尉的女人"莎拉，并和他的未婚妻欧内斯蒂娜结了婚，还生了七个孩子。福尔斯说，这显然是许多维多利亚小说的结局。接着，第四十五章一开始，他告诉读者："在为这部小说安排了一个极其传统的结局之后，我应该向你们说明，虽然我在前两章中描写的事情发生了，但它和你们想象的并不一样。"随后，他又向读者透露，说前面那个结局不过是查尔斯本人在旅行时的幻想而已。"他觉得自己该结束这件事情了，但这样的结局他并不喜欢。"于是，福尔斯在第六十章里给出了第二种结局，即查尔斯和莎拉在分别两年后再次相会，而且依然相爱，并打算结婚，但他随即又说，这第二种结局还是维多利亚式的，不能令人满意。最后，他在第六十一章里又设计了第三种结局，查尔斯和莎拉再次相会，但他最终还是毅然和她分手了。显然，这三种结局自身并不重要，重要的是有三种结局。因为这样一来，小说家似乎在和读者商量："你们看，我们该怎么结束这个故事?"换言之，小说家不再要求读者单方面相信小说的"真实性"，而是邀请读者走进"小说工场"，让他们看到了"小说产品"究竟是怎么做出来的。

第二，插入自我评论。这部小说虽用第一人称叙述，但叙述者不是小说中的人物，甚至都不是19世纪的人，而是一个以20世纪的目光审视19世纪的叙述者兼评论者；与此同时，他却又像幽灵似的两次以人物的身份出现在小说中。显然，这样的叙述角度本身就是对传统小说的一种嘲弄，因为它使小说中所讲到的一切都显得混混沌沌、似有似无。更有甚者，小说一边叙述故事，一边又不断插入自我评论。小说一开始和维多利亚小说很相似，对英国南部的美丽风光做了一番描述，但紧接着，叙述者又以自嘲的口吻对自己的这番描述发表评论说："我是在夸张吗?也许是吧。不过我是经得起检验的。"讲到人物时也一样，比如莎拉这个人物（即"法国中尉的女人"），应该说是小说中最重要的，叙述者也利用大量篇幅来"塑造"这个人物，但在第十二章结束时，也就是当读者似乎要"接受"这个人物时，他突然发问："谁是莎拉?她来自何处?"这等于对读者猛击一棒，但不是要把读者打晕，而是要把读者打醒。有时，为了使小说的虚构性凸显出来，叙述者甚至不惜对整部小说的创作予以自我评论。比如，在第十三章一开始，他说："我讲的这个故事全是凭空想象的。这些人物仅仅存在于我的头脑中。如果说，到现在为止我一直假装了解我的人物的内心世界，那是因为我在以编造故事时普遍认可的传统方式写作，即小说家拥有上帝般的地位。他未必什么都知道，但他装出通晓一切的样子。然而，我生活在阿兰·罗伯·格利莱特和罗兰·巴斯的时代。假如这是一部小说，它不能成为一部现代意义上的小说。"而对这样的评论，他似乎觉得仍不足以使读者"头脑清醒"，所以在小说的某个地方他还对此做了一番自嘲式的评论："也许我在写一部变味的自传；也许我现在生活在我的小说的一幢房子里；也许查尔斯就是我本人。也许这仅仅是一种游戏。像莎拉这样的现代女性是存在的，而我对她们一无所知。也许我试图向你们送上一本隐而不宣的论文集。"显然，叙述者一面以模拟维多利亚小说的方式在讲述一个故事，一面又以这种自我评论的方式不断提醒读者：故事纯属虚构，不必相信。

第三，制造文本短路。所谓"文本短路"，就是把虚构文本和真实文本直接混合，或者说，在小说故事（虚构文本）中直接引入真实事件（真实文本）。这种短路在《法国中尉的女人》中屡屡出现。举个例子进行说明，小说中讲到莎拉失踪时，说格罗根医生为了使查尔斯相信莎拉是精神病患者，特意找了一本《心理医学观察》给他看，其中有一个名叫拉·朗西埃的中尉被精神病患者玛丽·莫雷尔陷害的案例。关于这件事，小说中有这样一条注释：

拉·朗西埃的故事是我根据格罗根医生给查尔斯的那本1835年的书记述的。我觉得有必要补充一下后来发生的事情。1848年，也就是拉·朗西埃中尉出狱后不几年，有位原来的起诉律师良心发现（虽然为时已晚），疑心自己曾错误地滥用了正义。他那时已有权重新审理拉·朗西埃的案件。结果，拉·朗西埃被证明完全无罪，恢复了名誉。他又回到了部队。在查尔斯思考着自己生平碰到的最晦气的事件时，他可能作为军事总督，正在法属塔西提岛上颐养天年呢，可是他的故事最终还是出现了十分曲折的变化。只是到最近人们才知道他至少在某种程度上活该遭到歇斯底里的玛丽·莫雷尔的报复……对于这一奇案精彩讨论的记录，可以在雷内·弗洛里奥的《审判的错误》中找到。——作者原注。

这就让人真假难辨了，因为根据注释的最后一句，拉·朗西埃一案好像真有其事，并非作者虚构，可是注释的第一句里说到的“我”，又是虚构文本中的一个人物，而非福尔斯本人。此外，还有一种短路，就是让虚构人物和真实人物混杂在一起。比如，在第十六章里，欧内斯蒂娜在读卡罗琳·诺顿夫人的诗集《加拉夫人》，而就在欧内斯蒂娜读诗的那天晚上的前一个星期，哲学家约翰·斯图亚特·穆勒在威斯特敏斯特会议上提出要给妇女同等的选举权；还有，小说在结尾的时候，写到莎拉流落伦敦街头，竟被当时英国著名艺术家但丁·罗塞蒂收留，并和罗塞蒂兄弟住在一起。当然，在虚构人物中间出现历史人物其本身并不唐突，诸多历史小说都是这么做的。问题是这部小说既不是一部历史小说，也没有营造历史小说的氛围，而是突然之间让虚构人物遇到了历史人物——这种短路的结果，就是使读者感到惊愕，在幻觉中突然接触到现实，从而在怪异之余感悟到小说中的一切均为虚构。最后，小说每一章前的引语也是一种文本短路。这些引语有的引自马克思的《资本论》，有的引自达尔文的《物种起源》，和小说的虚拟语境极不协调，而这恰恰是作者有意为之，因为把这些“真实文本”和小说“虚构文本”直接短路，有助于后者的自我解体。

总之，福尔斯在这部小说中既明确告诉读者该小说纯属虚构，只是一种文字游戏或者幻象，同时又邀请读者步入这个虚构世界。他既用维多利亚时代的语言、对话和文体再现了这一时代，复制了这一时代的小说，同时又公开声明，这部小说是抄袭，是说谎。

那么，通过这种自我建构和自我解构，这部小说在“揭露”了小说的虚构性之后又想说明什么呢？它首先要说明，小说不是生活的再现；其次，更为重要的是要引发读者进行这样的反思：既然小说是用语言创造的，而小说又不能再现生活，那么是不是说语言本身就无法再现生活？如果是的，那么用语言表述的一切，其“真实性”都很可疑？如果是的，那么我们所认识的世界不都是用语言表述的吗？其“真实性”是不是也同样可疑？换句话说，除了我们个人正在经历的生活和正在感受的世界是真实的，此外的一切都可能是不真实的，都是某种程度上的虚构？这种虚构可能是必需的，也可能是有益的，但不管怎样，终究是虚构的。

第三节　多丽丝·莱辛——多视角女性小说

多丽丝·莱辛成名于20世纪60年代，她的小说广泛涉及20世纪最重要的社会问题，而其创作理念又始终和女性生活息息相关。她于2007年获诺贝尔文学奖，是英国迄今为止唯一获此殊荣的女性作家。

一、生平与作品介绍

多丽丝·莱辛（婚前名为多丽丝·泰勒）出生于伊朗，父母是英国人。她五岁时父亲率全家移居南非罗得西亚（现称津巴布韦），在那里经营农场，家境一直比较穷困。15岁时，多丽丝因眼疾辍学，16岁开始自己谋生，先后做过电话接线员、保姆、速记员等。她结过两次婚并有三个孩子，“莱辛”是其第二任丈夫的姓。1949年，即婚后两年，她和丈夫戈特弗里德·莱辛离婚。此时她30岁，携幼子移居到了英国。后来，她一直未婚，但也未改前夫姓氏，仍称“多丽丝·莱辛”。她在伦敦做秘书，业余时间写小说。1956年，左翼刊物《新理性者》聘她为编辑。此时，她已是小有成就的小说家，发表了很多中短篇小说，还出版了几部长篇小说。

莱辛年轻时曾投身于反殖民主义和反法西斯主义的左翼政治运动，一度还加入过南非共产党，因而在她的早期创作中，对女性处境的关注往往带有明显的政治倾向。比如，她于1950年出版的第一部长篇小说《野草在歌唱》就是如此。此后，她在17年间陆续出版的总名为《暴力的儿女们》的五部曲，即《玛莎·奎斯特》《一次常规婚姻》《风暴的余波》《被锁之地》和《四门之城》，也同样如此。

《暴力的儿女们》这一总题目就具有强烈的政治色彩。五部曲的主人公玛莎·奎斯特是在“一战”期间长大的那一代人的代表，是伴随着战争和暴力长大的，因而不管她喜不喜欢暴力，她都得生活在一种充满暴力的氛围中。这五部小说讲述了一个在非洲孤立的白人聚居区里成长起来的年轻女人的故事，带有强烈的自传色彩。玛莎·奎斯特从 16 岁时起就决心不走像她母亲那样结婚、生儿育女，然后衰老、死亡的人生之路。她爱好文学，厌恶身边那种庸俗的生活，也厌恶形形色色的种族偏见和传统习俗；她要独立发展自己的个性，要创造自己的生活。在苦闷与探寻中，她接触到左翼思潮，旋即成了左翼组织的积极参与者。五部曲的第一部《玛莎·奎斯特》，讲述的是玛莎少女时代的成长史。她为独立谋生，当上了一名打字员，后来又和殖民政府的官员道格拉斯·诺埃尔相识并结婚，生下女儿卡萝琳。由于受左翼思潮的影响，她参与各种社会活动，并想加入共产党。这无疑和她丈夫的身份格格不入，因而她不可避免地和丈夫发生了矛盾。第二部《一次常规婚姻》讲述玛莎陷入婚姻困境。她不得不像传统主妇那样照料丈夫和孩子，生活如同死水，最后她忍无可忍，毅然和丈夫离婚，回到她往日的生活中，继续参与左翼组织的政治活动。第三部《风暴的余波》讲述玛莎对左翼组织的幻灭感。玛莎在参与左翼组织活动时和组织领导人赫斯结了婚，但结果她还是和丈夫产生了分歧，原因是她对社会党人和托洛茨基派有好感，而她丈夫的组织是受俄国布尔什维克党领导的，所以她丈夫对她极其不满，两人矛盾重重。第四部《被锁之地》讲述玛莎和赫斯的婚姻最终破裂，她也脱离了左翼组织。此时，她的父亲又病重去世，这使她感到无比失落。于是，她决定回到父母的故乡英国去，以求在那里实现她的人生目标。第五部《四门之城》讲述玛莎到了伦敦后，又兴致勃勃地参与各种政治活动，特别是女权运动，然而结果却使她一次次感到失望，因为她看到太多的人在利用这些活动谋取私利。最后，她无比沮丧，不知所措，只觉得眼前一片茫然……

莱辛的五部曲规模浩大，充分体现了她的叙事才能，但她最受好评的作品是插在五部曲中间出版的一部长篇小说，即《金色笔记本》。这部构思奇特、形式新颖的实验小说，通常被认为是她的杰作。

莱辛在 20 世纪 70 年代初期，对心理学以及宗教神秘主义的兴趣开始在作品中体现出来。《简述地狱之行》《黑暗前的夏天》和《幸存者回忆录》是她这一时期的重要作品。其中《黑暗前的夏天》仍以女性命运为主题，但充满了凄凉、无奈和悲愤的情绪。

莱辛在 20 世纪七八十年代，兴趣逐步转向科幻小说，推出一系列总名为《南船座中的老人星：档案》的所谓“太空小说”，其中包括《什卡斯塔》《第三、四、五区域间的联姻》《天狼星试验》和《第八号行星代表的产生》等，以科幻的形式写出了她对人类历史和命运的思考和忧虑。20 世纪 80 年代中期，莱辛似乎又回归她早期的题材和风格，出版了《简·萨默斯日记》《好恐怖分子》和《第五个孩子》等长篇小说。

20 世纪 90 年代以后，年过七旬的莱辛依然写作勤奋，她出版的长篇小说有《又来了，爱情》《玛拉和丹恩》《本，在这个世界上》《最甜蜜的梦》《谈猫》和《丹将军和玛拉的女儿：格里奥特与雪狗的故事》等。

莱辛最近的长篇新作是 2007 年出版的《缝隙》。同年，她获诺贝尔文学奖。除了长篇小说，莱辛还著有诗歌、散文、剧本和短篇小说多种，其中不乏佳作。总的说来，她的中短篇小说从题材上可分为两大类：一类是非洲故事，以她早年的非洲经验为素材；另一类是当代故事，以欧洲特别是英国生活为背景。从主题和风格上说，她的中短篇可以说是她的长篇的“缩微版”，大多以写实为主，讲述一个有头有尾的故事，人物性格鲜明，情节一波三折。但也有新构想和新尝试，她的有些短篇就如弗吉尼亚·伍尔夫的实验小说，既没有故事，也没有常规化的人物，就像是纯粹状物写景的散文，但又不是散文，而是散文化的小说。

二、创作风格与特点

莱辛在长达半个多世纪的创作过程中，其创作风格的变化大致可以分为四个时期。

阶段一：20 世纪五六十年代，以传统现实主义手法为主，其风格是写实的。

阶段二：20 世纪 60 年代初至 70 年代后期，以实验主义手法为主，即在小说形式和技巧方面进行实验，其风格是非写实的。

阶段三：20 世纪 70 年代后期至 80 年代中期，以科幻小说创作为主，采用的是寓言和幻想形式，其风格也是非写实的。

阶段四：20 世纪 80 年代以后，又以传统现实主义叙事手法为主，即返回早期的写实风格。

但是，这样的分期只是标出一个大致上的变化过程。实际上，莱辛小说的风格变化时有前后穿插的情况，各个时期之间并不是泾渭分明的。

（一）开始现实主义手法的创作

在第一个时期，即 20 世纪 50 年代，莱辛很可能是受了当时英国文学界的“现实主义回潮”的影响，所以她是以传统现实主义手法开始其小说创作的。这一时期的重要作品，无疑是她的长篇处女作《野草在歌唱》以及五部曲《暴力的儿女们》。这六部作品不仅风格是写实的，主题也是现实主义的。《野草在歌唱》通过一宗谋杀案，展示了一场因白人移民在非洲的时代性错误而造成的悲剧。小说将社会、历史、种族和心理等多种因素糅合在一起，描述了殖民时代遗留下来的种族问题在20世纪酿成的可怕后果。虽然按现实主义的要求，小说在人物塑造方面尚嫌不足，但其中的心理描写还是相当出色的。同样，五部曲《暴力的儿女们》也基本上用现实主义手法写成。关于五部曲，评论界通常都强调其自传性，但莱辛曾明确表示，它们并不仅仅是自传，而是旨在“通过与群体的联系，探索个人的意识”。确实，这五部小说通过主人公玛莎·奎斯特的个人经历，反映了一个时代的冲突与动荡，其中不仅有种族冲突、阶级仇恨和政治斗争，还有性别矛盾和家庭离合，而且这一切都是相互联系在一起的，构成了一个宏大的时代背景。但更为重要的是，这一切反过来又造就了玛莎·奎斯特这样一个具有时代特点的个人和“个人的意识”。也就是说，在五部曲中，莱辛就如她所称颂的托尔斯泰、巴尔扎克、司汤达和托马斯·曼等现实主义大师一样，旨在塑造“典型环境中的典型人物”。只是，她的典型人物一开始就是女性人物，因为身为女性，她最为关注的就是女性、女性处境和女性命运——这可以说是她小说创作中的“灵魂”，不管她的小说风格怎么变化，这一点始终没变。

莱辛在20世纪50年代创作的短篇小说也是写实风格，除了《野草在歌唱》和《暴力的儿女们》。她在这一时期出版的短篇集，如《非洲故事集第一卷：这是老酋长的国土》《故事五篇》和《爱的习惯》等，其中大多数作品以非洲生活为背景，表现白人移民的孤独感和隔绝感；部分以英国为背景的作品，则表现移民返回英国后的陌生感和不适感。在表现手法上，她的短篇小说大多笔法细腻、刻画生动、风格优美，有不少被认为是英国当代短篇杰作。

（二）创作题材的拓展和创新

在第二个时期，莱辛寻求创作题材的拓展和形式的创新，因而这一时期的作品大多是实验性的。实际上，莱辛并非写完《暴力的儿女们》五部曲之后才进行小说实验的，而是在一段时间里，既用传统手法创作五部曲的后两部作品，同时又用实验手法创作新作品，即《金色笔记本》。这似乎表明，她是根据作品的主题需要来决定采用哪种创作手法的，她并不认为传统手法和实验手法有优劣之分。此外，她即便采用传统手法，有时也会掺入某些非传统手法。比如，在五部曲的第五部《四门之城》里，她在使用传统手法叙述故事情节、塑造人物形象的同时，还采用了象征、幻想等非传统手法。但不管怎么说，《金色笔记本》是莱辛小说实验的一个标志。在这部作品中，莱辛实验性地使用了一种全新的叙事手法。这种叙事手法不仅对她本人来说是全新的，即便对于当代英国小说来说，也是颇具独创性的。而对于莱辛来说，使用这样一种叙事手法并非标新立异，而是出于小说的主题需要。如果说《暴力的儿女们》五部曲旨在于叙述女性主人公的人生经历，因而是纵向叙事，那么《金色笔记本》则旨在于叙述女性主人公的内心世界，因而是横向叙事。既然是对主人公内心世界的横向叙事，这里就没有传统意义上的故事情节，也就很难用传统的、按时间顺序的叙事手法加以叙述了。所以，莱辛在这部作品中实际上是用形式来“叙事”的，也就是说，小说的意义在很大程度上来自小说的形式，即小说的结构形状。这种赋予形式以主题意义的实验，确实颇具创意，而小说出版后引起的强烈反响，又证明了这一实验非常成功。

除了《金色笔记本》，莱辛在这一时期的其他作品也大多具有类似的实验倾向。比如，《简述地狱之行》就是一部非常奇特的小说。虽然和《金色笔记本》一样，这部小说也旨在于描述主人公失去心理平衡后的精神变态，但小说主人公是男性而不是女性，这在莱辛的小说中是不多见的。此外，虽然和《金色笔记本》的女主人公——作家安娜·武尔夫一样，这部小说的男主人公威特金斯也是个高级知识分子（剑桥大学教授），但他是个精神分裂症患者，而不是一般的心理失衡。他在幻想之中神游天上人间，目睹了种种怪诞景象。显然，莱辛在此书中旨在探视人的深层隐秘心理，所以她称其为“内心空间小说”。既然是“内心空间小说”，描述的不是现实空间而是“内心空间”，描述手法当然也就不同寻常。这部小说没有一般意义上的情节，基本上由主人公狂乱的幻觉构成。在幻觉中，威特金斯划着一只木筏在追踪一艘宇宙飞船，因为飞船上的人带走了他的同伴，却把他抛下了。他后来到了一个神秘的小岛上，发现了史前城邦的遗址，但有怪物入侵小岛，还有一大群猿猴随之而来。怪物和猿猴在岛上为争夺地盘相互厮杀，血流遍地，威特金斯于是骑上一只大白鸟逃离了小岛。接着他又看见了那艘宇宙飞船。这次，宇宙飞船接纳了他，并把他带到了希腊的奥林匹亚山，那里的希腊诸神正在谈论投胎变人的事情。由于诸神所居之地是天堂，所以投胎变人就是下地狱。小说名《简述地狱之行》就由此而来。小说结束时，威特金斯在幻觉中发现自己突然下了地狱，而实际上是他的精神病被电击休克疗法治愈，他回到了现实世界。小说似乎要暗示读者：威特金斯的幻觉是他真实的内心世界，而所谓现实世界，其实是虚假的幻觉。

同样，继《简述地狱之行》之后的《黑暗前的夏天》，也是一部实验小说，而且也是在传统结构形式中穿插一系列梦境。还有《幸存者的回忆》，展现的是女主人公眼中所见的“现实”，而这种“现实”显然是她的内在心理现实，不是外在客观现实。比如，当她凝神注视房间的墙壁时，她的视线竟然穿透墙壁“透视”到邻居家的景象；还有她在一个无人居住的六角形房间里，像看电影一样看到了自己的童年生活，并发现自己原来叫艾米莉，等等。这些都是用非传统的实验手法加以表现的。

（三）实验性写作向科幻小说的延伸

莱辛小说创作的第三个时期，可以说是第二个时期的自然延伸，即由表现主人公梦幻世界的实验性写作延伸至直接写科幻小说，也就是通篇采用幻想形式。不过，莱辛的科幻小说和一般科幻小说有着本质区别。一般的科幻小说是以“幻”写“科”，即以幻想形式表现科学主题，而莱辛的科幻小说，“科”与“幻”都是形式，也就是以科幻的形式表现非科学主题。莱辛的科幻小说称为“太空小说”，共有五部，总称为《南船座中的老人星：档案》。在这些小说中，莱辛为自己创造了新的世界。在新世界中，各大行星的命运都不过是巨大的银河帝国在其宇宙进化过程中的一个片段，所以根本就无所谓个人和个人命运。“太空小说”中的故事，以广袤无垠的银河系为背景，一开始通过宇宙档案学家们整理宇宙档案，讲述地球的历史，其中当然有关于人类的记载，但在宇宙档案中，人类是导致地球毁坏的罪魁祸首；接着讲到银河系两大星座上的外星人为接管地球而产生矛盾，进而引发星际战争；接着又讲到所谓“太空社会”，如在太空第三区外星人建立了女性掌权的先进社会，自由平等、科学昌明、生活富足，而第四区的外星人由男性统治，处于野蛮落后状态；第三区女王嫁给第四区国王，她把第三区的先进文明带到第四区，为该区拟订了改造发展规划，等等。显然，莱辛笔下的“太空社会”是对当今人类社会的影射。虽然就其针砭时弊和预示未来世界灾难而言，这和 19 世纪末赫·乔·威尔斯等人的科幻小说并没有什么不同，但莱辛针砭时弊和预示未来世界灾难的出发点，和 H. G. 威尔斯等人不同。有人认为，莱辛的“太空小说”所要表达是伊斯兰神秘主义主题。其实，不仅仅是伊斯兰神秘主义，尽管莱辛出生在伊朗，其家庭也或多或少受到过伊斯兰神秘主义的影响。莱辛在“太空小说”第一部《什卡斯塔》的序言中写道：如果你读《旧约》《新约》《佛经》和《可兰经》，就会发现其中都贯穿着一个故事，那就是对世界末日的描述，以及对未来的启示。可见，她写“太空小说”并非有意宣扬伊斯兰神秘主义，而是出自一种笼统的宗教忧患意识。这种宗教忧患意识其实在莱辛所有的作品中几乎都存在，只是在“太空小说”中，她用这种形式明确而集中地表现了出来。

（四）返回现实主义风格

20世纪80年代中期，莱辛是已年过六旬的著作等身的老作家。此时，她停止小说实验，返回早先的现实主义风格，再次用写实手法创作小说，但笔法要简约、质朴、老练得多。除了风格上的变化，在最后一个时期的创作中，她的小说题材也有所收缩，大多数作品不是写女性生活，就是反映青少年问题。比如，她在这一时期出版的第一部小说《简·索默斯的日记》，就是写一个眼界狭隘的职业女性的单调乏味的独身生活；据说，莱辛是以她的母亲为原型塑造女主人公简·索默斯的。还有如《好恐怖分子》，是一部讽刺喜剧，女主人公是个狂热的环保主义者，为了保护动物，不惜使用恐怖手段，结果令人啼笑皆非。不过，最能体现莱辛后期风格的是《第五个孩子》和《又来了，爱情》。

《第五个孩子》就像荒诞小说，虽然故事情节稀奇古怪，却是用写实手法加以表现的。戴维和哈丽特是一对恩爱夫妻，有四个孩子和美满的家庭。当哈丽特第五次怀孕时，她本能地感觉到这一次情况异常。胎儿在她腹中拳打脚踢，令她痛苦不堪。才八个月，婴儿就出生了，体重竟有11磅，而且他对母亲的爱抚和微笑毫无反应。哈丽特觉得这男孩简直就是个怪物，因为他在1分钟里就能把她的乳房吸空，然后还狠咬她的乳头。到1岁时，这孩子就在半夜里从育婴室跑出来，还把家里的狗掐死了。夫妇俩恐惧万分，带着孩子去看医生，结果被诊断为“返祖现象”。也就是说，这孩子其实是个史前野蛮人！后来，这孩子长到十几岁，果然像他父母所担忧的，成了一帮恶少的首领，到处作恶……这部小说的主题风格和一般此类小说不同，莱辛认为并非所有青少年的问题都是由于社会或者家庭造成的，有些人生来就是“恶人”，而所谓“恶人”，其实就是我们未开化的、野蛮的祖先。所以，小说还有另一层深意：既然野蛮人是我们所有人的祖先，那是不是意味着我们所有人都有“野蛮基因”，或者说，内心深处都有野蛮冲动和野蛮欲念？

和《第五个孩子》相比，《又来了，爱情》中的故事要现实、寻常得多，但经莱辛用两条平行线索加以叙述，生发出了不寻常的讽刺意味。第一条线索讲述过去的事情：在拉丁美洲马蒂尼克岛上，种植园主韦隆的混血私生女朱丽，既漂亮又才华出众，引来了一个法国军官和一个贵族子弟的爱慕。最终以始乱终弃为结局。但由于有第二条线条，老故事便有了新意。朱丽被保罗抛弃后投水自尽。人们在她的遗物中发现了她生前写的乐谱，并在音乐会上加以演奏，顿时引起轰动。于是，朱丽死后成了名人。多年后，有个剧团编剧把朱丽的生平写成剧本，并准备上演——这就构成了第二条线索，而且是和第一条线索交织在一起的。女演员萨拉被指派扮演剧中的朱丽，而在排演过程中，她不仅在扮演朱丽，而且自己就变成了朱丽——导演和两个男演员都对她大献殷勤，致使她心神不宁……结果怎样？小说没有明写，而是到此结束了。显然，莱辛是要读者自己去猜想，这老戏会不会重演？莱辛的后期小说大多这样，既是写实的，又是意味深长的。但是，就如她早先的作品一样，在她的后期创作中也有穿插，即突然出现一两部风格迥异的“例外”作品。比如，2007 年出版的《缝隙》就是一个“例外”。在这部作品中，读者似乎看到了她第三个时期的创作风格，借罗马帝国历史学家之口，讲述类似于科幻故事的人类起源神话：初民有女无男，以单性生殖繁育女婴，后来基因畸变，才产生了男婴，所以男女性格迥异，应该相互容忍、相互支撑，以求共存。可见，莱辛在每一个时期都不局限于某种风格。她是个探索型作家。

总的说来，莱辛的小说是多视角的，风格是多样化的。但不管采用哪种视角、哪种风格，其目的都是实现一个始终不变的创作宗旨，那就是瑞典文学院在授予她诺贝尔文学奖时的授奖词中所说的——“以她史诗般的女性经历，以及质疑的目光、充沛的感情和丰富的想象力，审视一个分裂的文明”。

三、典型作品评析

莱辛是多产作家，其长篇小说就有近 30 部，其中最具代表性的，无疑是《野草在歌唱》和《金色笔记本》——前者是她的处女作，后者是公认的当代杰作，是一部手法新颖的实验小说。以下重点论述《金色笔记本》的写作风格。

《金色笔记本》这部小说没有完整的故事，甚至可以说，根本就没有故事，大概的框架是这样的：女主人公安娜·武尔夫在写一本短篇小说，取名为《自由女性》，但她把短篇小说分别写在多个不同颜色的笔记本里，而且一边写小说，一边写下自己的回忆和感受，所以很难区分哪些是她虚构的小说，哪些是她的真实回忆和感受。最后，安娜·武尔夫又做了第五本笔记，记下她对世界和人生的思考。这第五本笔记本的封面是金色的，所以称为“金色笔记本”。整部小说就由安娜·武尔夫的五本笔记构成。

在“黑色笔记本”中，安娜·武尔夫时而写小说，时而写回忆，而小说内容和回忆内容又相互关联，都牵涉到她早年在非洲的生活经历。与此同时，她还写下了她当时对有些事情的感受。那时，她就想在文学创作中寻求自由表达，因而写了一部名为《违禁的爱情》的小说。小说出版后很畅销，于是就有两个视像制作人约她把小说改编成影视剧本。但一个要她改编成“动人的爱情故事”，一个要她改编成富有浪漫情调的歌剧。她对此大为失望，因为她写小说是要表达自己对非洲生活尤其是对殖民地生活的感受和看法，然而他们偏偏无视这一点，只对小说中细枝末节的东西感兴趣——说到底，也就是只对赚钱感兴趣。她由此想到，在一个金钱世界里，所谓创作自由往往只是创作者的一厢情愿，实际上是很难不受金钱摆布的。

在“红色笔记本”中，同样是短篇小说《自由女性》的内容和安娜·武尔夫的回忆混杂在一起。但这部分显然和她早年的政治活动有关。20 世纪 80 年代，当时她住在南非，一度思想动荡，不仅参与了当地的左翼政治活动，还加入了南非共产党。但她很快就发现，党内领导人除了空话连篇，就是要求党员盲目服从组织。所以，她一直很怀疑这样的党是否在为自由解放而斗争。20 世纪 80 年代，她离开南非移居英国后，仍热心于政治活动。但她同样发现，党组织里充满了谎言和派系争斗，而所谓的领导又毫无主见，只知道唯莫斯科之命是从。于是，她退出了英国共产党，同时很失望地承认，所谓“政治自由”之路，实际上也是走不通的。

在“黄色笔记本”中，安娜·武尔夫记下的主要是她的个人感情经历，但她把它写成了小说，还设计了一个叫埃拉的女主人公作为她自己的化身。埃拉和一个名叫保罗的有妇之夫相爱，原本是为了追求“爱情中的自由境界”，结果却令她失望。因为，就如安娜·武尔夫自我评论的，“从埃拉遇见保罗并且对他使用‘爱’这个词的一瞬间开始，天真无知就诞生了”。天真无知的埃拉和老于世故的保罗既性格不合，又相互干扰；埃拉是个作家，她要写作，要写作就要有激情，而保罗是个医生，遇事沉静且多疑，特别不喜欢埃拉的“想入非非”。最后，埃拉陷入无法调和的矛盾——她在感情上需要男人，在理智上又不想因为男人而失去独立和自由。她左右为难——爱情和自由不可兼得？她心中一片茫然。

“蓝色笔记本”其实是安娜·武尔夫的日记，其中记录的大多是她的内心感受，而非具体事件，因而这一部分基本上属抒情性质。在一篇篇日记中，安娜·武尔夫诉说着自己的痛苦、失望、挣扎，诉说着她对写作生涯的不满、对政治活动的厌倦和对爱情生活的困惑，呈现出她在寻求自由一再失败后的心理状态。

结尾，在“金色笔记本”中，安娜·武尔夫开始冷静思考世界和人生。这一部分显然是全书的核心。在这一部分中，安娜·武尔夫正在写的短篇小说《自由女性》行将结束，同时记述了安娜·武尔夫对自己人生的总结。她领悟到，万事万物实际上都是“你中有我，我中有你”：光明中有黑暗，黑暗中有光明；爱中有恨，恨中有爱；男人中有女人，女人中有男人；善中有恶，恶中有善；真诚中有虚伪，虚伪中有真诚……而所谓自由，就是一方想摆脱另一方，虽然这从根本上说是不可能的，但又是经常发生的，所以，万事万物都不免会有混乱。既然万事万物“你中有我，我中有你”，那就是说世界与人生是一个整体，然而其中又必有混乱，所以最后的结论是：世界与人生是一个“混乱的整体”。如此，安娜·武尔夫写完了《自由女性》，这部作品的结尾，也就是整部《金色笔记本》的结尾。

由于这部小说以小说中的一篇小说（即女主人公安娜·武尔夫正在写的《自由女性》）为内在结构，所以一直有人认为，这是一部女权主义小说。比如，当代英国女作家阿妮塔·布鲁克纳就认为，“多丽丝·莱辛是处于原始状态女权主义自我意识的先驱”，《金色笔记本》中的女主人公“再现了自由女性原型所有可怕的处境”。

的确，在《金色笔记本》中，莱辛以女权问题作为主要的切入点，女主人公安娜·武尔夫是个女权主义者，这一点从莱辛为她取的名字就可以看出。她的全名是安娜·弗里曼·武尔夫（Anna Freeman Wulf），其中的姓 Wulf，和女权主义先驱 Virginia Woolf（弗吉尼亚·伍尔夫）的姓是谐音，而中间名 Freeman，意思是“自由男人”。这样一个名字显然具有象征性含义，以此暗示这位女主人公和弗吉尼亚·伍尔夫属同一类人，即女权主义者，而她们要争的“女权”，就是要像男人一样“自由”。所以，安娜·武尔夫所写的小说，就取名为《自由女性》。

但是，莱辛否认《金色笔记本》是一部女权主义小说。她觉得那些热心的女权主义读者似乎忽视了小说的讽刺性，以至于后来不得不直接说明“自由女性”是“一个具有讽刺意味的标题”。当然，莱辛并不反对女权运动，只是认为女权运动既没有多少希望，也没有多大意义。她说：“我觉得女性解放运动不会取得多大成就，原因并不在于这个运动的目的有什么错误之处，而是因为我们耳闻目睹的、社会上的政治大动荡已经把世界组合成一个新的格局；等到我们取得胜利时，女性解放运动的目标也许会显得微乎其微、离奇古怪。”显然，她是个女权悲观论者，但她的悲观论是一种深刻的悲观论，因为她并不孤立看待女权问题。

《金色笔记本》与其说是宣扬女权思想，不如说是宣扬女权悲观论思想，或者说，讲述了一个女权悲观论者眼中的世界与人生。莱辛说，当今时代是“一切都在碎裂的时代……自从在广岛投下原子弹后，世界就开始四分五裂了”，而且不仅世界四分五裂了，人生也随之四分五裂。“我感到原子弹在我体内爆炸了，在我周围人的体内爆炸了，这就是我所说的碎裂的意思。好像从里面敲击人的心灵，正在发生着什么可怕的事。”这里的“原子弹”，是当代社会危机、文化危机、观念危机、心理危机、家庭危机的形象比喻。

面对这样的世界与人生，而且要将这样的世界与人生表述出来，莱辛在

《金色笔记本》中引人注目地采用了全新的、实验性的叙事结构，而其主要目的，正像她自己所说，“是使一本书的组合形式本身不需文字说明就能表明意义，就是通过书的结构形状说明问题”，也就是说，赋予小说形式以主题意义。所以，小说初看上去就像一片迷津，其中转移变换的叙述者、变化重合的人物角色、无时间顺序的事件组合、交错重叠的笔记片段、对同一人物的多重视角和观点，令人眼花缭乱。然而，这一切实际上是一种有秩序的凌乱和有组织的破碎，它不仅和女主人公凌乱破碎的意识与经验相对应，还再现了四分五裂的世界与人生。

小说中黑、红、黄、蓝、金五种颜色的笔记本，既是世界与人生四分五裂、令人困惑和眩晕的象征，也是女主人公四分五裂的经历和心境的象征。如黑色笔记本记述她早年的写作危机，象征当时的悲哀；红色笔记本记述她的政治经历，又象征她的一时冲动；黄色笔记本记述她的情感生活和性经历，象征她的欲念和迷惘；蓝色笔记本是她的日记，象征她的忧郁和痛苦；而在金色笔记本中，她思考世界和人生，象征着她的希冀与感悟。所以，这部小说不仅立意深刻、构思新颖、手法独特，还富有诗意，实为不可多得的佳作。

第四节　戴维·洛奇——学院派学界小说

20 世纪七八十年代，戴维·洛奇是英国文坛上的明星，他既是影响深远小说理论家，又是才华出众的小说家。尤其是他的学界小说，熔现实主义、现代主义和后现代主义于一炉，针砭时弊，入木三分。

一、生平与作品介绍

戴维·洛奇在伦敦出生，父亲是歌舞厅里的乐手，母亲是信奉罗马天主教的爱尔兰人。“二战”期间，洛奇随母亲到乡间避难。战后，就读于天主教文法学校。1952 年，入伦敦大学学院攻读英国文学专业，三年后获荣誉学士学位。洛奇在大学二年级时就写过一部小说，取名《魔鬼、世界和肉体》，但没有出版商愿意出版。1955 年至 1957 年，他在部队服役，在服役期满后，回伦敦大学学院攻读硕士学位。1959 年取得硕士学位后，他和大学同学玛丽·雅各布结婚。1960 年，洛奇开始在英国中部伯明翰大学讲授英国文学，并出版了第一部小说《影迷》。小说写主人公马克·安德伍德大学毕业后寄宿在有七个女儿的天主教徒马罗里家里，不久被其中的一个女儿克拉丽所吸引。最后两个人物的宗教态度的改变，构成了小说的戏剧性张力。在这部小说中，洛奇已表现出他作为一位喜剧小说家和散文文体家的才华。

1961 年，洛奇获得助理讲师职位。第二年，他的第二部小说《金杰，你真傻》出版。在这部小说中，主人公乔纳森·布朗用第一人称讲述他从一个大学生转变为听命于上级的军人所遇到的种种困难，其中有不少章节取材于洛奇自己在军中服役的经历，而在主题、情节和人物塑造方面，则和格雷厄姆·格林的著名小说《文静的美国人》颇为相似。

1964 年至 1965 年，洛奇获奖学金赴美国做访问学者。在这期间，他写了小说《大英博物馆在倒塌》。这部小说中，男主人公亚当因为家里已有三个孩子，担心妻子芭芭拉会再怀孕。尽管家里放满了日历、体温表、排卵周期表，但是看样子芭芭拉快要怀上第四胎了。在生育高潮的困扰之中，阿普尔比埋头写作关于英国小说的博士论文。日益增长的家庭开支使他焦虑，他急于找一个适当的工作。有一天，终于“天下大乱”：他本来打算在不列颠博物馆中潜心研究，不料在 18 个小时之内，他甚至未能翻开一本书！他晕头转向，犹如一只没头苍蝇。他打电话回家，询问妻子是否怀孕；他误报了火警，整个不列颠博物馆人仰马翻，结果却是虚惊一场；他喝醉了酒，在学术界的聚会中丢尽脸面；他和一位庄严稳重的天主教女总管打交道，她要把一些有价值的文学纪念品卖给他；他又和这位女总管不稳重的女儿周旋，后者答应向他提供名家手稿，交换条件是要把自己的处女贞操奉献给他；他又眼巴巴地看着一辆滑板车爆炸，使他梦寐以求的珍贵手稿化为灰烬。最后他终于找到一个职业，去当一位肥胖的美国商人的代理人。这个美国人来到英国，想把大英博物馆买下来，迁移到美国科罗拉多州的岩石上去。

除了写小说，洛奇从他在大学任教起就开始学术研究。1966 年，他将自己四年的研究成果结集出版，取名为《小说的语言：文学评论及英国小说语言分析论文集》。这是他的第一部学术论著，书中详细而周密地研究了意象模式、中心词语等“小说语言”，还分别论述了好几位英国小说家的语言特点。

1969 年，洛奇到伯克利加州大学任客座副教授。1970 年，他出版另一部小说《走出庇护所》。小说集中描写主人公蒂莫西·杨早年生活中的两个决定性阶段：“二战”期间他在伦敦的童年生活，以及 1961 年他 16 岁时到德国旅游。小说中的主要人物都是出生于伦敦东头天主教家庭的下层青年。小说第一部分的标题是“庇护所”，作者用第三人称叙述年幼的主人公内心自我意识的萌发；第二部分的标题是“出走”，主要讲述蒂莫西和姐姐一起到德国度假，逐渐脱离了童年的“庇护所”。整部小说没有尖锐的矛盾冲突和戏剧性情节，唯一的悬念是主人公偷尝“禁果”。尽管他仅仅和一个16 岁的女孩相互触摸，但由于从小受到的宗教教育，他还是觉得自己“有罪”，马上想到：“我必须在阴天动身，回家之前去教堂忏悔。否则，火车有可能相撞，船只有可能沉没。”可见，虽然他的肉体已经“出走”，他的灵魂仍然被禁锢着，仍然没有走出“庇护所”。

1971年，洛奇开始写学界小说《换位》。这是他的“学界三部曲”的第一部，写美国和英国的两个教授根据交流计划互换了职位，他们经历了一系列的文化冲突之后，渐渐融入当地的环境，卷入了当地的学潮，并且在不知不觉中交换了妻子、家庭和汽车。

同年，洛奇还出版了一部学术论著《十字路口的小说家及其他小说批评论文集》，其中收集了十四篇有关当代英国小说创作的论文。除了这部论著，洛奇在20世纪七八十年代还出版了另外两部重要论著，即《现代写作模式：隐喻、转喻与现代文学类型学》和《结构主义应用：19、20世纪文学论文与书评集》，前者以雅各布森关于隐喻和转喻的语言学理论为基础，论述确立文学话语的综合类型学的必要性；后者以结构主义理论为基础，对19世纪和20世纪文学予以评述。

1977年，洛奇受东英吉利大学邀请去该校担任创作研究员。同时，他开始创作《你能走多远?》。这部小说聚焦于社会变革浪潮对天主教会的影响，特别就天主教会的改革，就神职权威、两性关系、宗教崇拜和教区活动等方面，提出了“你能走多远?”的疑问；同时，通过小说的实验性写作，又提出了小说家“你能走多远?”的问题。在小说中，洛奇在用真实可信的人物和独特有趣的细节建构“关于现实的幻象”的同时，又将其解构，即在叙事过程中对叙事本身加以自我评论，使整部作品呈现出“元小说”的特征——既是小说，又是关于小说创作的评论。

1984年，洛奇出版《小世界》一书。这是他的“学界三部曲”的第二部，也是他的小说代表作。小说除了继续写《换位》里的两个教授，还以年轻教师珀斯和安吉莉卡为主角，描述当代西方学术界的种种景象，从学术会议到爱情追求、从追名逐利到寻欢作乐、从理论阐释到道德观念的冲突，展现了一幅生动而有趣的社会画面。

1988年“学界三部曲”的第三部《好工作》出版。继“学界三部曲”之后，洛奇似乎又返回到他早期作品中的场景、主题和风格，写了《天堂消息》。在这部小说中，伦密奇又成了故事的背景，讲述的也是天主教徒的宗教生活。不过，1995年出版的《心理疗法》表明洛奇并非“江郎才尽”，该小说以一个精神分析学家的视角，深入而透彻地探究了普通人的内心世界。尤其是2001年出版的小说《想》，更说明洛奇还有志于进一步拓展他的“学界三部曲”。洛奇最近出版的新作《无声的判决》既是一部“学界小说”，也是一部“家庭小说”，更是一部人生的悲喜剧。主人公贝茨是英语系教授，向来清高，无奈他的太太比他更加事业有成，他退休后只好在家里充当“家庭主夫”——这也是“换位”，而且更加可悲，更加可笑。

二、创作风格与特点

从小说的风格来说，戴维·洛奇的创作大体可以分为两个时期：20 世纪 70 年代前为早期；20 世纪 70 年代后为后期。他的早期风格，主要以“戏拟”等手法喜剧性地反映当代生活，而其后期风格，则以一种融合了现实主义、现代主义和“后现代主义”的话语模式，集中表现了当代学界生活的荒诞性。在戴维·洛奇的早期创作中，他对当代天主教和当代大学之间的关系特别感兴趣。这不仅因为他本人既是天主教徒，又是大学教师，同时也因为天主教和大学在当代社会分别代表着两种不同的价值观，即神学价值观和世俗价值观。实际上，作为一名文学研究者，他一开始关注的就是伊夫林·沃、格雷厄姆·格林和穆里尔·斯帕克等一批当代天主教作家，并认为，英国“天主教小说”作为一种小说传统，“可以追溯到法国颓废派小说，其特点是关注上帝的恩典对人世的影响，以及世俗价值观和神学价值观的冲突，但通常是后者啼笑皆非、出乎意料地获得胜利”。所以，当他后来开始创作小说时，“世俗价值观和神学价值观的冲突”就成了他所要表现的主题。只是，他始终没有让“后者啼笑皆非、出乎意料地获得胜利”，而是更为现实、更为严肃地使两者一直呈“二元对立”关系。比如，在他的第一部小说《影迷》中，男女主人公始终处于对立倒错状态：马克从背离走向回归，而克拉丽则从皈依走向脱离；马克对欲望逐渐冷淡，而克拉丽则对欲望兴趣日浓；克拉丽从宗教秩序中冲出，而马克则正打算重新迈进。这样的“二元对立”，显然旨在表明天主教信仰在当代世俗生活中的尴尬处境，而其笔调则是轻松幽默的。同样，在他的第二部小说《金杰，你真傻》中，主人公虽是一名年轻的军人，但小说的主题、格调仍和《影迷》一样，即以略带嘲讽的写实手法，表现“世俗价值观和神学价值观的冲突”。

但是，戴维·洛奇在写第三部小说《大英博物馆在倒塌》时，便开始尝试新的手法了。他自己说：“我写的头两部书《影迷》和《金杰，你真傻》也有幽默的成分，但从根本上讲都是小心谨慎的现实主义作品。……无论从哪个方面来讲，《大英博物馆在倒塌》可以说是我的第一部实验小说。”

在创作上，这部小说明显受詹姆斯·乔伊斯的影响，甚至可以说是对《尤利西斯》的模仿（戴维·洛奇说这是他的“第一部实验小说”，原因就在于此）。首先，和《尤利西斯》一样，这部小说也把一系列荒唐滑稽的事件串联在一天之内；在这一天里，亚当和《尤利西斯》的主人公布鲁姆一样，也在想着他的妻子和家庭——他浮想联翩，最后也滑稽地化为了泡影。其次，这部小说采用了和《尤利西斯》平行的场景，最明显的是小说结尾。《尤利西斯》以女主人公莫莉的长篇内心独白结束；这部小说的结尾也是芭芭拉的一大段“意识流”独白，而且内容也和莫莉的内心独白一样，是对自身“性生活”的回忆。最后，和《尤利西斯》一样，这部小说的各个章节也采用了不同的文体，时而模仿亨利·詹姆斯的文体，时而模仿康拉德的文体，时而模仿海明威的文体，时而模仿弗吉尼亚·伍尔夫的文体，等等——这样的文体模仿，意在戏拟主人公亚当的语言特点，因为他是个大学文学教师，而小说的内容就是他的自述。

有人认为，从风格上说，《大英博物馆在倒塌》“既是现实主义，也是虚构制作，既是现代主义小说，又是后现代主义小说”。也就是说，这部作品预示着戴维·洛奇小说创作的风格转变，即从早期风格转向后期风格。而戴维·洛奇后期风格的形成，则和他对英国当代小说的看法密切相关。作为小说研究者，戴维·洛奇对现当代英国小说有一整套理论。这套理论见之于他在20世纪70年代至80年代出版的一系列学术论著中，如《十字路口的小说家及其他小说批评论文集》《现代写作模式：隐喻、转喻与现代文学类型学》和《结构主义应用：19、20世纪文学论文与书评集》等。按他的看法，20世纪上半叶，英国文学呈现出一种在现代主义和反现代主义之间左右摇摆的“钟摆运动”，并以雅各布森的修辞理论来解释这一现象。他认为，尽管根据雅各布森的理论，历代小说从总体上说是“转喻的”，历代诗歌从总体上说是“隐喻的”，但20世纪的现代主义小说是个例外。

由于大凡都使用象征手法，现代主义小说可以说是一种“诗化”小说，因而从总体上说是“隐喻的”，而不是“转喻的”。至于反现代主义小说，“反”的就是现代主义小说的“隐喻”，因而它们大多都返回“转喻”（即某种程度上的现实主义回归）。所以，“钟摆运动”实质上是小说创作在“隐喻”和“转喻”之间的来回摆动。那么，是什么原因造成了这种来回摆动呢？戴维·洛奇解释是：这里除了政治、经济、文化等外部间接原因，还有一个更为重要的直接原因就是小说自身也有fashion（时尚、流行）的一面，就如家具一样。一种小说样式太久了，总不免令人生厌，于是新的样式就会脱颖而出。在此过程中，一代小说家作为前景加以突出的东西，到了下一代小说家手里就成了背景，所以革新总是表现为对当前背景或者说已被广泛接受的“正统样式”的背离。然而，这种背离却又受到小说自身内在逻辑的限制，即小说家只能在隐喻和转喻的两极话语之间做出选择。这样，就导致了现代主义和反现代主义、隐喻和转喻的循环往复，同时也说明了“为什么革新在某些方面常常是隔代回复旧有的样式；因为，如果雅各布森的理论是正确的话，那么在这两极之间，小说话语别无其他选择”。不过，戴维·洛奇同时认为，在 20 世纪 50 年代，特别是到了 20 世纪 60 年代，当代英国小说中出现的一种新倾向也许意味着对两极话语的“超越”，并将这种新倾向称为“后现代主义”。“现在有一种既不是现代主义，也非反现代主义，而是后现代主义的当代先锋派艺术。它继承了现代主义对传统模仿艺术的批判，也像现代主义一样追求革新，但它通过自己的方法来实现它的意图。它试图逾越、绕开现代主义，而且经常像批判反现代主义一样批判现代主义。”他所说的“后现代主义”，指的就是 20 世纪五六十年代诸如塞缪尔·贝克特的“荒诞小说”、B. S. 约翰逊的“极端形式主义”小说和约翰·福尔斯的“元小说”等当代实验小说。

戴维·洛奇认为，首先要弄清楚它要实现的是怎样的意图。他说：“许多后现代主义作品暗示，经验就是一张地毯，我们从中看到的任何意义的图案全然是虚幻的、安慰人的假象。对于后现代主义的读者来说，困难不在于意义上的隐晦——隐晦是可以搞清楚的，而是在于意义的不确定，这是它特有的性质。”也就是说，反现代主义小说（即当代现实主义小说）所要表述的意义是确定而清晰的；现代主义小说所要表述的意义也是可以确定的，但往往是隐晦的，而“后现代主义”小说，它所要表述的既不是某种明确的意义（如现实主义小说），也不是某种隐晦的意义（如现代主义小说），而是“意义的不确定”。换言之，“后现代主义”所要表述的是这样一种“意义”（如果说有什么意义的话），即无论是世界、历史、国家、社会，还是个人、恋爱、婚姻、家庭，甚至是文学、艺术，包括小说本身，一切的一切，其意义都是不确定的，甚至是无意义的。既然有这样的意图，“后现代主义”小说当然要有“自己的方法”。实际上，为了表述“意义的不确定”，“后现代主义”小说使用的方法就是“颠覆”现实主义和现代主义的写作原则。既然现实主义和现代主义的写作原则都旨在表述某种意义，那么将其“颠覆”，也就表述了“意义的不确定”。根据戴维·洛奇的归纳，“后现代主义”小说家主要有五种“后现代手法”，即“悖论”“并置”“破碎”“戏拟”和“短路”。所有这些手法，都旨在使小说叙事显得模棱两可，甚至语意不清，从而实现其“颠覆”意义、表述荒诞感与虚无感的意图。

以上是戴维·洛奇在 20 世纪七八十年代对当时英国小说创作现状的看法。这一看法决定了他的后期创作风格。实际上，他的后期创作很大程度上就是他对自己的小说理论的一种实验，即有没有可能把现实主义、现代主义和“后现代主义”融合在一起，创作出一种新型小说，而其结果，就是自20世纪70年代起，他写出了一系列学界小说，成了当今也许最有名的学界小说家。

英国最早的“学界小说”出现在19世纪20年代，称为“牛津小说”(Oxford novel)，大多以学生为主人公，描写其校园生活经历，具有“成长小说”的特点。但是，到了20世纪50年代，校园小说的视点逐渐从大学生转向了大学教师——教授们成了小说主角，因而演变成了地地道道的“学界小说”。

在戴维·洛奇的学界小说中，最具代表性的就是被称为“学界三部曲”（也称“卢密奇学院三部曲”）的《换位》《小世界》和《好工作》。这三部小说充分体现了戴维·洛奇后期小说的创作风格，即融现实主义、现代主义和“后现代主义”于一体。

总而言之，这三部小说的表层叙述结构都近似于现实主义传统模式，而且也符合学界小说的一般定义，即“通常具有喜剧性和讽刺性的小说，其场景设定在封闭的大学校园（或类似的学术场所)，并突出学界生活的昏昧”。在这个层面上，这三部小说确实可以说是“幽默、冷峻、亦庄亦谐的西方《围城》”“嬉笑怒骂颠覆文人传统的英国《儒林外史》”；也就是说，其表层结构是转喻的，很像一般的现实主义小说。但是，如果考察其内在结构，那么就如安德鲁·桑德斯在《牛津简明英国文学史》中所说，“这三部小说在某种意义上都是自觉的‘文学作品’，因为它既寻求探索文学理论的含义，也寻求探索将新的活力注入因袭的叙事形式”。这里，“因袭的叙事形式”指的是传统现实主义形式，而在这一形式中寻求注入“新的活力”，就是指现代主义和“后现代主义”手法的融入。

第一，这三部小说都被赋予了一种双重结构。戴维·洛奇自己曾说：“我似乎偏爱双重结构，这种偏爱早于作为一个文学批评家对结构主义的兴趣。”所谓“双重结构”，简单说来，就是使小说中的这一人物和那一人物、这一场景和那一场景、这一情节和那一情节形成对应关系，很像诗歌中的对仗。比如，在《换位》中，一所美国大学和一所英国大学相对应，两个主要人物，即一个美国大学教师和一个英国大学教师，不仅相互对应，还相互“换位”；在《小世界》中，两条情节主线——主人公柏斯的学术追求和爱情追求——相互对应，由此产生令人啼笑皆非的微妙效果；同样，在《好工作》中，男女主人公形成对应关系，而他们的联姻，则与企业社会和大学教育之间的关系相对应。这种双重结构，或者说，这种决定小说整体结构的对应关系，在传统现实主义小说中是找不到的，因为它明显具有“人为”性质，而根据现实主义创作原则，这显然是“不真实的”，所以，典型的现实主义小说家是绝对不会这样写的。然而，这恰恰是戴维·洛奇注入传统现实主义形式的“新的活力”——使小说具有类似诗歌的内在结构，从而使其在本质上倾向于隐喻，而不是转喻。换句话说，戴维·洛奇把现代主义和反现代主义“捏成了一团”，其方法是：用传统现实主义手法写双重结构中的每一“重”，因而单独看每一“重”，都是“转喻的”；同时，又用现代主义手法使“重”与“重”之间产生对应关系，因而放在一起看，又是“隐喻的”。所以，有论者称，这三部小说“在表层结构之下深深地埋藏着某种哲理内核，它的意义比那个表层外壳重要得多”。

第二，戴维·洛奇在这三部小说中还采用了“后现代手法”。比如，《换位》和《小世界》整体上就是“戏拟”。《换位》的副标题是“A Tale of Two Campuses”（双校记），显然是对狄更斯的名作《双城记》（*A Tale of Two cities*）的滑稽模仿。狄更斯的《双城记》风格悲壮，而作为戏拟之作的《换位》，则是一出令人哭笑不得的滑稽剧：一个英国大学教师和一个美国大学教师不仅互换了位子，还互换了妻子。《小世界》的副标题是“An Academic Romance”（一个学界传奇），显然是对中世纪骑士传奇（Cavalier Romance）的滑稽模仿。中世纪骑士传奇有一个宗教主题，即“寻找圣杯，拯救世界”，而在《小世界》里，这一“神圣主题”则被戏拟为学界主人公（即大学教师柏斯）费尽心机寻求科研经费，寻求论文获奖，寻求出版商出版学术专著，等等；而中世纪骑士“寻找圣杯”以“拯救世界”的目的，则被戏拟为主人公“寻求职称”以“拯救自己”，即获得终身教职——否则，不知何时就会被校方解雇。

还有“拼凑”，也是一种“后现代手法”。比如《换位》，可说通篇就是拼凑而成的。小说总共六章，其中三章是用小说形式叙述的，其余三章，一章是书信和电报，一章是报刊摘要，最后一章“结局”是电影剧本。同样，在《小世界》里也不乏拼凑，不仅有多个人物、多个故事的拼凑，而且还有各种文学形式、体裁和手法的混合。

此外，还有“元小说”技巧的采用。所谓“‘元小说’技巧”，也是典型的“后现代手法”。“元小说”就是“关于小说的小说”，用戴维·洛奇自己的话来说，就是“关注小说的身份及其创作过程的小说”，具体做法之一就是：作者在叙述过程中直接或者通过人物对小说自身发表评论，从而使建构性的叙事文本和解构性的批评文本混合在一起，也就是在自我建构的同时，又自我解构。这种技巧被戴维·洛奇称为“短路”。最好的例子就是《换位》以电影剧本形式出现的“结局”。在那里，不仅小说中的两个主要人物（即莫里斯·扎普和菲利普·斯沃洛）在谈论电影和小说结局有何区别，作者还直接“闯入”，对人物说：“当你阅读时，你知道书里只剩下一两页这一事实，你准备合上书。可是电影显示不出，尤其是时下的电影，导演可以选择任何时刻，无须警告，无须等待任何问题的解决，或是得到解释，或是予以终结，电影就能结束。”对作者的这一看法，“菲利普耸耸肩膀”。这种作者和人物的直接对话，就是一种“短路”。而其效果，就是要使读者“震惊”，从而意识到小说不过是小说家“玩弄”的一种“游戏”，或者说，一种“语言艺术”。

但是，戴维·洛奇只是有限地采用“后现代手法”。“后现代手法”本质上是用来表述“意义的不确定”的，也就是要表述作者对世界、对生活的荒诞感和虚无感。典型的后现代主义小说，如贝克特的后期小说，是全部用“后现代手法”写成的，因而被称为“荒诞小说”，而戴维·洛奇显然不是在写“荒诞小说”，所以他只是有限地采用“后现代手法”，旨在有限地表述“意义的不确定”。也就是说，戴维·洛奇采用“后现代手法”是要在某种程度上“消解”或者说“淡化”他用另外两种方法（即现代主义和反现代主义方法）所建构起来的“意义”，使其不怎么确定，从而表述他对自己所嘲讽的那些人和事的一种困惑感，因为他自己毕竟也是学界中人，他对学界的嘲讽，很大程度上也是自我嘲讽。而这，无疑使他的小说又多了一层“深意”。也许，他和后现代主义最大的区别就在这里：他要表述的不是“意义的不确定”（即对世界、对人生的荒诞感和虚无感），而是对“意义的不确定”表示“难以确定”，或者说，是要表述一种自嘲式的困惑感。自嘲、困惑，毕竟和荒诞、虚无不同，其背后还存有一丝希望，还有一点“理想”。所以，在某种程度上，他又恢复了小说的“意义”，也就是他用隐喻或转喻所表述的“某种哲理内核”。

三、典型作品评析

戴维·洛奇“学界三部曲”中的第二部是《小世界》，也是最负盛名的一部。这部小说不仅获1984年“布克奖”提名，还于1988年被改编为电视剧，搬上荧屏，在格兰纳达电视台播放。

“三部曲”中的第一部《换位》讲述了两个学究即英国人菲利普·斯沃洛和美国人莫里斯·扎普的故事。他们两人在进行“学术交流”，不仅互换了各自的政治信仰和生活方式，还互换了妻子。在《小世界》中，斯沃洛和扎普的故事仍在延续，并通过这两个人物的活动，呈现出一幅学术界的众生相和百态图。在学术界这个“小世界”中，像斯沃洛和扎普这样的教授、学者比比皆是，他们坐飞机飞来飞去，忙于到世界各地去参加各种“学术会议”，而这些会议实际上只是“公费旅游”，会议内容除了闲谈，就是相互造谣中伤，以此提高自己的“学术声誉”，或在会议时间结识异性，寻机放荡一番。不过，斯沃洛和扎普在《换位》中是主要人物，在这部作品中，他们却是背景人物，主要人物是珀斯·麦加里格尔、安杰莉卡、丽丽和谢丽尔等人。小说的主要情节就是珀斯·麦加里格尔先追求安杰莉卡、后追求谢丽尔的滑稽可笑的“传奇故事”。

珀斯·麦加里格尔是个年轻的大学讲师，他在密卢奇学院参加文学教师研讨会时，一见钟情地爱上了才貌双全的女博士安杰莉卡，但没想到，安杰莉卡在会议结束前就神秘消失了。后来，珀斯偶然在伦敦的红灯区发现了安杰莉卡表演脱衣舞的照片，万分震惊、困惑和痛苦，这更加坚定了他要找到安杰莉卡的决心。为此，珀斯飞到世界各地，参加一个又一个名目繁多的学术会议，结识了形形色色的教授、学者，但总是和安杰莉卡失之交臂。后来，在伦敦希思罗机场的天主教小教堂里，珀斯意外看到了安杰莉卡的留言，又多亏检票员谢丽尔的帮助，这才知道：原来，照片上的脱衣舞女是安杰莉卡的孪生妹妹丽丽。后来，在美国现代语言协会的年会上，珀斯又把丽丽误认为安杰莉卡，并和她有了身体的亲密接触。事后，丽丽才告诉他，安杰莉卡已经订婚，未婚夫叫彼得·麦加里格尔，和珀斯同姓，当年大学聘用的其实是彼得，只是因为弄错了地址，才阴差阳错地聘用了珀斯。然而，明白真相的珀斯并没有停止追寻安杰莉卡，只是他似乎意识到，他在追寻安杰莉卡的过程中有一个姑娘对他很有意思，那就是机场检票员谢丽尔。于是，他又去追寻谢丽尔。但是，等他赶到机场时，谢丽尔已经出国了。小说最后，珀斯面对巨大的滚动式离港信息牌，“就像对着电影屏幕，投射出自己记忆中的谢丽尔的面容和身影——齐肩的金黄色头发，走起路来抬高腿的样子，明亮的蓝眼睛里的茫然神情——他不知道在这个狭小的世界上，他该从什么地方开始去寻找她”。

《小世界》首先是一部讽刺小说。小说题为“Small World”（小世界）就具有讽刺意味，颇有点“庙小妖风大，池浅王八多”的意思。小说的副标题“An Academic Romance”（一个学界传奇），又是对中世纪骑士传奇（Cavalier Romance）的滑稽模仿，其寓意是：这个“学界传奇”，不过是主人公没头没脑、乱追女人的一个笑话而已，同时还隐喻学界的所谓“学术追求”。不难看出，小说中的主要人物都是戴维·洛奇嘲讽的对象。比如，珀斯·麦加里格尔是一个堂吉诃德式的人物——他出生在爱尔兰乡村，又是虔诚的天主教徒，所以还有几分天真纯朴的本性；他热爱诗歌，向往爱情，是个理想主义者；但他对安杰莉卡的追求，不过是在追求自己心目中美好爱情的幻影，用丽丽的话说，他“爱上的是一个梦”；因而，他在现实的“小世界”里就像堂吉诃德一样“不合时宜”，呆头呆脑、格格不入。还有斯沃洛和扎普，这两个人物在《换位》中已经够可笑了，在这里更是丑态百出：斯沃洛和妻子貌合神离，因此他一直热衷于参加学术研讨会，别人还以为他对学术感兴趣，其实他是一心想在哪次学术研讨会上有艳遇；扎普处心积虑，谋求高职高薪，到处贩卖他的“解构主义理论”，不厌其烦地宣扬他的名言——“每一次解码就是另一次编码”，而他的所谓“理论”，不过是对斯图亚特·霍尔的编码与解码理论的“改头换面”。至于安杰莉卡和丽丽姐妹俩，一个孤傲叛逆，一心想当大学教授；一个出卖色相，又恬不知耻。此外，还有如女教授富尔维亚·莫尔加纳，她腰缠万贯、生活奢靡，又自称是“马克思主义者”；还有如因为妒忌而发疯的登普西教授；还有故弄玄虚、永远戴着一只黑手套的德国教授蒂皮茨；还有色情狂美国教授林博姆、同性恋法国教授塔迪厄，等等。总之，戴维·洛奇把这个表面道貌岸然、实质猥琐龌龊的“小世界”，即所谓“学界”，讽刺得淋漓尽致。

《小世界》是一部典型的实验小说。戴维·洛奇自己曾说：“因为我本人是个学院派批评家，精通所有术语和分析手段……所以是个自觉意识很强的小说家。在创作时，对自己文本的要求，和在批评其他作家的文本所提的要求完全相同。小说的每一部分，每一个事件、人物甚至单词，都必须服从整个文本的统一构思。”《小世界》可以说是戴维·洛奇这一“创作方法”的最佳体现。在这部小说中，不仅有多个人物、多个故事的拼凑，而且还有各种文学形式、体裁和手法的混合。小说以戏仿中世纪传奇故事为框架，以“寻找圣杯”的神话为象征性主题，同时又借人物之巧妙而幽默地穿插了许多文学典故、新潮理论，设置了种种悬念与神秘故事，简直就如一锅“大杂烩”。当然，这么说并无贬义，而是说它杂而不乱、丰富多彩，就如有人所说“这部作品是使当代小说走出现代主义象牙塔、走向后现代主义的一次极为成功的尝试……它是个万花筒式的文本，转动一下，便有不同的花样”。换言之，戴维·洛奇在这部作品中充分运用了隐喻、讽喻和转喻，在总体构思的框架内，调动各种喜剧因素，写得诙谐幽默、妙趣横生。在叙事手法方面，这部小说采用了类似电影蒙太奇的手法——片段的跳跃、交叉和拼接，镜头的迅速推移，构成了一个穿梭于空间的实体。小说展现的是事件在空间上的联结，而非时间上的连续。小说中的众多人物似乎毫不相干地穿插在一起，他们分处世界各地，在不同时段做着不同的事情，但他们似乎又凭借某种关系联结在一起——就如一个漫游的摄影师，到处随意取景，最终才将这些画面拼凑完整；同样，在这部作品中，读者一直要读到后半部分，才能厘清人物之间的关系。除了上述特点，还需一提的是，《小世界》既是一部娱乐性的通俗小说，又是一部学术性的“元小说”。就娱乐性而言，戴维·洛奇在这部作品中采用了多种通俗读物的写法，如哥特式小说、爱情传奇、流行传记、侦探小说、犯罪小说，等等。其目的是

“迫使读者参与和小说写作有关的美学问题及哲学问题的探讨”，同时也表明作者自己对文本与现实之间的关系做批判性的反思。在《小世界》中，“元小说”成分大多是借人物引入的，即让他们开口闭口就是一通文学批评话语。这样不仅符合人物的身份，而且也无须打断小说叙事的连续性。更何况，戴维·洛奇在引入理论话语时总是采用戏谑化手段，使其变得很有趣。虽然是在讨论严肃的学术问题，用的却是一种戏谑的方式，所以，读者既能够“参与和小说写作有关的美学问题及哲学问题的探讨”，而其审美愉悦又没有受到理性认知的干扰，可谓严肃而不艰涩、曲高而不和寡。

第四章　马丁·艾米斯的创作与作品分析

本章以 20 世纪 90 年代以后小说的重新定位为切入点，分析马丁·艾米斯的创作与研究现状，最后对“颓废三部曲”和“伦敦三部曲”进行论述。

第一节　20 世纪 90 年代以后小说的重新定位

20 世纪 90 年代，英国评论界很多人对当代小说持悲观态度。有人认为，“当代英国小说处于一种悲哀的状态，这一点人人皆知”。有人甚至认为，“英国小说已经死亡”。确实，自 1990 年以来，英国人目睹了许多著名小说家相继去世：1991 年，格雷厄姆·格林去世；1992 年，安格斯·威尔逊和安吉拉·卡特去世；1993 年，威廉·戈尔丁和安东尼·伯吉斯去世；1995 年，金斯利·艾米斯去世；1997 年，维·索·普利切特去世；1999 年，艾丽斯·默多克去世；2000 年安东尼·鲍威尔和马尔科姆·布雷德布里去世。但是，老一辈小说家的相继去世并不意味着小说创作就此一蹶不振。实际上，20 世纪 90 年代以后的英国小说产量之大，可谓前所未有。仅在 1995 年，就有 8000 多部新小说问世。既然如此，为什么还有人认为英国小说“处于一种悲哀的状态”呢？原因恰恰在于产量过大，结果就如萨尔曼·拉什迪所说，“小说即便没死，也被掩埋了”。真正的好小说被掩埋在浩如烟海的平庸小说中，而不管是好小说，还是平庸小说，又全都被掩埋在铺天盖地的出版物中。

这是事实。但在铺天盖地的出版物中，小说毕竟还有一席之地，而在浩如烟海的平庸小说中，真正的好小说也迟早会脱颖而出，只是需要时间的检验和筛选。

总的说来，20 世纪 90 年代以后的英国小说似乎仍在现实主义和实验主义之间投石问路、探幽索隐，试图在英国小说史上为自己重新定位，就如马尔科姆·布雷德布里所说：“今天许多小说家对陈旧的小说规范和既成的小说历史感到很不自在。他们试图通过探索小说的某些实质性的问题来重新运用和重新塑造这种形式。”

基于此，这一时期的英国小说呈现出各种形式彼此共存、兼容并蓄和多元发展的倾向。不过，彼此共存不等于没有区别，兼容并蓄不等于没有特点。实际上，这一时期有四类小说不仅相互有别，而且明显具有各自的特点。这四类小说可分别称为“新实验小说”“新历史小说”“新社会小说”和“新国际化小说”，它们在很大程度上代表了这一时期英国小说创作的新走向。

一、新派实验小说

自20世纪70年代以来，西方学术界就有一种倾向，即自然科学和人文科学相互渗透和相互影响；人文科学的各学科，还有各类艺术，也同样如此。到了20世纪90年代，这一倾向遂成学术界和艺术界的主流。在学术界，德里达的后结构主义理论主张从语言结构出发对小说的内容情节加以量化研究，从中得出类似自然科学的“小说规律”；雅克·拉康的“新精神分析学”理论则通过对文学语言的分析，认为文学类似精神分裂症，其语言是非理性、无逻辑的自言自语。在艺术界，有些艺术家完全摒弃了传统的艺术形式。有的作曲家的作品中频频出现的是杂乱的噪声和长时间的无声；有的画家创作所谓的“拼贴画”，即随意在画布上涂抹颜料。还有电脑的普及，使有些语言学家开始实验性地运用电脑程序来分析语言，甚至进行文学创作。总之，人类学家、心理学家、音乐家、画家和语言学家从各个方面影响着小说家。于是，小说界再次吹起实验之风，许多用传统眼光看来十分古怪的作品，即“新实验小说”，相继出现了。

实际上，早在20世纪80年代，马丁·艾米斯在他的小说《其他人：一个神秘的故事》中就采用了断裂的时序、侦探小说的体裁、奇特怪诞的想象和新闻报道式的文体，颇似法国“新小说”派作家罗伯-格里耶的作品。在20世纪90年代出版的作品如《时间之箭》《信息》和《夜班火车》中，马丁·艾米斯所进行的叙事实验在英国更可谓绝无仅有。特别是在《时间之箭》中，马丁·艾米斯大胆的插入时间倒流的手法：叙事不是按过去、现在、将来的顺序进行，而是从某一时刻开始朝前一刻倒退。于是，小说中的所有事件全都呈因果颠倒、顺序相反的逆行状：食物不是被人送入口中，而是从口中退回到盘子里；清洁工不是把垃圾倒入垃圾桶，而是把垃圾桶里的垃圾倒在地上……小说的叙述者是个逃亡美国的前纳粹战犯，他的倒流叙事意味着对纳粹暴行的回溯，同时又给人以荒诞无稽的感觉。除了马丁·艾米斯，其他年轻作家如格雷厄姆·斯维夫特、罗斯·特里曼、威廉·特雷弗、伊恩·麦克尤恩和埃玛·坦南特等人也都倾心于题材和手法上的实验和创新；还有如威尔·塞尔夫的小说《疯狂的量子理论》、乔纳森·柯的两部小说《瓜分》和《沉睡的房子》、泰伯·菲彻的处女作《青蛙之下》、劳伦斯·诺伏克的小说《伦普里尔的字典》和《教皇的犀牛》，以及格兰·派特森、托比·里特、阿·莱·肯尼迪、罗迪·道尔等人的小说，也引起了小说界的轰动。他们的作品把梦幻、荒诞、黑色幽默和现实融为一体，创造出一个虚实交错、可笑又可悲的天地，不同程度上都属新实验小说。比如，在伊恩·麦克尤恩的小说《陌生人的安慰》中，梦幻转化为现实，现实又如同虚幻，使读者难以分辨梦境和现实、真实与虚构。

对于这种新实验和新趋势，戴维·洛奇曾评论说："小说在向形式实验和形式上的自我意识发展中并没有抛弃现实主义，但已不再是简单、质朴地应用现实主义了，它被用来衬托出其他风格的写作。"也就是说，较之于早先的实验现实主义小说，20 世纪 90 年代以后的新实验小说已走得更远。它们不再是以现实主义为基础的实验，而是在实验"其他风格的写作"时，即便"没有抛弃现实主义"，也仅仅把它当作一种"衬托"而已。

二、新派历史小说

20 世纪 90 年代，英国小说界的另一个重要话题是"回归历史"。与此相应，有不少小说家出品了历史小说。由于这类历史小说不同于传统的历史小说，因而被称为"新派历史小说"。

在这类小说中，有一种是把真实历史或真实历史人物作为故事的中心或主要内容，或把真实历史设置为故事的重要背景，因而也被称为"真实历史小说"，如派特·巴克的"新生三部曲"即《新生》《门中眼》《幽灵之路》；贝里尔·班布里奇的《各自逃生》和《大师乔治》；卡莱尔·菲利普斯的《过河》和《血液的本质》；巴里·恩斯沃斯的《神圣的饥饿》和《道德剧》等，都属于这种类型的历史小说。

派特·巴克的"新生三部曲"在 1996 年合集出版，是 20 世纪 90 年代为数不多的三部曲之一。在三部曲里，主要人物均为真实的历史人物，故事也是真实的历史事件，但这三部小说和一般的历史学著述有着本质区别：一是因为作者在叙述过程中添加了许多细节（这在一般历史学著述中是没有的），二是因为小说是从某个独特的角度叙述历史的，从而折射出作者审视历史时的主观态度和艺术视角，而不是像一般历史学著述那样旨在客观地"说明"历史。同样，在贝里尔·班布里奇的新历史小说《各自逃生》和《大师乔治》里，史实和虚构也是很巧妙地组合在一起的。《各自逃生》通过一个劫后余生的旅客的回忆，把读者带回到泰坦尼克号遇难的历史事件中，尽管没有任何虚构，但叙述者的语调和叙事角度都暗示出，作者的目的不在于重现历史事件，而在于表达作者对历史的一种感受、一种态度。《大师乔治》采用多重叙事和多重视角的艺术手法叙述历史事件。三个不同的虚构人物轮流叙述，构成六个独立的“片段”，而这些“片段”所聚焦的，则是一个半世纪以前的克里米亚战争。小说用极平静的语调叙述极残酷的战争场面，形成鲜明反差，从而表现出了历史和现代之间的内在张力。在卡莱尔·菲利普斯的两部小说《过河》和《血液的本质》中，奴隶贸易和大屠杀的历史在多重声音中被重新解读，作者采用新颖别致的叙事方式体现了当代视野，旨在对历史进行重构和当代阐释。巴里·恩斯沃斯的《神圣的饥饿》和《道德剧》更是把笔触深入到了遥远的中世纪。由于采用当代视角，可以说，历史性的灾难事件在这两部小说中被重新“书写”、重新“阐释”了。

除此之外，还有一类历史小说更具哲学意味，它们关注的焦点是历史能否被认识和历史如何被认识。对于这些小说家来说，历史并没有终结，终结的只是旧的叙事或旧的形式，而新的叙事和新的形式必然会使历史呈现出新的面孔。和“真实历史小说”不同，这类历史小说并不拘泥于“真实历史”，而是注重对历史的哲学思考。在这类历史小说中，最具代表性的是 A. S. 拜厄特的《占有：一段罗曼史》。在这部小说中，A. S. 拜厄特以“后现代”的目光审视维多利亚时代。小说中没有出现任何真实历史人物，但小说所指涉的显然是维多利亚时代的文学文本和文学人物。当代叙事和维多利亚叙事在小说中被组合在一起，使现在与过去、历史与现实形成一种张力，并通过两者的对应与反衬、交错与互动表达出一种新的历史观和现实观。继《占有：一段罗曼史》之后，A. S. 拜厄特在 20 世纪 90 年代还出版了《天使和昆虫》和《巴比塔》等作品。《天使和昆虫》由两个中篇故事组成，以当代叙事形式讲述维多利亚时代人们对宗教、对性、对达尔文进化论的复杂心理。《巴比塔》以当代英国生活为背景，但中间插入了一系列取名为“巴比塔”的历史故事，讲述中世纪的宗教信徒如何避世隐居。这种把当代生活和历史故事直接交织在一起的手法，或者说，把历史和现实中深层的道德和人性内涵并置在一起，其目的和《占有：一段罗曼史》一样，也是为了形成主题的对照和交错效果。

新历史小说在彼得·阿克罗伊德笔下也得到了发挥。阿克罗伊德是著名传记作家，主要作品有《奥斯卡·王尔德的最后遗嘱》《霍克斯摩尔》《查特顿》和 T. S. 艾略特及狄更斯的传记，其中最出色的是《霍克斯摩尔》。在这部可称为“新传记小说”的作品中，阿克罗伊德别出心裁地把过去和现在并置，同时讲述 17 世纪 90 年代的著名教堂建筑师霍克斯摩尔的生涯和一个也叫霍克斯摩尔的当代警察的办案经历。

当时，业已瓦解的前大英帝国的历史受到诸多小说家的注意，因为这一题材可以勾起英国读者对“日不落帝国”的追忆（或者说，反省）。于是，就有一大批这一题材的小说问世。其中有三位作家的作品影响最大。首先是乔治·弗赖泽，他在《汤姆·布朗的求学时代》（共三卷）中用儿童冒险故事的形式描述了维多利亚时代的印度生活，还涉及了1842年的阿富汗战争、英国对旁遮普的获取以及1857年的叛乱。其次是詹姆斯·法雷尔的《克里斯纳坡的围攻》，在这部表现殖民地叛乱的作品中，法雷尔尽管以统治者而非反叛者的观点描述了当年发生的事件，但通过小说人物的争论又隐隐约约提出了帝国文化“自溺”等问题。最后是保尔·斯格特的以“英国统治四重奏”而闻名的四部小说，即《王冠上的宝石》《蝎子的节日》《沉寂的塔楼》和《分赃》。在这四部小说中，保尔·斯格特详尽描述了“二战”期间的印度艰难的独立进程，而其主题则是：英国失去在印度的统治权并非必然，导致最终失败的原因是英国决策者的“失策”。

三、新派社会小说

英国文学的“伟大传统”就是强调文学的社会性和道德感。这一点即使到了20世纪90年代也没有被放弃，反映社会问题和探讨道德问题的小说仍不断问世。只是，20世纪90年代的社会小说比传统社会小说更关注社会生活中的个体或者说“个人性”；而且，由于受同一时期新历史小说的影响，20世纪90年代的社会小说还倾向于把个体置于历史语境中加以表达，也就是把“公共性”的历史和“个人性”的经验交织在一起，强调“公共性”的经验（也就是历史）在“个人性”的经验中的积淀，及其存留于个体生活中的印记和伤痕。

诚然，新社会小说和其他小说，如女性小说，是有所重叠的。实际上，当时已成名的女性作家，如多丽丝·莱辛和玛格丽特·德拉布尔等人，在这一时期仍有新作推出，如莱辛的《爱情，又来了》《最甜蜜的梦》，德拉布尔的《象牙门》《荒野上的巫婆》和《辣蛾》等，不同程度上都具有社会小说的性质，只是她们更偏重于反映社会问题中的女性问题。不过，撇开女性问题，新社会小说中最具代表性的当推朱利安·巴恩斯和伊恩·麦克尤恩的作品。

巴恩斯的《有话好好说》和《爱情，等等》的发表时间虽相隔近10年，却是姐妹篇。这两部作品都演绎了古老而永恒的三角恋爱，并对当代人的道德和感情问题进行了有力探索。比如，在《爱情，等等》中，三个在现实与情感的旋涡中沉浮的人物，一个从爱情走向背叛和复仇，一个因信仰破灭而对现实丧失信心，一个则像一叶扁舟在苦海中竭力挣扎。小说通过这三个人物的自白式叙事，以不同的视角和方式提出了情感、忠贞、信仰和道德等当代问题，被认为“最敏锐、最人道地洞察到了21世纪初普通英国中产阶级特有的弱点，而且娴熟地解构了我们所有人的浪漫谎言”。

在1998年推出的《英格兰，英格兰》中，巴恩斯则追踪主人公从童年到退休的整个人生历程，把个人的成长经历和民族身份的确认、历史传统的真伪以及记忆的含混组合在一起。在小说中，巴恩斯还借人物之口点明了小说主题：“个人信仰的丧失和民族信仰的丧失，难道不是相同的吗？看看古老的英国发生了什么？它不再信仰什么。事情变得一团糟，而且非常糟。”

伊恩·麦克尤恩早年以反映青少年心理问题的社会小说《水泥花园》而成名。他于20世纪90年代初出版了《无辜者》和《黑狗》，前者以柏林墙修建和倒塌为背景，后者以“二战”期间盖世太保横行的法国为背景，讲述主人公不寻常的经历，以及由此而造成的心理创伤，可说是两部风格独特的“历史—社会—心理”小说。20世纪90年代后期，麦克尤恩的两部小说，即《执着的爱》和《阿姆斯特丹》，则深入人类危险的感情世界，刺探当代人的道德极限和脆弱之处。《执着的爱》以富有戏剧性的情节拷问人心——人们在营救一个男孩时意外地导致了一个救援者的死亡，从此打破了人们平静的心态，人性中本来就脆弱的道德防线几近崩溃——人究竟应该爱自己，还是爱别人？若爱自己，道德有什么意义？若爱别人，活着有什么意义？《阿姆斯特丹》则从一位中年妇女的两位前情人在她的葬礼上相遇开始，以他们在阿姆斯特丹相互将对方戏剧性地毒死而告终。在小说中，当代新闻界、出版界和政界被描写成社会道德紊乱的典型象征，以此表明个人的道德沦丧是整个社会道德无序的一个缩影。

除了以上作品，麦克尤恩于2001年推出的《赎罪》同样是一部探讨人性和道德困境的力作。小说中的故事发生在“二战”前后，但“二战”这一历史事件只是个人生活的潜在背景，或者说，只是构成主人公命运坎坷和心理创伤的一个隐喻。小说主人公泰里斯兄妹的内心扭曲和情感变化，表面上看是一场误会所致，实质上是特定社会历史的必然结果。

四、新派国际化小说

称这类小说是“新派国际化小说”是因为在19世纪后期和20世纪初期英国文学中曾有过国际小说，其代表人物就是亨利·詹姆斯、约瑟夫·康拉德和凯瑟琳·曼斯菲尔德等人。他们都是加入英国国籍的外国人，虽用英语创作小说，但小说题材不限于英国社会，通常是写来自其他国家的人在英国的经历与感受，所以可称为“国际化小说”。和亨利·詹姆斯等人的国际小说不同，新派国际小说所涉范围更大，不仅是跨国界的，而且是跨文化的，其代表作家都来自非西方文化的亚非国家。

由于新派国际化小说作家大多来自前大英帝国殖民地即后来的英联邦国家，如印度、尼日利亚、特立尼达和多巴哥等地，因而也被称为“移民作家”或“后殖民小说家”，其中重要的有 V. S. 奈保尔、萨尔曼·拉什迪、本·奥克里、卡莱尔·菲利普斯、巴里·昂斯沃斯、提莫西·莫和石黑一雄等人。

V. S. 奈保尔出生于特立尼达岛，后移居英国。早在 20 世纪 60 年代至 80 年代，奈保尔就以《毕司沃斯先生的房子》《河湾》和《到达之谜》等小说跻身优秀小说家行列。20 世纪 90 年代，他又以著名的“印度三部曲”即《黑暗地带》《印度：伤痕累累的文明》《印度：当今的百万哗变》而名声大振。2001 年，瑞典皇家学院在授予他诺贝尔文学奖时称他“像一位研究丛林深处某个迄今尚未探索的自然部落的人类学家一样探访英国的现实”。同年，奈保尔推出新作《半生》，以清新的文笔描写了前英国殖民地印度的社会问题、战后伦敦的移民境况以及非洲前殖民地的二等白人的尴尬处境。

萨尔曼·拉什迪出生于印度的穆斯林家庭，曾在英国接受教育，后移居英国。20 世纪 70 年代，拉什迪以《皮尔传》和《格里姆斯》等作品步入英国文坛。20 世纪 80 年代初，他的《午夜诞生的孩子》问世，这部和独立后的印度历史相关的小说为他带来了名声。1988 年，他的小说《撒旦诗篇》遭到伊朗宗教领袖的严厉谴责，从而使他成了世界闻名的“问题”小说家，引来诸多争议。20 世纪 90 年代，拉什迪仍是英国文坛上引人注目的热门作家，不断推出新作，其中最成功的是《摩尔人的最后叹息》。总的说来，拉什迪的小说具有“魔幻现实主义”的艺术特征，即把明显的现实题材和虚幻的想象成分交织在一起，通过一种杂糅和万花筒般的艺术形式使日常生活和梦境、传说及神话彼此交融。

除了奈保尔和拉什迪，另一位重要的移民作家是尼日利亚裔的本·奥克里。他在 20 世纪 90 年代创作了一系列小说，如《让诸神吃惊》《危险的爱情》《无尽的宝藏》和《饥饿之路》等。其中《饥饿之路》是 20 世纪 90 年代不多见的一部气势恢宏的作品，长达 500 多页。小说讲述非洲某国的一个小镇上流传着幽灵儿童“阿比库”的传说：幽灵儿童在幽灵王国自由自在地生活着，但奉幽灵之王的命令不得不轮流到人间投胎；为了摆脱人间之苦，他们相约尽早回来相聚；因此，当地的孩子总是不断夭折；主人公阿扎罗就是一个“阿比库”投胎的男孩，因不忍离开苦难的父母，在人间经历了来自现实和来自幽灵王国的种种磨难和痛苦。通过主人公的经历，小说家呈现了一幅后殖民困境下的当代非洲画面——充满暴乱、政治动荡、贫困，在遭受殖民掠夺和侵略之后的非洲大陆又不得不经受现代西方文明的冲击。在艺术上，奥克里采用的手法和拉什迪的“魔幻现实主义”有异曲同工之妙，即把非洲传统的讲故事手法和西方传统的象征手法和梦幻叙事手法结合在一起，使故事显得扑朔迷离，从而产生一种令人眩晕的历史幽深感和混沌感。

20 世纪 90 年代的“后殖民小说”和同一时期的新历史小说一样，在回归历史时往往采用新颖别致的叙事方式，并在历史观照中体现当代视野和当代认知。这一点在移民作家卡里尔・菲利普斯和巴里・昂斯沃思的小说中表现得特别明显。前者的两部小说《过河》和《血液的本质》不仅用充足的资料和超然的态度讲述了奴隶贸易史，还在多重声音中重新解读了奴隶贸易和大屠杀的历史；后者的小说《神圣的饥饿》《道德游戏》和《追逐汉尼拔》更是将笔触深入到遥远的 20 世纪，以当代视野重现了历史上发生在各民族间的大屠杀和战争暴行。还有一位华裔移民作家提莫西・莫也值得一提。提莫西・莫 1950 年出生于香港，母亲是英国人，父亲是广东人。他继《猴王》之后在 20 世纪 80 年代出版了《古老肉》等作品，以熟练的笔调描写了封闭、保守而又惯于投机取巧的伦敦华人社会，使英国读者看到了华人文化的另一面。在他更为雄心勃勃的全景式小说《岛地的拥有》中，则旨在再现鸦片战争之后香港作为英国贸易殖民地的初期情况。20 世纪 90 年代，提莫西・莫仍有新作推出，其中最受重视的就是探讨移民双重身份问题的小说《多余的勇气》。

最后是日裔作家石黑一雄。他在 20 世纪 80 年代创作的几部作品和华裔作家提莫斯・莫的作品颇为相似，主要表现移民的尴尬处境和异国感受。不过，他最为人称道的作品却是英国题材的《长日余晖》。在他于 20 世纪 90 年代出版的作品中，《无可安慰》堪称典型的新国际小说。书中描写了一个来自东方的著名钢琴家在欧洲开一场音乐会，他尽管熟悉西方音乐，然而当他身处西方城市时，却有一种莫名的陌生感和疏远感，恍然如梦中，其身份和自我都显得模糊而不确定。在 2000 年出版的《吾辈皆孤儿》中，石黑一雄又将双重身份和“国际写作”结合在一起，写了一个英国人在上海的奇异经历，换一个角度表现了东西方文化差异。这部作品深受英国小说界关注，曾获得当年“布克奖”提名。

总之，20 世纪 90 年代的新国际小说体现出一种前所未有的国际意识和全球观念，它们或以当代视角重新审视前殖民地的历史和现实、文化和社会，或用两种文化背景所赋予的独特视野反映当今世界最为重要的文化问题，不仅为当代英国小说营造了一种新的文学语境，而且还是其中的一道特别亮丽的风景线。

当然，除了以上几类小说，20 世纪 90 年代英国小说的地图上还应该标出通俗小说的位置。这里需要特别提一下的是 P. D. 詹姆斯和罗丝·伦代尔的侦探与犯罪小说、约翰·勒卡里的间谍小说（如《巴拿马的裁缝》）、J. K. 罗琳的《哈里·波特》系儿童小说、尼古拉斯·伊文斯的情感小说《马语者》。这些小说不仅销量可观，而且还被翻译成多种文字，经常被拍成电影电视，其观众之多、影响之大，使严肃小说望尘莫及。尽管通俗小说因其消遣和娱乐性质而被许多人视为不登大雅的“俗物”，但在当下的文化研究热潮中，即使作为俗文化研究对象，它们也应有其一席之地。

第二节　马丁·艾米斯的创作与研究现状

一、马丁·艾米斯的创作概述

1949 年 8 月 25 日，马丁·艾米斯出生于牛津，是著名运动派诗人。马丁·艾米斯是英国文坛一颗耀眼的明星，被评论家认为是新一代小说家中的佼佼者，与伊恩·麦克尤恩、朱利安·巴恩斯并称英国“文坛三巨头”。1954 年，马丁的父亲金斯利凭借一部《幸运的吉姆》迅速成为大西洋两岸大红大紫的名作家。在跟随父亲频繁往来英美各大学的过程中，马丁也结识了不少文学名士，其中就有著名诗人菲利普·拉金。在这样的家庭环境中，马丁·艾米斯自小就想象力丰富，而其少年时代的想象力，更多的是用在如何挣脱父亲名作家的影响，成就自己的文学事业上了。十二岁时，父母离异，在身为小说家的继母伊丽莎白·简·霍华德的引导下，其真正对文学产生了强烈的兴趣并于 1968 年至 1971 年就读于牛津大学。读大学期间的导师中，就包括了乔纳森·华兹华斯。同他的父亲一样，马丁最终以优异成绩毕业；毕业后仅三个月，就被著名的《观察家》周报聘请去撰写书评。当时的周报文学主编回忆马丁初入职时的情景说：“我给了他一本书让他写篇书评试试看，之后我拿着到处给人看，人们都认为是由入行 20 年的人写出来的。”1973 年艾米斯加入《时代》文学副刊，翌年成为小说和诗歌类主编。在给《新政治家》做文学主编的同时，艾米斯开始尝试写作，同当年同样默默无闻的朱利安·巴恩斯、伊恩·麦克伊万、湿娃·奈保尔以及当今桂冠诗人安德鲁·莫申一样为杂志供稿。这期间，艾米斯的处女作《雷切尔文件》大获成功，开始进入评论界视野。在连续出版几本书后，他于 1979 年辞去工作，全职写作。

马丁毕业于牛津大学时，乔纳森·华兹华斯曾经断言，他要么在一年内就出版一部小说，要么就会回到牛津继续攻读学位或是担任大学教师。结果就是于1973年11月，马丁出版了第一部小说《雷切尔文件》，并于25岁那年，凭借处女作《雷切尔文件》一举获得毛姆文学奖，被誉为“文学天才”。此后的一系列作品将他推上文坛巅峰，被《格兰塔》（著名的欧美文学杂志）杂志评为“最受欢迎年轻作家”。其1981年的作品《钱》入选《时代》杂志“一百部最佳英语小说”。近几年亦多次入围布克奖，虽说其乖戾的性格和大胆的文风不断遭到评论界的质疑，导致其始终与该奖擦肩而过，但在全球读者中他享有很高的声誉。中国评论界近十年来偶有关于马丁·艾米斯的评论文章面世，但视角只局限于其庞大的作品群中的一隅，使中国读者很难一窥马丁·艾米斯其人其作之全貌。因此，为更好地在中文读者群中推广其人其作，对其进行全面的介绍和评析迫在眉睫。

在《马丁·艾米斯的小说》一书中，作者将马丁·艾米斯比作英国文坛大家狄更斯，认为他的经历与当年的狄更斯如出一辙，例如，同样遭到同时代人的质疑和责难，同样受到媒体的包围和检视，甚至连同私生活都是惊人地相似，特别是都曾一度婚姻破裂。而艾米斯在写作方面的才能，特别是出色的文笔使之堪与狄更斯这样的文学大家比肩。只是有一点是狄更斯的时代所不具备的，那就是现代或者说后现代的网络媒体使得对艾米斯的评价显得更为复杂了。当今的媒体，以其巨大的创造力和超速的传播能力已经将文学名人们推上了一个新的高度。艾米斯因其颇为引人注目的出身和职业生涯成为现代西方媒体的口边肥肉，而他自己对此境遇似乎颇为享受，并且越来越得心应手地运用媒体的力量自我塑造形象。艾米斯频繁出现在媒体面前接受采访，登上电视节目，还拥有了专门的个人网站。自20世纪90年代起，艾米斯就经常性地成为报纸头条，人们对他的私生活的关注程度有时候甚至盖过了其作品，特别是他婚姻破裂以及再婚，甚至是他的身高（约1.68米），就连看牙医的费用都被翻出来大作介绍。如果说在初入文坛之前或之后的早期，艾米斯个人十分受用媒体的检视，然而自他的第八部作品《信息》面世以来，媒体就有些超出作者的接受程度了，他经常抱怨自己的私生活细节都被曝光在媒体的聚焦之下。而作家本人的私生活也正如肥皂剧一样多姿多彩——在1995年，艾米斯的身为著名作家的父亲金斯利·艾米斯去世；在此之前，艾米斯刚刚结束了与第一任妻子长达十年的婚姻，并于三年后迎娶了自己的情人；他最喜欢的表妹失踪多年，后被证实成为连环杀手的牺牲品。诸多生活与情感的变故，导致艾米斯的作品中充斥着暴力、色情以及对女性形象的丑化。加上进入新千年以来，人们对其小说作品质量褒贬不一，以及他在非小说类作品中频频对世界热点问题爆出个人看法，而遭人侧目，这些因素结合到一起，导致马丁·艾米斯的形象扭曲了起来。要想拨开迷雾，看清马丁·艾米斯作为当代英国作家的主流代表身份，进而更好地理解其作品和文风进化史，必须先对其经历进行一番梳理。

在20世纪八九十年代，艾米斯笔耕不辍，先后出版了四部小说以及多部非小说及短篇小说合集等，在题材上也开始关注核灾难等在其后的作品中频繁涉及的主题。这一时期，作为一颗冉冉升起的文学界新星，马丁·艾米斯其人及作品也是身价倍增。在2000年出版的其父金斯利·艾米斯书信集中，频繁记录了金斯利对其子在经济上的成功的看法："去年他竟然挣了38000英镑，他才29岁！"在1984年，马丁这一时期最重要的作品《钱》出版后，金斯利写信给拉金说："现在马丁·艾米斯要比我有名气多了。"言语中虽不乏酸楚，却也从另一面证明了马丁的成功，已经有超越其父之势了。

继20世纪80年代的《钱》之后，一直到20世纪90年代，艾米斯进入了创作高峰期，其间他创作了"伦敦三部曲"之一的《伦敦场地》。也正是在这部作品中，艾米斯对女性角色的歧视开始引起评论界的反感，导致这部优秀作品没有进入1989年的布克奖短名单。创作于1991年的《时间之箭》可以说是艾米斯文风的转折之作。这部作品以其独特的倒叙手法（甚至对话都是倒序的），进入了当年的布克奖短名单。20世纪90年代末期，艾米斯的写作步伐有些放缓，1997年出版的短篇小说《夜行列车》首次设置了女性主角，同时也延续了作者以往的黑暗、萧瑟的文风以及对美国的个人看法。

由于艾米斯事业上的持续上升以及作为公众人物频繁亮相，媒体口气急转直下，开始应和金斯利在私下里的一些评价，将其私生活放在放大镜下进行检视。因其为《隐情》预支80万英镑稿费，评论界开始抱怨他的贪婪、傲慢和放荡不羁。当时，马丁的好友萨尔曼-拉什迪对此的评价可谓毫无避讳："发生在马丁身上的事情，在英国会不时地上演——媒体对某个公众人物一拥而上，不把当事人撕成碎片誓不罢休。这跟金钱没什么关系，事实只不过是这家伙好日子过得太长了，咱们把他给宰了吧。"而所有的这些都被马丁写进了2000年出版的自传体小说《经历》中，又为作者本人吸引了不少眼球。

进入21世纪，艾米斯的非小说类作品大有压倒长篇小说之势，他先后发表了《经历》等三部作品，涉及回忆录、政治、新闻报道等。2003年，长篇小说《黄狗》问世。小说收获的评论褒贬不一，厌恶者批评其（《黄狗》）的糟糕是你不知道应该往哪儿看；支持者则认为这是作家风格的回归。虽说作者本人对两极的评论不屑一顾，将其列为"自己最棒的三部作品之一"，可是这部作品还是与当年的布克奖失之交臂。

在《黄狗》收获如潮的负面评论后，艾米斯选择出走乌拉圭，专心创作下部作品。2009 年长篇小说《怀孕的寡妇》出版，终于收获了评论界的一致好评，认为这标志着其“讽刺喜剧”风格的回归。

二、马丁·艾米斯的研究现状

马丁·艾米斯是著名的运动派诗人、小说家金斯利·艾米斯之子，被称为“新生的福楼拜”“再世的乔伊斯”，也被称为“英国现代小说的领军人物”。他为《观察家》和《泰晤士报文学增刊》等撰写文学评论，同时从事小说创作，作品屡次获奖。其主要作品包括《雷切尔文件》《钱》《伦敦场地》《夜行列车》《时间之箭》《成功》《隐情》《死婴》《黄狗》等 20 余部小说，在文学思想界起着举足轻重的作用。但他在当代英国文坛一直是饱受争议的人物，他独特的后现代叙事“把戏”、作品涉及的主题以及他的政治观点和个人生活长期以来一直是人们讨论的焦点。他的作品频频与布克奖擦肩而过也引起了文学界的巨大争议。

在过去的多年中，艾米斯一直是英美文学研究界的热门，国外已经相继有二十多部艾米斯研究专著问世，网站上也可以查阅到关于艾米斯的所有作品、评论以及他的近况的信息；詹姆斯·迪德里克的《理解马丁·艾米斯》比较全面地分析了艾米斯创作中父子主题的文学渊源及叙事策略与后现代主义的关系，同时对他的主要作品——从最初的《雷切尔文件》到 2003 年的《黄狗》——逐一进行了主题分析；此外布赖恩·匹芬尼所著的《马丁·艾米斯》也为艾米斯研究提供了不可多得的素材。另有数十篇相关论文、数十篇学位论文对马丁·艾米斯进行了系统研究。

近年来，艾米斯的创作在中国文学研究界也引起了不少关注，但国内学者的研究刚刚起步，目前已发表相关学术论文十余篇，他的小说《伦敦场地》《夜行列车》及《时间之箭》已有中译本问世。国内对艾米斯小说的研究可以分为两类：一类是主题分析，如刘春芳的《〈伦敦场地〉：现代人的废都——解读马丁·艾米斯笔下的后现代情感》和《〈夜行列车〉中的身体暴力现象研究》以及阮伟的《天才的洗钱家马丁·艾米斯》；另一类是就艾米斯小说的后现代特征进行分析，比如其中的角色倒置、时间逆转等独特的“后现代招式”，如王卫新的《与时间游戏，和死亡对话——评马丁·艾米斯的〈伦敦场地〉》《英国后现代小说的时间艺术》和白爱宏的《后现代寓言：马丁·艾米斯的〈时间之箭〉》以及张和龙的《颠覆性的后现代游戏：论马丁·艾米斯的后现代招式》等。这些研究主要集中在艾米斯的几部作品上，如《伦敦场地》《夜行列车》《时间之箭》，对艾米斯 2000 年之后的重要作品鲜有涉及。他的《经验》《黄狗》《会面室》以及《怀孕的寡妇》都是他 21 世纪的力作。

虽然其作品的真正价值还有待于时间来沉淀，但艾米斯的创作技艺渐臻成熟，对大主题的关注也日益密切，已经形成了自己独特的叙事话语和叙事技巧；他的作品频频被提名布克奖也说明他在英国当代文坛的地位是不可撼动的。盛名之下的艾米斯并未停止其试验与革新的步伐，他的小说不但让人看得懂，而且引人入胜。《伦敦场地》中作者不断变换场景和叙述角度，深入挖掘作者和他笔下人物之间的关系，将梦幻、现实与荒诞融为一体，创造出一个可笑可悲、离奇怪诞的天地。《时间之箭》中，艾米斯采用了一种天真无邪的叙述口吻和倒叙的手法描述了一个纳粹战犯的生活经历。随着小说故事的进展，"时间之箭"飞速回射，"现在"像一盘倒转的录像带一样回到了"过去"。《夜行列车》中，艾米斯放弃惯用的严肃文学样式、男性视角和英国背景，选择侦探小说这一介于严肃文学传统与大众媒体的形式，融合科学与伦理探讨，借用女性视角，以某个浑浊的城市为背景，叙述一个悬疑故事。艾米斯的每一部作品都在形式上试验创新，给读者以非同寻常的阅读感受，也给文学评论家以极大的惊喜。

从某种程度上说，艾米斯的小说给当代濒临死亡的英国文坛注入了新鲜的血液，起到了"救亡图存"的作用。艾米斯追求表现20世纪末英国社会的阴暗面，他对性、暴力和共犯关系的描写在社会上引起了强烈的反响。现代城市生活中所有病态的、可悲的和肮脏的东西在他的艺术风格中都得到了充分的展示，人性在物欲与金钱的影响下扭曲变态到极为可怕的程度。可以说，作者对当代社会道德堕落的无比坦诚令人感到钦佩；同时，他冷峻甚至荒诞的叙述也引发了人们对当代物质社会的道德思考与价值取向的重新判定。

第三节　《雷切尔文件》——发轫之作

20世纪七八十年代，马丁·艾米斯凭借"颓废三部曲"的《雷切尔文件》《死婴》和《成功》一举成名。这一时期也是他的练笔时期，虽然他在《雷切尔文件》中对自己的风格已经有了定位，《成功》也显示出了他对自己作品结构的超强驾驭能力。这三部小说生动地反映了都市年轻男性的欲望、焦虑和恐惧，他们通过"群交行为来获得自我完善"，从而发泄自己的愤怒。小说的语言也很有创新——通俗俚语和文学化的语言混杂，对20世纪晚期的英国小说影响很大。而作家小说中，特别是其后的一系列作品中日渐明显的厌女情节，在此时也初露端倪。日后此特点是评论的热点，并为作家本人招致不少负面评价。

马丁·艾米斯的第一部小说《雷切尔文件》于 1974 年荣获毛姆奖，并于 1989 年被改编为同名电影。小说讲述了一个阳光而任性的少年在二十岁之前与比自己大的女孩谈了一场恋爱的故事。小说带有明显的自传成分，就连马丁·艾米斯也承认这一点。

此书完成时，马丁·艾米斯仅仅二十多岁。此书的最终出版，出版前后所受的关注程度以及书中的自传情节，无一不与其身为著名作家的父亲有着剪不断理还乱的关系。马丁·艾米斯也曾证实拥有一位小说家父亲的优势。据他自己描述，这不仅能够让媒体出于“功利性的好奇心”，为其铺平出版之路，而且父亲作为名作家的经历还能帮助他承受成名后的压力，因为“关于作家的很多烦心事，比如糟糕的评论之类的，都难不倒我，因为这些早就充斥在我的家庭生活中了”。《雷切尔文件》出版后，获得了评论界的一致好评，并为这位年轻的作者一举赢得了毛姆奖最佳小说奖。这一点跟其父成书于 1954 年的处女作《幸运的吉姆》（也曾获得毛姆奖）几乎境遇相同。金斯利·艾米斯当年正是凭借这部处女作一跃成为英国文坛上的一颗新星，并最终站稳了脚跟。不仅如此，《雷切尔文件》中不可忽视的自传成分，也在某种程度上使这部作品与《幸运的吉姆》在内容和主题上有了传承意义。

从内容和写作手法来说，这部小说相较于马丁·艾米斯之后的后现代主题与写作手法特点显著的作品，是最为传统的一部。它探讨爱情和友情之间的关系。在这部小说中，主人公查尔斯·海尔韦像年轻的艾米斯一样，聪明敏感、热爱文学，胸怀远大抱负。查尔斯·海尔韦是位即将年满 20 岁的血气方刚又爱好文学的青年，为拒绝成人世界的到来做着最后努力。故事以主人公二十岁生日到来之前，也就是午夜十二点之前的几个小时为时间线，在这几个小时里，主人公借整理自己的笔记之机对未成年的生活做了一个回顾，详细回忆了十九岁发生的一切，算是对自己美好时代的道别。

主人公通过梳理自己十九岁的所作所为，对肆无忌惮的青春岁月进行了总结整理，同时把青春岁月的恋爱故事当成对青春的祭奠，也终结了自己年轻狂放的思想，以迎接二十岁，即成年岁月的到来。主人公丢弃自己年轻时的简单理想和对爱情的期待，使自己变得冷漠、粗暴，以适应成人的世界。这种思路本身便将青春与成人这两个世界对立起来，要进入成人世界，首先要埋葬自己青春时期的情感。成人世界的生存状态由此可见一斑。

小说这样描述主人公查尔斯·海尔韦，他中等身材，身体总爱蜷缩起来，双腿不停地晃来晃去。总之他似乎一直在与任何沉着稳重的样子对抗，一定要将自己满不在乎、对什么都无所谓的轻蔑态度昭示出来似的。他好像有强迫症似的，总是爱挤青春痘、挖鼻孔，似乎不这样做，人就会失去肉体感受，变得麻木不仁。查尔斯还有严重的哮喘病，查尔斯这样描述他的妈妈："瞧她那一堆。头上皮肤都皱巴巴缩在一起了，搞得她的下巴格外突出，而且为她那两只大眼腾了地方，显得格外大。"

与查尔斯的外表、举止相对应的，是他极强的自恋情结。他的自恋情结既表现在对自己的外貌、性格等的欣赏上，还表现在潜意识中对自我的肯定与追求。他曾为自己的自我吹捧做过一番辩解，说："我并不是喜欢或者迷恋我自己，应该说，我是对自己相当地动感情。"更为可笑的是，他追求的女孩雷切尔（Rachel）都是自己名字（Charles）字母的重新排列。可以说在潜意识中，他所追求的与其说是其他女孩，不如说是在寻找潜在的自我。因此可以说在某种程度上，查尔斯疯狂迷恋的不是雷切尔，而是自己。

小说中的查尔斯和马丁·艾米斯一样热爱文学，并立志考入牛津大学文学系。而在他内心深处，他非常恐惧二十岁也就是成年的到来，于是他决心在少年时代的最后一年，尽情地挥霍年轻的人生。查尔斯带着对个人成长的恐惧与渴望的矛盾心情，带着投入写作的殷切希望，愣头愣脑地闯入了性的竞技场。他在伦敦参加牛津大学补习班时，在一个聚会上遇到了雷切尔。雷切尔是位个子高挑、头发乌黑的女孩，查尔斯第一次见到她就被她深深地吸引，他的生活也开始围绕着追求雷切尔而展开。他把美丽优雅的雷切尔的诱惑称为"拖力"，一是表明他深爱这种诱惑的吸引而不由自主地追随，二则说明这种力量在某种程度上并非他内心所渴望、所追求的，而有被动向前的意味。事实上，这种诱惑与查尔斯的生活形成有趣的对照。查尔斯出生于一个虽然富裕，但父母关系并不融洽的上流社会家庭。他暂时寄宿在姐姐贫穷破败的家里，姐姐与姐夫不对等的家庭出身造成的混乱婚姻生活给他极大的冲击，使他对于婚姻爱情产生了莫名的恐慌之感。与此同时，他还结交坏的朋友，并且与一位名叫格劳瑞亚的女孩发生了露水情缘等。这些经历使他对雷切尔所代表的优雅既有本能的抗拒之情，但又无法抵制其诱惑力。矛盾的心情贯穿在爱的初次体验之中。随着他与雷切尔的不断交往，他对雷切尔的迷恋之情却愈来愈淡，最后随着他不断地发现而烟消云散。最初，他发现她并没有猜想中的犹太血统，想象与事实的距离使他产生失望之感。之后的巨大矛盾与反差，致使他的内心无法接纳这种真实难堪的肉体真相。最后，他还发现雷切尔就她父亲的身份向自己撒了一个弥天大谎，这令查尔斯简直无法忍受，因为撒谎是查尔斯自己最为擅长的，但他对雷切尔的撒谎感到无比失望。这种格外矛盾却又真实的对于想象的坚持、对于惨淡现实的规避，既表明了查尔斯病态的精神状态，又表明了他内心深处的一隅对于美好的执着守护。于是，带着淡淡的遗憾，他放弃了与她的交往，把她送进一个装腔作势的美国人的怀抱，同时也送走了自己最初的爱情。

查尔斯在小说中是个非常矛盾的形象，他的外表就足以令人不舒服，其行动也没有可圈可点之处。然而，他给人的印象并不使人生厌。要生动地展现查尔斯这样一个既令人倒胃口又不使人心生厌烦的形象，没有漫画般的天赋与超凡的驾驭文字的能力是根本不可能的。马丁·艾米斯不但具备驾驭文字的能力，而且在刻画略有病态的反英雄人物方面极具技巧。查尔斯是马丁·艾米斯笔下一系列性格扭曲、情感倒错，甚至荒诞可笑的人物的起点，而马丁·艾米斯正是通过对这种人物的巧妙刻画，既确立了其在文学界的独特的、不可取代的地位，又通过漫画般的人物群为当代社会中人类尴尬而无奈的生存状态做了最生动、最精巧的诠释。或者可以这样说，查尔斯这个文学青年形象奠定了马丁·艾米斯之后的小说中众多"坏小子"形象。

在小说中，马丁·艾米斯在让查尔斯记录其勾引雷切尔的详细过程的同时，也细致而生动地记录下了青春时期的懵懂岁月和对爱情的青涩认知与迷茫追求。随着小说的逐步展开，查尔斯通过其真实的记录将其内心深处的思想展露了出来。主人公查尔斯内心深处坚定地怀有一个根深蒂固的概念，那就是生活与爱情是截然不同的两码事。查尔斯对爱情的想象与其在生活中所遇到的真实之间的距离是使他无法接受现实的根源所在。生活中真实的查尔斯对雷切尔的追求完全是以虚荣或者变态的思想为基础的，而在追求的过程中对概念化爱情的亵渎是查尔斯最终选择放弃的原因，看起来似乎是人性中有失尊严的特性导致查尔斯发生了转变。恋爱的过程也是他更加深入地思索和更深刻地投入的过程，在这个过程中，查尔斯对人性的认识发生了彻底的改变。在马丁·艾米斯的叙述中，查尔斯最初对人性的完善抱有良善渴望的思想一点一点坍塌了，这种坍塌虽然缓慢，却非常彻底。

《雷切尔文件》作为马丁·艾米斯的第一部小说，自然是其走向后现代、启示录般的创作历程的起点。在这部作品中，有很多主题是显而易见的，只不过这些主题还都在酝酿之中，尚未得到全面阐释。马丁·艾米斯对病态的迷恋、对边缘化的痴迷以及对当代社会中衰败堕落层面的独特兴趣，在这部小说中已经明显露出端倪，而在马丁·艾米斯后面的小说中，这种对社会、对文化、对人性的独特的认识方式得到了充分张扬与展示。

也正是从《雷切尔文件》开始，马丁开始热衷于在自己的小说作品中设置带有明显的自传成分的人物形象。例如，在《钱》中，作者插入了一个名叫马丁·艾米斯的人物。《雷切尔文件》的主人公查尔斯在一定程度上正是马丁·艾米斯本人的写照：同样爱好文学，同样挥霍青春，热衷于男女关系，甚至连通过上补习班考入牛津大学英语系的经历也照搬作家的真实经历。正是通过如作家般敏锐的观察力，查尔斯经历了成长的阵痛，这一点与金斯利·艾米斯的主人公吉姆是异曲同工的。

提到金斯利·艾米斯及其作品，自然不能忽视《雷切尔文件》中以及几乎马丁的所有作品中贯穿始终的另一个主题，即父与子之间剪不断理还乱的复杂关系。这也是众多评论家孜孜不倦地评价两位艾米斯的话题之一，将父子俩的作品，从主体到思想逐一进行对比研究。

这似乎也是理所当然的。小艾米斯作家职业生涯的方方面面，包括处女作的文风和人物设置等方面，在很大程度上归结于其父的影响，这样说是毫不夸张的。这些影响包括他棱角分明的性格、精湛的艺术风格、为人父的担当以及众所周知的对纳博科夫和贝娄的崇拜。这种影响和联系甚至在 1995 年金斯利去世后也没有减弱，《恐怖的科巴》的副标题即“致我父亲灵魂的一封信”。而马丁·艾米斯与他父亲以及他父亲这一代人的羁绊剪不断理还乱，以至于进化成了一种“影响焦虑症”，这也是理解艾米斯小说的中心议题。“影响焦虑症”这个词是由文学理论家哈罗德·布鲁姆提出的，他将文学作品中的“父与子”之间的俄狄浦斯情结扩大化了，认为作家们一直与前辈男性作家之间存在着一种俄狄浦斯式的弑父情结，只有“强势”的作家，借助对文学先驱们的某种创造性的误读和重述，才能发出自己的声音。在艾米斯父子身上，这种创立自我风格的斗争尤其复杂，只因老艾米斯不仅是艾米斯在文学意义上的启蒙之父，更是其生身之父。艾米斯在整个少年时代，都在尝试着以自己的方式写作，成为超越父亲的作家。金斯利曾经这样描述儿子的举动：“每次我走进房间，发现他正在写作，他就赶紧用手捂住打字机上的纸张。”这番描述表明父亲对儿子写作的关心被儿子的多疑挡了回去。而马丁则抱怨：“我的父亲在我看来，对我早期的写作尝试并不在意，直到那天我将自己的处女作‘砰’的扔在他的桌子上。”而金斯利对马丁崇拜并模仿的偶像纳博科夫不屑一顾，他只读过儿子的三部著作，其他的都是只看二三十页便扔到一边。

因此，虽说《雷切尔文件》的主要情节围绕着查尔斯对雷切尔的追求而展开，但查尔斯与父亲高登的关系的描写也占去了相当大的篇幅，甚至可以当作书的情感主题。在第一章，查尔斯就发现了一件奇怪的事情，“虽说父亲是我的材料中描述最多的人物，可是却没有哪本小本子是专门写他的，更不用说专门的一个文件夹了”。父亲虽然出场不多，却总是如影子般追随着查尔斯的生活。高登·海尔韦的形象在一定程度上是作者父亲金斯利的翻版，例如，同样混迹于文学圈（高登是某著名期刊的主编），也不时地在剑桥教学，甚至查尔斯也是在十几岁的时候就得知自己的父亲有了外遇，这些都是现实中的金斯利的所作所为。

这种模仿和变形也同样存在于《雷切尔文件》和金斯利的成名作《幸运的吉姆》之间。就如同现实中的子承父业一样，《雷切尔文件》与《幸运的吉姆》之间也如父子关系一样，有着沿袭和叛逆。《幸运的吉姆》20 世纪 50 年代成书时，同样年轻的金斯利意气风发，作品中从一个出身普通中产阶级、反知识分子、反体制、思想激进的历史系讲师吉姆·迪克逊的视角出发，对当时虚伪的、以出身论英雄的英国文坛进行了一番嬉笑怒骂。而《雷切尔文件》的背景已经进入了 20 世纪 70 年代，兴起于 20 世纪 60 年代的性解放运动，到此时已经被年轻人接受得淋漓尽致了。查尔斯不同于吉姆·迪克逊，他对假模假式的做作行为来者不拒，例如，初遇雷切尔时，查尔斯正跟一个在宠物店打工的粗俗的格劳瑞亚厮混，而举止优雅、以上大学为目标的雷切尔显然更具吸引力；而且雷切尔比自己年龄要大一点，显然能搭上比自己大的女孩子是一件很值得炫耀的事；更妙的是当时雷切尔的男友竟然是一个时髦有钱的美国人，这更增加了查尔斯对雷切尔展开追求的动力。同时查尔斯还迫不及待地期待加入体制，也就是文学圈子中，第一步便是进入牛津大学文学系。然而，尽管自以为颠覆旧传统，吉姆·迪克逊却毫不质疑男权主义、恐同思想等体制内的审美观，他将那句“美好的事物好过丑陋的事物”当作座右铭，而查尔斯·海尔韦却反其道而行之，认为“美好的东西都是沉闷的，而丑陋的东西确实有趣得很，而且越是丑陋，越是有趣”。《幸运的吉姆》讽刺喜剧的地位在评论界已成定论，但读来会觉得讽刺浪漫剧的定位更适合它。吉姆·迪克逊一直处于全书的道德代表的地位，并获得了作者的肯定。在该作品的结尾，主人公虽然没有保住大学教师的位置，但是意外获得了梦中情人的舅舅提供的一份高薪工作，而且最终梦中情人克里斯汀也投入了他的怀抱，可谓鱼与熊掌兼得了。而在《雷切尔文件》的结尾，虽说查尔斯被牛津录取了，但过程更像是一种侥幸。就在面试的前一天，查尔斯竟然又跟格劳瑞亚厮混在一起；面试之后，便粗鲁地用一封短信将雷切尔打发了。这个结尾压根就没有任何道德教育意义。这也印证了马丁·艾米斯的写作观：写作即生活，而所谓的道德教育意义、因果报应之类的只存在于文学作品中而不是真实生活中。这种后现代意识萌芽也正是踩在金斯利·艾米斯为代表的父辈肩膀上萌生并壮大起来的。

2010 年，马丁·艾米斯在准备撰写其最新小说《怀孕的寡妇》时，再次研读了《雷切尔文件》。他说这两部小说的时间框架非常相似，他能够从其第一部小说中获得灵感源泉。由此可以看出，马丁·艾米斯的第一部小说是其连贯思想的起点，同时对其今后的创作起到了极大的映照作用。

近年来，马丁·艾米斯对其开山之作的评论大幅减少。通过再次研读这部小说，马丁·艾米斯认为，以他对小说的高标准来看，这部小说“看上去太粗糙”。马丁·艾米斯对其第一部小说的严苛态度恰恰可以反证出其在创作上的严格，同时也说明了马丁·艾米斯之后的小说受到评论界与读者不断好评的原因。马丁·艾米斯的第一部作品也为其创作主题奠定了基础，其一贯以不遗余力地揭露当代社会中人性的阴暗面为目的，使人前所未有地对身边物质极大丰富的世界产生恐慌感，这种恐慌感让读者在警醒的同时，也对自己周围的世界重新进行审视和反思，这也是马丁·艾米斯写作的目的所在。

第四节　《死婴》——风格初成

马丁·艾米斯 1975 年创作出第二部小说《死婴》。这部小说的语言风格非常轻率，甚至可以说有些油嘴滑舌的腔调，以至于很多读者对此表示反感与批评。这部小说与《雷切尔文件》的不同之处首先是叙事方式的转变。《死婴》中的叙述者变成了第三人称，风格也从原来半自传性质的讽刺喜剧变成了韵味十足的梅尼普讽刺体。这部作品记载了一些朋友在一所乡下破败的房子里度过的几天时光，他们挤在一起酗酒、吸毒、施虐、放荡不羁，现代社会中人类的生存窘境由此得以真实而恐怖地展现。生活在后现代社会的人们精神无所寄托，信仰无从皈依，道德规范也无从谈起，人们虽然看似生活得天马行空、无所畏惧，但狂放不羁与肆无忌惮的背后是混乱与倒错的精神状态与恐惧的生活状态的真实写照。马丁·艾米斯的残忍书写可以说由此便奠定了基础，其对现代社会的深度理解与尖锐批判也从这种残忍与恐慌中透露出来。然而，读者对这种毫无道德观念、毫无情感慰藉的语言首先感到的是愤怒。因此，在这部小说中，马丁·艾米斯强烈的黑色幽默的风格首次无比清晰、无比令人震惊地展现在读者眼前，也将其对现代社会中人类最深沉的生存困境予以深入揭示与展现，而这种真相也正是一些读者无法忍受的原因之一。小说中残忍恐怖的内容与轻率冒失、无所畏惧的语言形成了鲜明而骇人的反差。这部小说所表现出来的特点也构成了日后马丁·艾米斯的主要写作特点：令人难堪的黑色幽默、对时代精神无法摆脱的焦虑与困扰、作者的介入、遭受残酷而滑稽的不幸与羞辱的人物等。这部小说于 2000 年被改编成电影。这部小说的基调肮脏污秽，但同时又极具喜剧色彩。胆小的人应该都不会喜欢这部作品，因为书中虽然没有真的死婴，但是充斥着吸毒、酗酒等，其恐怖与混乱程度与摆在眼前的死婴没有什么差别。面对一些读者的质疑与诘难，马丁·艾米斯置之不理。

《死婴》不仅在主题上奠定了马丁·艾米斯对情感倒错、道德混乱的后现代社会的深入思考与批判的基调，也充斥了对死亡与性的思考。在叙事技巧方面，马丁·艾米斯也展现了其极具创造性和试验性的后现代风格，是被日后许多批评家称为“后现代招式”的首部重要作品。这部作品不像其第一部小说《雷切尔文件》一样为其带来了毛姆奖的荣誉，但这部小说正是从主题与叙事两个方面，充分展现了马丁·艾米斯的创作特色与过人之处，展现了其对后现代社会精神与心灵疾病的敏锐探测与深度挖掘。

《死婴》中故事的主人公是一群相当恶劣的人物，共有十一个，其中六个是苹果种子庄园的住户。他们聚居在里赫特福德郡乡下的一幢三层小楼内，这些人包括：虽容貌俊美但善于欺骗的昆汀；极具性攻击力的安迪；富有但被焦虑困扰的吉尔斯（他摆脱不去的忧虑就是担心失去牙齿）；还有又矮又胖、丑陋不堪、充当大家笑料的基思。另外还有两位女性，一位是昆汀的妻子西莉娅，另一位是安迪的女友戴安娜。值得一提的是，小说中的女性角色不像男性角色那样特别让人厌恶，这也许是因为女性角色刻画起来不是很容易，也许正展现了马丁·艾米斯对女性描写的一种特色。其日后创作的主要作品中的女性角色，如《伦敦场地》中的妮科拉、《夜行列车》中的詹妮弗等，都不是令人生厌的女人。美丽知性的詹妮弗自不必说，她所代表的美丽与优雅以及其最后被戕害的结局，所指涉的正是后现代社会对美的扼杀。而《伦敦场地》中生活混乱、对生毫无留恋、主动追求死亡的女性妮科拉，尽管以一位情感倒错、道德混乱的女性身份出现，但丝毫未让人感到恶心与厌恶，反而会让人们对其毫无希望的无助生活感到同情。《死婴》中的两位女性显然还不具备马丁·艾米斯日后作品的人物深度与隐喻意义，然而却体现出马丁·艾米斯在描述女性角色上的一贯传统。

《死婴》中除了以上人物的描述之外，还描述了三位美国客人的到来。他们投身到洋溢着青春悸动但毒气漫延的大熔炉里：一位客人名叫马韦尔，他是哥伦比亚大学主修心理学、人类学和环境问题的研究生，现在是位秘密记者，同时也是位电影制作人、流行文化的推广人。另一位叫斯基普，是位讲话语速极慢、反应极为迟钝的南方人。还有一位名叫罗斯安那，长着一头热烈的红头发，是个膀大腰圆的大块头。这些年轻人聚集在一起，把乡下破败的房子当成展示自己的戏台，尽情展示他们对生活、对情感、对性、对未来的理解。正如马丁·艾米斯在小说的序言中所说：“即使当一个讽刺家给读者呈现一个将来的状态，他的任务也不是预见，就好像他的主题应当是今天，而不是明天一样。”马丁·艾米斯通过对生活在今天社会中的青年的放荡生活的描述，其实已经在揭示未来的生活状态。《死婴》本身就是一个极具隐喻意义的题名。小说中本没有“死婴”出现，但是这些青年的所作所为直指一个毫无希望、毫无活力的未来世界——“死婴”不正是没有生命、没有活力、没有希望的未来世界的象征吗？因此，《死婴》是指这些深受都市文化浸润、物质生活富有的年轻人。他们生活得看似潇洒快活，实际上却像是行尸走肉一般，情感空洞、心灵荒芜，没有丝毫的道德伦理约束。他们不可能长大成人，不可能走入未来，只不过是一具具婴儿的残骸。或者说，这些生活混乱的青年们无论如何不会孕育出美好的未来，如果他们真的孕育后代的话，那必是“死婴”无疑。马丁·艾米斯的书中充满对性的描写。这一方面奠定了其写作主题；另一方面，书中对性的描写其实也是书中人物的人性描写，同时也是当代人生活状态的残忍真相。研究马丁·艾米斯的专家詹姆斯·迪德里克认为：“《死婴》是马丁·艾米斯对自己同时代人生活状况的真实写照，其中充满了他对同时代人的憎恨。作品中与马丁身份非常相似的主人公昆汀最终野性爆发并谋杀了其同伴的行为，便是最有力的证据。马丁·艾米斯在第一部小说《雷切尔文件》中，显示出一种隐匿的‘弑父情绪’，而在《死婴》中，他对自己同时代的人进行了同样的仪式。”

《死婴》中陈述的是一个貌似与现实完全脱节的隐喻故事，这个故事完全是马丁·艾米斯虚构而成的。正是在这个虚构中，马丁·艾米斯深刻而准确地表达了他对当代社会的理解和对未来社会的不信任。马丁·艾米斯的作品一直的基调便是尖锐地指出当代社会的痼疾，其疾病书写如同医生的诊断书一样，不是集中或执着于现实细节的描述与摹写，而是通过隐喻性的故事直指真相与本质。《死婴》便是极好的例子。马丁·艾米斯通过描写在有些超越现实的地点发生在一些青年人身上的超现实故事，旨在指出如果当代人不对自己的生存状态进行反思，如果不对道德混乱、情感倒错的生存困境进行批判和关怀，那么人们最终将会像《死婴》中的人物一样，内心世界变得虚无空洞，情感世界变得僵死而绝望，因此最终会完全失去爱的能力，心灵的虚无与情感的扭曲将成为杀死未来的恶魔。1971 年，马丁·艾米斯在《观察家》发表了一篇文章，题目为《一本关于死者的书》。马丁·艾米斯在这篇文章中描述了巴罗斯的小说《野性的孩子》中的人物。在阐释这部小说时，马丁·艾米斯用的词汇有“肮脏、叛逆、邪恶、充满幻想和欲望”，这些词汇用来指涉《死婴》中的人物也是恰如其分的。《死婴》同样是一部关于“死者”的书，而且死得那么彻底，从一出生便成为僵尸，毫无生命可言。因此，《死婴》所代表的不仅是僵死的现在，更直指毫无生命的荒芜的未来。如果生活在当下的人依然意识不到当下的生存状态所蕴含的灾难，依然不去进行任何改变，那么恐怖与绝望便会到来，人也将在这时丧失最后的希望。

《死婴》在叙事上的特色十分明显。在叙事理论中，时间是一个非常重要的因素与叙事视角。在小说中，通常使用两种形态的时间，即故事时间和叙事语篇时间。故事时间是故事中事件接续的前后顺序，也就是故事中所虚构的事件发生和发展的时间过程。这个时间的顺序和长短是由所讲述的故事内容给出的。但是，严格意义上的自然时间顺序只能在单一的情节、单一的人物中才能找到，而且这种严格按照自然的时间顺序线性发展的故事也并不“自然”。因此，大多数小说并不是按照这样的线性时间顺序来安排情节的。这时候，叙事语篇时间，即按照故事的发展把一系列语言片段排列起来的方法，则成为一种比较好的选择。故事时间和语篇时间的划分一直以来都是叙事学所关注的对象。

在《死婴》这部小说中，整部书的语篇时间分为三个部分，“星期五”“星期六”和“星期天”，这三大部分再进一步分成短小的章节，有的章节甚至仅有几页长。艾米斯总是以一种无所不在的全能的叙述者身份插入到情节中，让人感到有些故意的成分，似乎一定要让读者知道他掌控着整个故事，是他为每个设定好的角色提供台词，是他深入到故事背后了解每个角色的思想动机。对于一个如此混乱无序、如此放荡堕落的故事，这倒是一个比较不错的叙述方法，因为读者会因此感觉到每个人物背后的真实动机与心灵的空虚感，于是他们为什么恼怒、为什么发作也就不难理解了。马丁·艾米斯以这种对时间和叙事的特殊处理来吸引读者注意，将读者的注意力引出按部就班的现实生活，指向一个令人惊恐、心灵荒芜、道德败落的场景。在这个场景中，年轻人完全失去了情感与爱的能力，他们的身体成为糜烂生活的试验场所。凡是对这种描写产生强烈愤怒甚至是厌恶的读者，都会切身感到其中蕴涵的恐怖意味，同时或多或少地体会到这种恐怖生存状态的根源所在。从此意义上讲，马丁·艾米斯这种特殊的叙事方法将现在与未来相连，在看似现实的写作中揭示了惨痛的未来画面。“不参照过去和未来，要解释现在，是不可能的。”马丁·艾米斯正是通过这种参照，既淋漓尽致地批判了当下的生存境遇，又生动地描绘出一幅未来场景。他在陈述中没有说教，却引发了人们对现在与未来的思考。

在这部小说中，尽管主人公们都是令人可悲可叹的人，但对其性格根源的挖掘会让人多多少少同情他们的当下境遇。不难想象，他们在周末度过的日子并不顺利，因为这些人都是虚无主义者，他们不顾一切地自我放纵，不管是对待自己还是对待他人都没有丝毫的责任感。当事情变得极端混乱、极端错误时，他们也随之变得极端混乱、极端错误。马丁·艾米斯则好像下赌注似的，为了使故事更有震撼力，他在故事中还添加了心理恐怖的因素和情节。例如，在书中有一系列肮脏污秽的纸币，上面的签名为“约翰尼”，而这个人似乎谁也不认识。孤独感与陌生感是繁华丰富的物质生活给人带来的精神灾难，由于致命的孤独感与陌生感，人与人之间的温情被抹杀，剩下的只是残忍的游戏。这个貌似虚拟的故事由于叙事方法的独特运用，使得《死婴》成功地被称为预言式的小说。传统的阐述方法是将事件按照物理时间顺序依次排列的，而在《死婴》中，马丁·艾米斯则用了“后现代招式”处理其中的事件。例如，在《死婴》中的叙事时间是可以逆转的。马丁·艾米斯在书中描述了三组在两个人物之间展开的对话，这些活动在时间上都是从 A 延续到 B，由此造成了叙述者不得不两次回到时间 A 来进行叙述，也就是说，A 点在文本中被不同的情节运用了三次，或者说，情节均从 A 点展开。在相同的半个小时中，第一组对话在基思和吉尔思之间展开。第二组对话在西莉亚与戴安娜之间展开，而第三组对话则在昆汀和安迪之间展开。这三组对话发生的顺序不是先后依次发生的，而是完全同时的。一个作家不可能同时描述三个场景，因此马丁·艾米斯描述完一个场景，又回到原点，开始描述第二个，之后再回到原点描述第三个。按照线性时间的规律，第一场对话结束后，半个小时便已经过去，不可能再回到原点开始第二场对话，因此马丁·艾米斯便运用这种独特的叙事方式，使得时间发生逆转，由此达成对事件的全能叙述。马丁·艾米斯把这种叙事方式称为“并驾齐驱”。这种叙事方式正是故事叙事和语篇叙事的差异所在，即传统叙事和后现代叙事的差异所在。在故事叙事中，时间排列的顺序是 A-B-C-D-E，而语篇时间则将之重组为 E-A-B-C-D。马丁·艾米斯从来都欣然接受人们将他称为讽刺作家，而且在批评界眼中，他不是“读者的作家”，而是“作家的作家”。显然，马丁·艾米斯对叙事技巧运用的主动性，有利于他将其主题与思想通过叙事方法更准确、更深刻地传达给读者。作品中所陈述的故事以与现实脱节的虚拟事件出现，避免了故事时间那种严格的线性叙事，使故事脱离于现实与当下，成为一个发生在将来的预言故事。华莱士·马丁说：“当叙述者对所描述的将来事件了如指掌，而其中的人物并不知情时，这种手法就叫作预叙。”

然而，正如马丁·艾米斯在《死婴》的序言中直言不讳地说的那样，即使一部讽刺作品给人们一幅未来的景象，它的主题也不是明天，而是今天。叙事方法的探索与运用只是为了更好地服务主题。对未来景象的刻画也只是为了让今天的人们更清醒地看到当下的生存状态与未来的关系，由此反思当下的生活方式。马丁·艾米斯正是通过描述一幅惨不忍睹的未来景象使人们不得不停下来思考自己的命运，从而能更有效地避免未来惨状的发生。马丁·艾米斯从本质上讲是一位充满人文关怀的作家，是对现实生活做出敏锐观察、对未来生活充满希望与期待的作家。所以，马丁·艾米斯叙事技巧的运用很好地服务了主题，使他的思想得到了很好的传达，即如果人们不对自己当下的生存状态进行反思与改善，那么内心世界的虚无便会成为主导未来世界的恶魔，人们的生活便会如小说所描写的一般恐怖与混乱。

《死婴》由于其主题涉及性与毒品，而叙事风格又颇具后现代的特色，因此有一些方面的确不适合所有人的胃口，甚至招来很多人的厌恶与非难。然而，假若通读能够真正理解该书的核心内涵，领会到这其中的所指，那么你肯定会觉得书中有很多令人发笑的荒诞情节，有一种对当代社会的敏锐批判。马丁·艾米斯一直是以一种后启示录般的书写来揭示人们生活的世界中所蕴含的种种荒诞与疯狂之处。其超现实的描写旨在警醒世人，旨在指出人们身处其中而并不自知，旨在告诉当代人假如对当下生活依然毫无认知、毫无改变，那么混乱与惊恐的世界就是人们的未来。《死婴》中因毒品而变得疯狂残忍的青年，因浸透了科学理性但缺乏情感的文化熏陶而变得情感倒错、野蛮暴虐的都市新宠，都昭示了马丁·艾米斯深刻的忧虑。他当下的残忍正是对未来的呵护，是他对人性的关怀与期待。

第五节　《成功》——扭曲与堕落

马丁·艾米斯的第三部小说《成功》讲述的是两兄弟格列高利·莱丁和特瑞·塞维斯起伏涨落的命运历程。这是马丁·艾米斯第一次在小说创作中体现出其设计安排的“成双成对”的人物角色，这一喜好在后来的作品中多次体现，如《钱》中的马丁·艾米斯和马丁娜·吐温；《隐情》中的理查·塔尔和格温·巴里以及《夜行列车》中的詹尼弗和迈克等。作为艾米斯设置的“成双成对”的人物，特瑞和格列高利的人生有着太多的巧合。

《成功》这部小说发表于保守党领袖撒切尔夫人入主唐宁街的前一年；第二年，罗纳德·里根入主白宫。英美两国几乎同时进入了一个物质主义、拜金主义、享乐主义和文化平庸主义盛行的时代，典型社会问题与20世纪70年代相比有过之而无不及，庸俗贪婪的市侩作风风行一时。在物质主义与拜金主义思想的浸染与控制下，当代社会中的道德操守遭到前所未有的损毁，价值取向也被彻底颠覆。艾米斯极其准确地把握住了时代的乱象及其躁动的脉搏，对僵死颓废的心灵世界进行了无与伦比的喜剧性解剖。格雷汉姆·富勒曾经说道：“《成功》是一出英国阶级斗争的戏仿，格列高利和特瑞是两个阶层的代表，更准确地说，他们也代表了保守党内部的政治斗争。”

《成功》中的两位主人公是兄弟俩，即格列高利和特瑞。他们住在时髦的西伦敦区的一间公寓里，小说的十二章分别为“一月”“二月”“三月”“四月”“五月”“六月”“七月”“八月”“九月”“十月”“十一月”和“十二月”，按照时间顺序对应了一年中的十二个月。从这十二个月的命名中，读者可以明确感受到时光的荏苒和命运的变迁，十二个月的发展变化仿佛人的一生起伏，温暖与寒冷，成功与失败。不管人生境遇如何，时间总是沿着一个月、一个月的轨迹一天天向前，岁月的变迁似乎没有任何情感成分，对人的成功失败没有表示出任何情感回应。人就是在时间的流转中体会生活，经历命运的起伏。格列高利和特瑞兄弟俩就是随着时间的变迁而体验着命运发生的改变，时间没有表示出对命运起伏的同情抑或悲哀，人却不应同样对自己的命运转变毫无情感回应，也不应对生活的流转丧失心灵感悟。在小说中，兄弟俩的财运也随着四季变迁不断发生变化，开始时格列高利是富有的人，特瑞只作为历经坎坷的下层人士出现，他只是站在成功的格列高利背后仰望其成功，并被成功的渴望所折磨的人。然而时光荏苒，最后富有的格列高利变成了赤贫，而特瑞却成了有产阶级。特瑞是九岁的时候被格列高利的父亲莱丁先生收养的，因为他的父亲杀死了自己年仅七岁的女儿。坎坷的过去赋予了特瑞强烈的自我保护意识和适应能力，使他不断成长起来，也使他的心灵变得越来越冷漠。特瑞其貌不扬，个子矮，头顶秃，是个雄心勃勃的销售员。格列高利却风度翩翩，他经营着一家画廊，过着堕落的生活。在格列高利的心里，特瑞是一个“小混混”，他根本看不上特瑞。格列高利一直自欺欺人，直到最后不得不承认：“特瑞？不，别告诉我现在他成功了，不过，现在混混们都过好了。这小子还真是混得不错。”

小说通过格列高利和特瑞两个人物命运的转换，探讨了当今社会中成功的标准及成功的意义，字里行间透露出金钱至上、道德堕落的主题。这部小说是艾米斯对20世纪70年代的英国社会的讽刺，也是对当今社会价值指向扭曲与道德指向堕落的揭示及批判。《成功》中的两位主人公颇具象征意义。格列高利代表了精神空虚堕落的豪绅阶层，而特瑞代表的则是有强烈追求成功的欲望的无赖阶层；二者的冲突也是有产阶级和他的竞争对手，即富有嫉妒心和事业心的无产者的对峙。

格列高利是豪绅阶级的代表。小说开篇，他是典型的成功人士。他的成功体现在他拥有许多女人，这些女人心甘情愿地投进他的怀抱，然而他们之间的情感生活却是一片荒芜。

特瑞一出场便是作为成功人士格列高利的仰望者、崇拜者和嫉妒者出现的，他渴望格列高利所拥有的成功。他可以说是当今社会受拜金主义影响的、对物质有着强烈渴望、对成功有着偏执追求的下层阶级的代表。特瑞长相平平，书中这样描述他的样子："我长得太普通。除了那一头姜黄色头发——事实上在学校的时候有段时间大家就叫我'姜'——我长得太普通，长得就是一副受过点教育的下等人的样子，你要在街上碰到像我这样的人绝对不会再看第二眼，也绝对不会有任何印象，一转眼就再也认不出来了。"

对特瑞的外貌描写表明，特瑞并不是生而具有过人潜质的人，也就是说，成功对他而言并非易事，而他由于与格列高利是异姓兄弟，对格列高利的生活非常了解，因此他了解格列高利成功生活的方方面面。对他而言，要追求像格列高利那样的成功，就是要像格列高利一样拥有许多女人。20 世纪 70 年代的伦敦享乐主义盛行，因此特瑞一旦发迹，就开始像格列高利一样堕落。女人对他而言只是炫耀成功的载体与物质。他让厄秀拉重复曾经为格列高利表演的动作，从中取乐，从中体会成功的快感及意义，但对她的痛苦毫不关心，没有丝毫的同情。厄秀拉想向他寻求一丝安慰的时候，他将她拒之门外，并直接导致了她的自杀。对此，他还振振有词地为自己辩护："我很温和但坚定地指出，我不能对她负责。如果一个人要成功，就不能有太多牵绊。她应该为自己负责，我也是，格列高利也是。每个人都只能对自己负责。""成功"使人丧失了温情与爱的能力，"成功"使人变得残暴冷血。物质的成功带给人的只是精神的荒芜与人性的扭曲。

整部小说共有 21 次提及"成功"这个词，而对其他的品质则很少提及，由此可见"成功"的真正含义与标准的扭曲程度，即成功与精神毫无关联，或者说成功将本来属于精神与情感享受的两性关系变成了买卖，变成了交换。特瑞成功后想卖掉原来的房子，"成功"后的膨胀感觉让他觉得自己"这些日子都在享受生活。过去不曾如此，但现在可以"。

任何成功所带来的都只能是机械的物质享受，而非真正的情感快乐与内心的幸福，因为动物般的世界永远弥漫着动物般的争夺与残暴。当特瑞在物质上取得成功后，他依然无法摆脱内心深处的恐惧，认为自己有朝一日会堕落成街头无赖。当他坐在宽敞的办公室里看着大街上的流浪汉的时候，他仿佛预见了自己的未来："我从后面看到自己的形象：蹒跚的脚步，那个熟悉的拖沓肮脏、穿着雨衣的样子，特瑞——地道的流浪汉。"不久之后，他真的在大街上遇到了一个流浪汉，"他脸上的皮肤就像橘皮，上面的沟沟坎坎里的脏东西很明显是大冷天哭过的痕迹"。他想问问那个乞丐他心里的感受是什么滋味，却遭遇了对方赤裸裸的敌意。横亘在人与人之间的物质差异使所有人丧失了精神依赖与心灵交流的可能。小说的最后，特瑞又遇到了这个乞丐——也是他的另一个潜在的自我，这次相遇显示出他道德上彻底的堕落："我笨拙地踢了他的头一脚，使劲用左脚踢了踢他的头，几乎让我自己失去了平衡。”折磨完乞丐之后，特瑞往他手里塞了十英镑：“这场交易很公平，对他，对我，都很公平。”这时特瑞的语言和他生活中的一切都是一种交易的味道了，也就是说，此时的特瑞已经彻底完成了道德堕落的过程，精神世界对他而言已经完全僵死，而这种精神僵死、心灵僵死的状况恰恰表明他“成功”之路的完成。在最后一章，特瑞一直在说“我会好的”，这种内心世界的展露淋漓尽致地表明了物质成功给他带来的除了物质享受以外别无其他，他没有心灵的安宁。如果说他有心灵的话，那么心灵能够感受到的只有不安与焦虑。马丁·艾米斯对“成功”剖析的深度由此可见一斑。

从成功走向失败，即从物质富有走向物质贫穷的格列高利是体现成功意义的另一例证。失去了金钱之后，他无法再像从前一样肆无忌惮，他拥有的土地庄园不再属于他了。他在最后不断重复“我很冷”，夜幕降临使他寒冷，人性扭曲使他寒冷，道德堕落也使他寒冷。他回到昨天，但又不知如何走下去。没有了丰富的物质取暖，他能感到的只有寒冷：

“我很冷——我想颤抖着哭泣。我抬头看了看。有什么东西过来了。哦，走开。地狱般的残阳里，一些树枝弯曲了，折断了。风永远不会停止狂热的脚步，暴虐地吹向瑟瑟发抖的树叶。”

狂暴的风正是当物质统一一切后的社会的象征，在这个社会中，一片小小的树叶除了感到恐惧与寒冷之外，根本无法感受到任何慰藉。精神世界已经完全被忽略，力量与残忍的较量成为物质世界的道德原则，人在这样的世界中凭借残暴或许能享受片刻的“成功”感受，但这种感受最终会被寒冷所吞噬，会被恐惧感所吞噬。格列高利最后似乎回归了童年的单纯与天然：

“我很冷。露水滴落下来。在远处，在我左边那一排银色白桦树的另一端，闪光的铁轨蜿蜒着向前延伸。有什么东西过来了。我停下来，看一排亮蓝亮蓝的火车呼啸而过。我低头看到我的手像孩子一样挥舞起来。怎么这么荒唐？为什么？我总是爱向火车挥手，我姐姐或者我妈妈或者我姥姥对我说过。也许有个好人能看到我挥手并且会对我挥手致意。”

向火车挥手，并希望火车里有人看到“我”挥手，于是也会挥手向“我”致意，从而使“我”的心灵感受到一丝安慰和快乐。小说最后对人性的企盼是多么迫切，然而又是多么无奈，多么不可思议。当快乐只能寄托在疾驶而过的火车上时，希望变得多么可怜。马丁·艾米斯通过兄弟俩对成功的理解和追求，对成功的诠释和理解以及对失败的感受的描述与渲染，勾勒出一个当今社会疯狂追求物质以至丧失人性、丧失道德、价值观扭曲、伦理观沦丧的可怕画面。无所不在的寒冷也是对当今社会中沉陷在物质追求中不能自拔的人的深刻警示。

除了对“成功”的深度阐释外，这部作品到处都能看到马丁·艾米斯深受后现代派作家纳博科夫的影响的痕迹。其实，《成功》正是纳博科夫的英文小说《塞巴斯蒂安·奈特》中一个作家的小说名。这部小说是塞巴斯蒂安同父异母的弟弟讲述的，他一直徒劳地探求另一个自我。同时，艾米斯对这种“成双成对”的人物角色十分着迷，他认为纳博科夫在这方面做到了炉火纯青。受其影响，马丁·艾米斯在后来创作的小说中不乏对这种“成双成对”的人物的塑造。此外，他也大量借鉴了纳博科夫作品中戏剧独白的方式。小说中经常出现两个人物通过独白而阐释内心深处对成功、对彼此的认识与想法。小说的主题通过这种独白得到完整而深刻的展示。这种高超的写作方法也使得《成功》一书对读者的要求很高，读者需要重新建构未经言说的内容。《成功》的发表奠定了艾米斯在文坛的地位。

小说引起争议的另一点是对待女性的态度。很多人质疑艾米斯是否有“厌女情结”。事实上艾米斯在谈到后来的《怀孕的寡妇》的创作初衷时否认了这一点。《怀孕的寡妇》是他对女权主义运动的关注、总结和反思。“厌女情结”是格雷汉姆·富勒给艾米斯的标签。特瑞和格列高利对待女人的态度令人发指，使读者不仅震惊到目瞪口呆，甚至会产生强烈的反感及厌恶。而这正是艾米斯最惯用的叙事伎俩，他一贯以最残暴、最令人惊悚的语言和叙述展现故事，使故事情节远远超出了读者的想象和接受程度，这也是其作品受到批评的原因之一。然而，马丁·艾米斯用如此令人震惊甚至厌恶的笔触书写的目的是警醒读者、警醒世人。如果没有如此血腥和残暴的、如此变态和惊恐的情节，则不足以令世人停下盲目追求物质与所谓“成功”的脚步而对自我、对人性、对社会、对世界、对未来做出反思；而如果没有这种深刻的反思和警醒，马丁·艾米斯的文字将无法实现其直指社会问题的初衷。因此，他不是有“厌女情结”，而是通过令人过目不忘的创作使人有所作为，阻止世界变得如此残暴和冷漠。只有这样，女性的命运才会有所改善，才不会成为物化的工具和男人显示成功的载体。

第六节　《钱》——死亡通知单

马丁·艾米斯最重要、最受欢迎的作品是《钱》《伦敦场地》和《隐情》。这三部作品通常被称作“伦敦三部曲”。在情节和叙述方式上，这三部小说虽然并没有太多共同之处，但都以中年男人为题材，以探究这些人的生活状态为主题，挖掘出20世纪末期英国的潜在的生活画面，呈现出一种启示录般的深刻与警示，也是对物质极度丰富、生产极度发达的西方社会的文化诊断。在这些作品中，马丁·艾米斯的主角都在伦敦生活，但他们都是“反英雄”式的人物。从传统意义上说，小说中英雄的特点可以概括为外表俊美、能力强大、行为正确。而“反英雄”则有着面目可憎、行动笨拙、智力愚钝、性格消极被动、处境值得怜悯、行为偏离常规等通常不属于英雄人物的不良特征，他们在某些基本方面是有缺点的或是失败的。反英雄可以和英雄一样有着崇高的理想与强大的力量，也可能在理想与能力方面和普通人接近甚至不如普通人，却不得不完成非凡的举动。反英雄有时也被称为“平凡的英雄”，标志着小说主人公从典范型人物向平民百姓的转变。马丁·艾米斯这三部小说的主人公恰恰体现出这种特征：他们的所作所为都令人质疑，丝毫没有英雄主义气息，但他们都充满激情，渴望冲破陈规，并努力摆脱平庸烦琐的生活、逃避空虚乏味的日子。他们的行为走向了梦想的反面，变得愤世嫉俗、冲动甚至邪恶堕落。

1984年，马丁·艾米斯的小说《钱》出版，被评为“1923年至今100部最优秀英文小说”之一。这部小说最吸引人眼球，也非常富有深意的是副标题——“死亡通知单”。这个副标题既点明了小说的主题，又直接而深刻地指金钱的本质。可以说，这部小说是马丁·艾米斯在以往创作积累基础之上用心写就的，无论从广度、深度和小说的形式上都可以说代表了其最高水平，也淋漓尽致地展现了马丁·艾米斯对当代社会的批判精神与批判指向。

据说，这部小说的创作背景是源于马丁·艾米斯在担任电影《土星三号》编剧时的一段经历。若此言属实，那么马丁·艾米斯定是将其亲历亲感写进了作品，那么这部直截了当地以“钱”为题目的作品无疑便是马丁·艾米斯对当代英国社会、对金钱的认识最直抒胸臆的流露。也许是由于该书对英国社会的反映与揭示准确而深刻，英国BBC广播公司已经将本书拍摄成电视剧。马丁·艾米斯对电视剧版本的《钱》立刻表达了赞美之意，他认为所有的表演都堪称完美，没有任何不足之处。

《钱》是以主人公约翰·塞尔夫为叙述主体（第一人称）的作品，约翰·塞尔夫从事的是广告业，是个非常成功的商人，他受到纽约电影制片人菲尔丁·古德内的邀请，拍摄他的第一部电影。他对成为成功的电影导演充满信心，因而爽快地应允。小说情节就此展开，其中充满了黑色幽默的情节，讲述了塞尔夫整日忙忙碌碌、奔波不停，在大洋两岸飞来飞去，一心要达成个人生涯与事业追求的所谓成功。此处的“成功”与马丁·艾米斯的小说《成功》的批判指向的相同之处不言而喻，其作品的连续性以及其创作的批判性无疑也清晰地展现了出来。从生存需求的层面讲，当代西方社会在物质上能够完全满足需要，物质的成功已经达成。那么漫无止境的物质追求和对成功的贪婪欲望体现的则是人的精神的堕落与荒芜。正如小说中的塞尔夫一样，本质上讲，塞尔夫是个典型的享乐主义者，粗鲁而愚钝。他经常喝得酩酊大醉、吃得很多、花得也很多，是个不折不扣的物质至上主义者。塞尔夫的生活形态恰恰展现出当代西方人虽然享受着丰富的物质，但由于其精神世界沦落，因此无法控制住其违背道德的物质攫取欲。塞尔夫的英文名 Self（意为自我、自私），也许恰恰表达了这个人物不顾一切享受物欲的特点。这类人从不会考虑他人感受和他人需求，更不会考虑更高层次的精神追求和精神满足，对于社会伦理和社会道德更是置若罔闻，一切以一己私欲的满足为出发点。塞尔夫是"时代的缩影"，是"20 世纪 80 年代精神的化身"，"是物质主义社会追腥逐臭者的完美代表"，是垃圾文化和欲望社会的恶劣消费者。

拍摄电影时，最初塞尔夫想把片名定为《好钱》，不过最后他又想把片名改为《坏钱》，而参与电影拍摄的人们都与他们要扮演的角色之间存在着情感裂痕。比如说虔诚的基督徒斯邦克·戴维斯（Spunk Davis，Spunk 是有胆量、暴躁之意，名字本身就注定了其不幸的经历）要饰演的是贩毒人员；而上了岁数的硬汉罗恩·盖兰德（Lorne Guyland，Lorne 的本意是孤独）则要表现出激情万丈的样子；母性意识极强的卡图塔·梅西本身就对其身体怀有极强的不安全感，却要在剧中与罗恩表现性爱的场景，而她本身对罗恩充满厌恶。像这样的剧中人物与演员本身的性格差距还有很多。这种身份的疏离恰恰印证了当代人的生存状态与精神世界的疏离。在当代这个物质主义社会中，仍然残存着一丝精神追求的人根本没有立足之地，正如有着宗教信仰的戴维斯，他的宗教信仰在这个已经被物质所异化的世界里除了不幸之外，没有任何令人乐观的结局。或者如对身体怀有不安感的梅西，她的不安正因为她不希望自己的身体被物化，而成为物质世界的工具或者沦落为与金钱一个层次的肮脏之物，因此她内心怀有胆怯。她不得不为金钱而让身体受难的事实无情地印证了物质与金钱无所不在的力量。这种力量不但可以摧毁人们在绝望中想要守护的精神领地，同时也摧毁了物质世界中唯一令人依赖与慰藉的心灵之源。

在纽约期间，塞尔夫经常被一个名叫弗兰克的人打来的电话所骚扰。弗兰克通过一系列的电话对塞尔夫实施威胁，原因很简单，塞尔夫拥有他所未能达成的所谓成功。塞尔夫对弗兰克的威胁没有丝毫害怕的意思，甚至有一次在酗酒狂欢之后弗兰克将塞尔夫一顿好打，但也没让塞尔夫真正畏惧他。在书的最后，塞尔夫与弗兰克面对面摊牌的时候，也是这部小说令人震惊的结局展开的时候。从曲折多变的情节来看，《钱》与后来的马丁·艾米斯五年之后的作品

《伦敦场地》颇有相似之处。

在影片拍摄开始之前，塞尔夫又回到伦敦。小说至此才揭示出塞尔夫本人的低微出身，他的父亲巴里原来是一家旅店的老板。与此同时，塞尔夫还发现他在伦敦的女友赛琳娜与奥西·吐温有过于密切的关系。而塞尔夫本人在纽约期间也和吐温的妻子马丁娜之间关系暧昧。这加剧了塞尔夫的精神紧张并导致了他最后更加惨痛的垮台。赛琳娜密谋策划，旨在毁掉塞尔夫和马丁娜的关系。后来塞尔夫发现他所有的信用卡都被封了。与弗兰克会面之后，参与电影演出的明星们都愤怒地指责塞尔夫，认为事实上根本没有电影可演。最终真相终于大白，原来一切是菲尔丁·古德内所策划安排的，塞尔夫所签订的所有合同都是债务合同，同时也是菲尔丁·古德内伪造了整个电影拍摄的阴谋。而且弗兰克也是他的杰作——弗兰克就是他。小说的整个情节颇为起伏，塞尔夫与弗兰克两个人为了物质成功，为了金钱欲望而费尽心机，他们制作毫无道德感的电影，为了自我的成功不惜戕害他人。这种残酷的生存状态正是当下人们精神世界完全被物质侵犯之后，精神无所依傍的状态的揭示。由于精神上没有了依靠，人们再也找不出什么来支撑自身的道德，来完善社会的关系，于是物质至上主义便大行其道，人们在这种毫无节制的物质追求中失去了人之所以为人的重要依据，愈加变得冷漠无情，血腥、暴力相伴而至。这种血腥与暴力戕害的不仅是对手，最终只能是人类自己。《钱》由此便只能成为人类的“死亡通知单”。

因此，《钱》是一部讽刺战后西方资本主义制度摧残人的心智的小说。马丁·艾米斯曾经说过，“我认为钱毁灭了我们的生活”。马丁·艾米斯对金钱在现代社会中的毁灭性作用由此可以清晰读出，归根结底，金钱本身并未有任何问题，有问题的是当代人对待金钱的态度。像塞尔夫，即自私的当代人的化身，为了无休止的金钱攫取欲而放弃一切道德原则与伦理底线，使自己的生命扭曲成了金钱，是不顾一切的机器，不但毁掉了自己生命的意义，同时也使社会因此失去了健全的道德支撑。

故事本身是虚构的，让人为之沉迷并与它达成了心照不宣的同谋。塞尔夫既是游戏者也是受害者，对金钱的欲望使他心智蒙蔽，走向悲剧而不自知。他的悲剧不只是个人悲剧，更是社会悲剧。这种欲望在社会中横行，整个社会也会在不自知中走向毁灭。

1984 年这部小说被发表，其发表的时间意义也很重大，即在主题上正好对应了奥威尔的开创性的后现代小说《一九八四》。《一九八四》是一部杰出的政治寓言小说，也是一部幻想小说。作品刻画了人类在极权主义社会的生存状态，仿佛一个永不褪色的警世标签，警醒世人提防这种预想中的黑暗成为现实。历经几十年，其生命力日益强大，被誉为20世纪影响最为深远的文学经典之一。艾米斯的作品秉承了奥威尔的警世传统，不过艾米斯对人类社会的警告从极权主义寓言走向了拜金主义视野。也就是说，艾米斯将奥威尔小说中的极权统治下的意识形态进一步发展到后工业时代的资本主义民主领域。奥威尔的主人公温斯顿·史密斯生活在极权时期，而塞尔夫生活在“自由”社会里，温斯顿感受到了极权主义的深刻影响，因而对此感到怀疑，塞尔夫不受国家机器控制，但左右他的力量同样强大，即令人无可逃避的经济制度，以及经济制度下的主体意识、偶像崇拜和各种各样的商品化了的关系。在无所不在、无所不能的经济制度的影响和压制下，作为商业片的制片人，他自己就处于经济机器的核心，随着经济制度的浪潮而动，失去了生命的本真意义，正如波德莱尔所说，“丧失了自我”。小说的最后塞尔夫发现自己所为之忙碌的只是虚幻一场，是一个处心积虑的笑话。读者在嘲笑塞尔夫的同时，也是在嘲笑其他的夸张版的“自我”，更是嘲笑在经济制度中丧失了人性的当代人类，以及被金钱和物欲所控制、所扭曲的当代社会。

像艾米斯其他的小说一样，《钱》没有通常意义上的主人公或者说英雄，而是反主人公和反英雄的。约翰·塞尔夫是一个“20世纪60年代的孩子”，深谙“20世纪之道”，是一个钱与性的专家。他在20世纪80年代专门制作华丽俗气的电视广告，这种行业给他带来了滚滚利润，使他对金钱的崇拜达到了极点。影视业无疑是当代社会物欲与拜金思想体现得最为突出、最为显著的行业，然而伴随大量金钱和名声而来的，却是令人担忧的道德操守。当金钱的追求与道德操守割裂开来，那么金钱带给人的必定不是福音。塞尔夫崇拜金钱、享受金钱，最终也被金钱吞噬的故事无疑是对当代社会纷繁混乱的物质世界的本质揭示。

塞尔夫对赛琳娜的喜爱没有丝毫感情色彩，传统意义的爱情在这里得到了彻底颠覆，这种看似嘲讽而可笑的两性故事的内涵，如果仔细想来，无疑会令人不寒而栗。当代人完全丧失了追求爱情、追求心灵契合、追求精神慰藉的能力，把一切的快乐建立在金钱之上，建立在由于金钱而建立的关系之上；人性异化，人与人之间的关系也全面异化。

马丁·艾米斯通过这段令人发笑又令人恐惧的两性关系向世人展示出由金钱崇拜而带来的恐怖未来。在这种关系中，更发人深省的是塞尔夫本人对金钱的狂热崇拜远远强于赛琳娜：“只有一个地球人真正关心爱护我……其他任何人都不是这样……他就是钱。钱是我们所共同拥有的唯一东西。”人的孤独和因这种孤独而导致的人性扭曲由此得以彰显。当赛琳娜指责他不能真正地爱的时候，他激动地反驳：“这不符合事实。我能真正地爱钱。我确确实实地爱钱。啊！钱，我爱你！你是那么民主，对谁都不偏心。”这种对钱毫无掩饰、毫无羞愧之感的表白既是对拜金主义思想的真实揭示，又是对金钱扭曲人性、扭曲人类情感的白描式讽刺。当社会中受过教育的精英人士放下所有道德底线，放下所有伦理约束，堂而皇之地将金钱视为世上唯一倾注感情的事物时，既完成了对人性的彻底扼杀，又完成了人的本质的彻底异化和堕落。没有了廉耻和基本道德判断的社会，呈现出的将是人的情感的倒错、追求的疯狂无度及人与人之间关系的终极混乱。

马丁·艾米斯认为：“我们所生活的金钱时代是一种短期的、没有前途的繁荣时代，有点‘今朝有酒且醉，哪管明日死活’的味道。与鲜血相比，金钱是一个更加民主的中介，但金钱也是一面文化的旗帜——你可以感受到整个社会因为金钱而在你周围变质。”这无疑是《钱》这部小说的主题说明与批判指向所在。如果人类继续沉迷于金钱造就的虚假繁荣里不可自拔，无异于自毁前程、自断生路。小说对于塞尔夫沉浸在钱的世界里不能自拔的根源也进行了探讨与揭示。塞尔夫对金钱的态度有着深厚的家庭渊源。他的养父巴里·塞尔夫也整天进出高级餐馆、高级酒店。生活只是金钱堆积而成的享受与繁华，与精神信仰和心灵滋养毫无干系。他的养子约翰发财后，他开始列出详细的抚养账目清单，甚至包括了冰激凌和零花钱的费用。父与子之间的关系从人类基本的情感关系沦落为毫无情感可言的赤裸裸的金钱关系，人类正常的情感需求与情感关系宣告失败。换言之，金钱侵蚀了人的正常情感领域，使人的正常情感异化。

作为儿子的约翰也秉承了这种异化的情感关系，他抛开所有的情感基础，完全从金钱的视角出发，精明地指出他小时候有七年时间住在姨妈家，这期间并没有花巴里的钱。在完全物化了的“后工业时代”家庭关系中的最后一层温情的面纱也被撕掉了。在如此金钱至上的社会里，神圣与堕落、纯洁与淫荡已经完全颠倒了。于是扭曲的人性、堕落的人成为金钱至上世界中的正常形态。

弗伦发展的建立是在商业基础之上的极端变态的自恋暴露癖。她是一个脱衣舞女，不但并不以自己抛弃最基本的道德操守而羞愧，反而认为自己才华横溢，“创造性”地让巴里和约翰父子同时欣赏，双眼噙着激动的眼泪说：“我感到多么骄傲啊。”而巴里也眼含热泪教导约翰：“如果你有这种创造性才能，你就得把它贡献出来。”在这里，所谓的“才能”已经成为道德堕落、精神荒芜、人性丧失的同义词。此后不久，弗伦就不能满足于脱衣舞，她宣布自己是“身体艺术家”，奉行干脆全露出来的“身体文化”。艾米斯不无讽刺地对弗伦大加赞赏：“只有欣赏一下弗伦的身体，人们才知道什么是真正的美。快乐是弗伦的哲学；愉悦是弗伦的宗教；爱是弗伦的艺术……啊！弗伦！”在金钱至上的世界中，“快乐”“愉悦”“爱”都与道德脱离了干系，成为不受任何约束的颠倒错乱的情感表达，在这种情感生态的浸润中，人性的彻底丧失便成为必然。与弗伦对道德操守的完全背叛相比，约翰·塞尔夫的那些俗气艳丽的电视广告可以算得上天真无邪了。当他与弗伦讨论身体的时候，弗伦义正词严地质问他：“我为什么应当对自己的身体感到害羞，约翰，告诉我为什么，为什么？”如此理直气壮的“艺术”只有在金钱腐蚀了一切的世界里才能产生出来。

西方在经历了20世纪60年代的激进主义风暴，经过了校园和街头文化的洗礼后，那种延续了数千年的对身体感到羞耻的传统观念似乎已经被清扫殆尽，真正的艺术和色情文化已经被混为一谈。弗伦式的“艺术”和“文化”被罩上了神圣的光环，而真正的艺术和艺术家也被金钱践踏成奴隶。艾米斯认识到了这一点，因此他为小说加进了两个人物——马丁·艾米斯和马丁娜·吐温，开始了他的叙事把戏。

马丁·艾米斯一开始像“学生”一样单纯，总是在酒吧餐厅里读书。但这个知识分子也摆脱不了金钱的控制，他为塞尔夫写电影脚本，迫于他的压力填充了大量的暴力情节。但作家本人对此进行了恶作剧式的报复，小说的最后，塞尔夫山穷水尽，无路可走，只得和艾米斯下棋赌钱碰一下运气。但艾米斯一边嚼着口香糖一边揶揄他：“你的钱统统没有了。”艾米斯想证明从来不是这个前经纪人在操纵他，而是他在操纵塞尔夫。作家让塞尔夫死，他就不得不死。这里作家和书中的替身已经融为一体，尽情从自己的叙事中取乐。

马丁娜·吐温的名字Twain是Twin的谐音，是马丁·艾米斯的双重女性（小说中出现的成双成对的人物）。她试图让塞尔夫接触真正的艺术，让他进入乔治·奥威尔和伊夫林·沃的小说世界，进入法国印象派画家的艺术世界。但工业社会里艺术作品不可避免地被纳入了商业世界。在塞尔夫的眼里，马奈、莫奈等人的作品看来就是钱，他们名字的法语发音与英语中的money（钱）相近。在钱的世界中，艺术会异化成钱，艺术就是钱，正如当下的艺术境遇。如今的人们关注艺术从根本上讲不是因为美，而是因为其所值的金钱数额。无论是自己还是身边的人，有谁还会对月感怀、听雨伤情？莎士比亚的价值比不上一只股票，红楼梦中的人物令人匪夷所思，拜伦和雪莱更是成为千年古董。理性而精准的现代人怎么会读它？除非某个手稿有了价值，某幅绘画能拍出高价。所谓的艺术只有在拍卖场中才会让人瞩目。虽然塞尔夫和马丁娜的交往多少有点想脱离那种浮华俗气的生活的意思，也显现了艾米斯作为作家的责任心，但这种努力，这种艺术和巨大的社会堕落力量的抗争显然是不成比例的。并不是作家的双重女性马丁娜没有尽力，而是金钱已经将整个资本主义社会彻底物化了。这样的情节安排不能不说其中蕴涵了马丁·艾米斯内心深处的无奈。从叙事艺术上来看，剧中的"艾米斯"作为作者的替身，其实是一种"元小说"情景或安排（简言之，就是在叙事作品讲一个如何编故事或何为编故事的故事）。小说的最后艾米斯不顾塞尔夫的哀求将他逼上了自杀的绝路，在一种经验和"元小说"的双重意义上结束了他的使命。

在这部小说中，金钱作为一种破坏性的力量，从未遭到如此强烈的抨击。《钱》未脱颓废、粗俗和猥琐格调，但是对金钱的极度反讽和一地鸡毛式的铺陈，既是对市场社会铜臭气的有力批判，也是对心灵蜕变与人性腐蚀的有力批判，更是对贪欲膨胀与自我中心的当代社会的折射与批判。这部小说因其对社会的入木三分的刻画而成为艾米斯成熟时期的力作。

第七节　《伦敦场地》——难堪的黑色幽默

马丁·艾米斯最长的作品——《伦敦场地》，描述了 1999 年，即千禧年即将到来之时三位主人公在伦敦的遭遇。这三个人物都有着极具艾米斯风格的名字，同时也极具漫画效果。其中一位名叫基思·特伦（Keith Talent），Talent 在英文中为天才之意，而基思在小说中则只是一个来自底层社会的流氓，对自己的亲人毫无感情、对他人毫无感情，一心沉迷于飞镖的游戏之中。另一位男主人公名叫盖伊·克林奇（Guy Clinch），Clinch 在英语俗语中为拥抱、多情之意，小说中的盖伊生活在上流社会，富足而优越，虽然有娇妻，并已生育孩子，但无法找到任何生活乐趣，最终与妮科拉和基思搅在一起。

本质上讲，《伦敦场地》是一部黑色幽默的小说。小说中不乏离经叛道的言辞，比如马丁·艾米斯在小说中将上帝描述为反面人物，言论足以震惊世人。妮科拉作为书中重要的女主人公，性格放荡，同时对待父母无情无义，不但毫无悲悯之心，甚至比男人更加冷漠残忍。这也是评审专家对马丁·艾米斯表示诟病的主要原因。这部小说是马丁·艾米斯所有的小说中读者群最大的，也能从侧面反映一些问题。读者显然不是为了丑恶和残忍而爱上这本书。

从情节上讲，除了三位主人公外，小说还有一位重要的叙述者，即美国作家萨姆森·杨。他在伦敦居住，作为作家他已经有 20 年找不到创作灵感而无法笔耕了。他希望在伦敦找到灵感，找到素材。而恰恰在这个时候，他碰到了妮科拉，一个早已预知自己死期并努力为自己寻找谋杀者的女人。这个情节本身就极具黑色喜剧的效果，使小说看上去像一部谋杀小说，只不过这个小说完全摆脱了传统上谋杀者千方百计去害人的套路，而变为被谋杀者为了成功地使自己被谋杀而不遗余力地寻求适合谋杀她自己的人。妮科拉所预知的她将被谋杀的日子是1999年9月9日。这个日子的选择便是对美国“9·11”事件的暗喻。因此，这部小说从根本上讲是对核战威胁日益严重、恐怖事件不断升级的世界局势的一种讥讽，也是对恐怖阴云笼罩的世界中，人们道德丧失、情感丧失的一种讽刺，同时也是对生活在这个谋杀与战争随时可以将人类毁灭的星球上的人们的一个警示。

马丁·艾米斯的笔墨从一开始便隐喻着当今世界，直指人类虽然知道战争的危害、核武器的危害，却从不知收敛，一味地扩张野心，其结果就是让谋杀横行世界。马丁·艾米斯作为一个小说家，无法阻止，只有通过最痛切的文字希望世人意识到自我孕育的灾难与末日。《伦敦场地》将故事时间设定在1999年，但讽刺的矛头仍然是20世纪80年代的英国。

《钱》的主题是钱，而《伦敦场地》的主题显然是死亡。在核毁灭威胁、政治危机和环境崩溃的后现代大背景下，这部小说巧妙地表现了充满死亡焦虑的“末世情结”。自杀、谋杀、被杀，这些虚拟的暴力意象构成总体的死亡氛围。这里的死不仅是肉体之死，而且也是精神之死、信仰之死、灵魂之死，是世界的末日，是存在的终结，是大难临头前人类的自戕。马丁·艾米斯本人认为这两部小说和《隐情》组成了另一个非正式的三部曲。

“伦敦场地”既是伦敦市区内的一处场所，也是后现代西方世界的荒凉象征。伦敦这座城市本身就代表了后工业时代的前沿都市文化，因此，《伦敦场地》的故事无疑是马丁·艾米斯对后工业时代的都市中呈现出的人性异化生态的又一次猛烈炮轰，是对人类未来的又一次深刻警示。伦敦场地是东伦敦的一处公园，但和艾米斯大多数的小说一样，故事背景被设在了西伦敦。在小说中，萨姆森和多个角色——妮科拉、盖伊和基思散步的公园就是伦敦中部的海德公园。萨姆森回忆儿时曾在这里玩耍，希望死之前还能回到这里。“伦敦场地”是否就是现实生活中的东伦敦公园，或者还有什么其他的意义，都让人不得而知。题目本身就是一个悖论：伦敦场地就是现代都市中的一处乡村田园牧歌式的所在。萨姆森的叙述也提到了这个矛盾：在伦敦“没有原野”，只有令人生厌的旅游胜地，只有人侵入的原野。题目指出了艾米斯创作中的这种内在的矛盾：小说中伦敦的地理位置和现实的地理位置不相符，小说中萨姆森意识到“这里是伦敦，没有原野”，他无法回到儿时记忆中的荒野，读者也无法回到伦敦的荒野时代。也就是说，当代都市中，人性随着都市建设的步伐而消失，面对人性在后工业时代的异化，人类无法找到回到从前的路径。伦敦场地在现实生活中确实作为一个公园存在，想象和梦想中的伦敦场地“也一直存在”于小说的每一页中，也是小说中谋杀发生的地方。这个现实告诉人们，曾经供人类精神栖息的“原野”，如今沦落为杀人和被杀的死亡场所，人类的精神在表面繁华、内心荒芜的当代都市中早已无处安放。

谈及小说的情节，虽违背常理，却令人惊心、催人警醒。小说中每一个角色都似乎没有什么可取之处。到伦敦来寻找灵感的美国小说家萨姆森·杨虽然境界不如《钱》中的马丁和马丁娜，但可以说是艾米斯的元小说替身——他不仅是故事的“创造者”，也是故事的积极参与者和策划者。

后来，萨姆森看到妮科拉在兜售她的日记，这令他感到不可思议。从妮科拉的日记中萨姆森知道她有某种预知自己未来的能力。妮科拉对生活感到厌倦，毫无希望，同时对于日渐临近的衰老感到恐惧，对生之意义完全丧失了信心与勇气，因此正在安排自己于35岁生日那天被谋杀的事情。萨姆森早已意识到他根本不可能依靠自己的灵感与想象创作小说了，因此他希望通过记录妮科拉的谋杀过程来创作一部哗众取宠、销路良好的小说。他猜测基思这个残忍无情的恶棍会成为谋杀者，于是他开始介入其中，不时地与妮科拉联系以便及时跟踪事态发展，及时更新“故事情节”。看似荒唐的故事其实使当代都市中的多重生存形态一一得到展示。妮科拉是对现实生活彻底绝望，同时对未来也毫无信心的代表。她无力改变未来，同时对现实的生活完全失去了信心，因此渴望能够放弃现世毫无价值的人生。如果说妮科拉的形象在书中仍具备一些人文思想的话，就是她宁可死也不愿生命被异化。基思则是当代社会中彻底丧失了道德底线的恶棍的代表，他根本没有人性、没有情感、没有心灵，是被物质社会剥夺了所有精神期待的空心人。由于没有了任何情感期待与情感慰藉，他变得冷漠而血腥，他人的情感与生命在其看来毫无价值、毫无意义，因此伤害他人甚至杀害他人只成为一种毫无情感的游戏而已。盖伊则代表当代社会中的“成功”一族，金钱的成功令他们享受着舒适的生活，但精神世界的坍塌只能令他们成为丧失了情感需求与情感供给的机器人，因此，他们的生活中只有物质舒适，却没有精神满足。而萨姆森则是当代社会中追求金钱、追求物质成功的人，他的追求中只有金钱与物质，为了实现金钱的攫取，他可以毫不犹豫地放弃道德、放弃人性。

妮科拉自封为“被谋杀的人”，她设计了被谋杀的全部过程，这样就不必面对衰老和整个时代的堕落。为了成功地被谋杀，她策划了一系列的事件，对小说中的三个男人（基思、萨姆森和盖伊）编造了不同的故事。在富有的梦想家盖伊这里，她装成一个冷淡保守的女人，童年时她在孤儿院长大，和一个悲剧式的女孩埃诺拉成为好朋友，但后者与“可怕的伊拉克人”生下了一个

“小男孩”。朋友的这次遭遇在她心里留下了阴影，以致无法面对正常的夫妻生活。她假装爱着盖伊并寻找一切机会与之调情，却装作对性极其恐惧，无法与他完成“整个过程”，直到后者为情欲所颠倒，抛弃妻子给了她一大笔钱，用来让虚构的埃诺拉和小男孩到伦敦去。在盖伊的心目中，妮科拉是一个美貌的有教养的女人，能激发他的怀旧情绪和保护欲，而这正是他的婚姻中所没有的。在基思面前，妮科拉则装成一个饱经世故的阔太太，和伊朗的国王曾有亲密接触。基思狂热地喜爱飞镖游戏，他接受了妮科拉从盖伊那里拿到的钱，过着挥霍无度的生活。而对萨姆森，妮科拉假装告诉其所有真相，事实上却控制着他。她的计划对读者来说一目了然，但萨姆森在小说最后才恍然大悟。

小说便以这样的线索不断发展。基思作为惯犯，一直被认为是实施谋杀的人，而盖伊则只是充当了激怒基思，使其最终采取谋杀手段的可怜家伙，而最后的结局完全出人意料。马丁·艾米斯似乎也暗示最后的结局并不是大家期待的，并以萨姆森的梦境来迷惑读者，使读者最终搞不清谋杀真相。而反思整个故事的基础，人们发现其实整个故事从一开始就是荒诞的。妮科拉为了使自己成功地被谋杀而努力寻找谋杀者的动机，既是对传统小说的颠覆，又是对传统观念的颠覆。这种颠覆本身的意义已经超过了谁是真正的谋杀者。马丁·艾米斯通过谋杀故事似乎在说明，当代社会充满无情与冷漠，其实每个人都是始作俑者，每个人都无法逃脱干系。失意的小说家萨姆森明知谋杀即将发生，不但不去阻止，反而热衷于记录其进展以便弥补其已经干枯的创作灵感，并由此写出故事而获得收益。基思面对谋杀与残忍如同家常便饭，只是为了投掷飞镖而忘记了自己的事情。如此一来把基思这样的恶棍对待谋杀与生命的随意态度揭示得淋漓尽致。

作品中唯一残存的人性与温情应该是盖伊。他富有，而且心中还有一些可以被称作梦想的东西。但他在作品中可以说是一个可怜虫，或者是一个傻瓜。他希望从妮科拉身上寻找一些情感；可笑的是，妮科拉的情感全部是装出来的。也就是说，盖伊的梦想在当代社会的都市中，只有被欺骗、被戏弄的份。他的梦想结局无疑只是一场笑话。他拥有金钱，但根本不知如何使用，金钱成为绑缚其智力与情感的桎梏。盖伊本人的生活状态也可谓荒诞之极，他的儿子一生下来便拥有一种强大的破坏力，把盖伊的生活搞得一团糟。这种面对现实的无能和面对生活的无用从一个侧面揭示出人面对残存梦想的软弱与无助。人在当代极度扭曲的社会中，仅余的一丁点儿可怜的梦想已经沦落为可笑、可悲的笑话。然而，面对这种笑话，在可笑之余，却也不免令人悲叹。盖伊虽然怀抱着一丝温暖的东西，却在无意中成为谋杀的参与者与始作俑者。无法逃避的悲剧命运与恐怖结局不能不说是马丁·艾米斯写作的残酷之处。可以说，作品中每个人都与谋杀有关，这种谋杀可以理解为当代社会中人与人之间的紧张关系，也可以理解为金钱与物欲横行下道德与伦理的日渐没落。

马丁·艾米斯曾说，在小说创作中，他无法摆脱施虐冲动，在给人物设置恶毒的圈套和阴损的困境时，则享受着“一种可怕的狄更斯式的快乐”。不过，小说家的“施虐快感”不免要激起普通读者“恶心”的阅读感受。这种感觉就是马丁·艾米斯所致力打造的。他以后现代的写作手法，实践着现实主义的宗旨。他希望通过自己令人触目惊心的写作，使身陷在当代都市繁华生活表相中的人们恍然醒悟，意识到自我生存状态的危机与困境，意识到这种生存方式的最终结局绝不是人们期望的美好与快乐，人们会不自觉地成为冷酷、谋杀，甚至是死亡的参与者与见证者；整个社会按着这样的状态发展下去，结局必然是一场悲剧。当然，也会有读者享受一种“恶心的快乐”，这种享受既可以理解为阅读的乐趣，也可以理解为对作家批判指向的领悟与警醒，这样的警醒必然会使人心生感悟，反思自己的生存境遇与社会生态。小说家艾伦·梅西说：“读《钱》的感觉是愉快的，尽管它的内容‘令人恶心、令人沮丧’。”

2001 年，《伦敦场地》被改编为电影，马丁·艾米斯本人亲自参与了改编。马丁·艾米斯依然在通过各种途径努力发出自己的声音；而这种声音，因其指点社会的精准性与毫不避讳的残忍性，必然会深深刺痛人类的神经。人类也会因这种刺痛而记住他，并终有一天会因此而感谢他。

第八节　《隐情》——对文学界的尖刻讽刺

马丁·艾米斯的“伦敦三部曲”还包括《隐情》。在由《隐情》《钱》《伦敦场地》组成的描摹后现代都市的“三部曲”中，艾米斯“用艳丽而革新的文体检阅了现代生活中城市的作用、美国文化帝国主义的滋长、英国的衰落、性别差异、多媒体时代小说创作的未来，以及嫉妒、报复、爱情和失败等永恒的主题”。除了《钱》和《伦敦场地》之外，《隐情》也是体现后现代生存境遇的重要小说。不同的是，这部小说的主题是知识分子的生存状态与精神痛苦。

马丁·艾米斯于 1995 年完成了《隐情》这部作品。该书一出版便受到了广泛关注，它是关于两位作家间的文学竞争与文人相轻的故事，也是关于文人，或者更确切地说，是小说家本人的中年危机的故事。小说中的两位主人公，一个是以创作“快餐式畅销小说”而获得众人瞩目的成功作家，另一个则是创作富有哲理与深奥内涵的小说却无人关注的失意小说家。持不同创作思想的两位小说家的境遇本身就反映出当代都市中“文化快餐”现象对人类审美之境的侵袭与扭曲。深刻的思想根本无人去了解、去阅读，只有哗众取宠的东西才有销路。而作家的创作由物质主义思想的指引，变得越来越庸俗。文人精神在现代都市中遭遇了前所未有的践踏与放逐。有人认为，主人公塔尔与巴里的文学恩怨是现实中马丁·艾米斯与其好友、著名作家朱利安·巴恩斯之间恩恩怨怨的艺术再现。不能说这部小说中没有一丝现实的影子，但可以肯定的是，即使《隐情》的创作灵感来源于马丁·艾米斯与巴恩斯的创作分歧与思想抗衡，但作品所表达的主题显然超过了对这种个人恩怨的发泄，而是通过文人之间无法沟通、彼此伤害的生存现实，直指当代社会中物质世界对人精神世界的玷污与歪曲，使得知识分子无法集中于对精神世界以及社会问题的探究与揭示。因此，无论对两位作家恩怨的推测是否存在合理充足的事实依据，《隐情》中文人间的憎恨、嫉妒、猜忌以及相互陷害显然是对伦敦文学界的尖刻讽刺，而小说家也借此表现了人性阴暗、都市堕落的一贯主题。因此，总体来说，它是一部非常具有现实意义的关于文人相轻与中年危机的故事。在这一方面，这部小说与麦克尤恩的《阿姆斯特丹》所揭示的主题似乎有某种意义上的相似之处。

《隐情》讲述的是两位四十岁的小说家之间的恩怨故事，一位名叫格温·巴里，另一位名叫理查·图尔。这两位中年作家均倾心创作，希望在文坛获得成功。而事实是格温·巴里取得了骄人的成功与业绩，理查·图尔却相形见绌。马丁·艾米斯曾声称这两个角色的创作源泉都是他自己，这部小说的主题则是关于“文学敌意”，即文学家之间的敌对态度。通过两个曾是朋友的作家的友谊与敌对关系，马丁·艾米斯既希望揭示道德的内涵，同时又揭示出知识分子普遍存在的中年危机。而这些故事的背后也体现出马丁·艾米斯对于成功、失败、嫉妒、仇恨等所做的深度思考。

格温·巴里和理查·图尔在大学时曾住在同一宿舍，可以说是同窗情深。当时看来，理查·图尔前途无量，是很有希望的文坛新秀。然而，他的创作并未像人们预期的那样顺利，以至于后来他的事业止步不前，最终只能为一份名不见经传的文学小报做撰稿人。而更令他懊恼与气愤的是，格温·巴里获得了命运女神的眷顾，凭着创作的小说作品文坛折桂，获得了极大的成功，受到文坛的瞩目与尊重。而对于格温·巴里的写作水准与文学技巧，理查·图尔一向不以为然，甚至一直以来非常鄙夷。但命运无情地嘲弄了他，格温·巴里享受着成功的喜悦与众人向往的美好生活，理查·图尔却只能为生计奔波，为没有成功的追求继续挣扎。两个人物的描绘体现了马丁·艾米斯比较独特的写作风格，他的作品中总是有两位形象与性格在某种程度上相互观照、相互对应的人物，而书中对中年危机与人物邪恶内心的刻画也体现出马丁·艾米斯一贯将作品处理得令人难受的风格，细心的读者总有一种世界末日临近的恐慌之感。《纽约时报》评论说："在这部作品中，马丁·艾米斯似乎有些令人迷乱，他围绕着中产阶级纠缠不清，但你随时随地能感受到他充满智慧之光的辞藻、深刻精准的比喻以及对人类生存状况一针见血的洞察力。"

理查·图尔心中的妒火随着时间的推移而愈燃愈旺，甚至因嫉妒而发狂，因此他开始采取一些手段准备将格温·巴里的成功生活毁掉。最初理查·图尔的动机很单纯，并未有将格温·巴里置于死地之意，只是希望给巴里的生活造成一些不便与不快而已。然而，随着事态的发展，理查·图尔发现他已经无法自控，最终已然发展到与地痞一起陷害格温·巴里的程度。小说对理查·图尔的心路历程进行了深入细致的揭示。理查·图尔作为巴里的剑桥同学，在生活中也是以好朋友的姿态出现的，二人经常互相拜访聊天，因此图尔对巴里的生活非常熟悉，而伤害也正是以这种熟悉为基础展开的。两人从朋友逐渐成为对手最后转变为敌人的过程，正是当代人在追求利益与所谓的世俗成功的过程中不断丧失自我与道德的过程，也是马丁·艾米斯对于人性与道德深刻认识的产物。在这部作品中，马丁·艾米斯一方面写到英国文人中一些人汲汲于名利无法自拔的心境，一方面又时时跳出作品，以旁观者的冷眼观察并加以评论。他感叹比起永恒的、无限辽阔的宇宙来，人们的名利得失何其微不足道。

事实上，他作品中宇宙的广袤与存在的虚无形影相随，总是被用来衬托人的生命的渺小。

《隐情》的出版获得了广泛关注，但这些关注并非来源于对作品本身的写作技巧与写作内涵的评论与鉴赏，而是来源于小说出版后引起的一系列流言蜚语。马丁·艾米斯因这部小说获得了相当可观的稿酬，据说金额高达 50 万英镑。他获得如此高的稿酬的原因是这部小说以"诗人间的敌意"而引人注目，但也由此引起了其他一些文人的不满。最终，马丁·艾米斯与朱利安·巴恩斯长达数年的友谊出现裂痕。朱利安·巴恩斯作为另一位英国当代文坛的俊杰，与马丁·艾米斯本是惺惺相惜，如今却生出敌意。马丁·艾米斯在其自传《经历》中认为，他和朱利安·巴恩斯的分歧一直存在，始终没有得到化解。

第九节 《时间之箭》——逆转的时光

马丁·艾米斯于20世纪90年代，继续关注大主题和政治题材，其作品创作上回归后现代现实主义主题，后现代叙事手法进一步成熟和创新。后现代现实主义主题表现在他对核问题的关注和对政治题材的兴趣上，以其“核三部曲”——《爱因斯坦的怪物》《伦敦场地》和《时间之箭》为代表。作为马丁·艾米斯创作巅峰时期的又一系列被称为“三部曲”的作品，其主题之间具备批判的一致性。《爱因斯坦的怪物》《伦敦场地》和《时间之箭》均将批判矛头指向后现代主义时期的末世恐慌。制造这种恐慌的源泉之一便是日益增长的核武器威胁。针对包括已经探讨过的《伦敦场地》在内的“核三部曲”，在这里笔者重点选择《时间之箭》进行分析与阐释。

在20世纪80年代和90年代，艾米斯都是核扩散的强烈反对者。《时间之箭》则直接写到纳粹大屠杀。艾米斯试图让世人思考：现代化是否让人类文明走向自我毁灭？

《时间之箭》最为出众之处还是作者运用了典型的后现代叙事方式，这是他极端叙事方式的一次高峰体验。该小说的叙述方式非常独特，以时光逆流的方式讲述故事，像是在倒放一盘录影带一样回顾了一个纳粹分子托德的一生，即他从在美国死于车祸到在德国出生的历程。在小说中，艾米斯试图利用后现代小说的叙事手段来书写一个关于种族灭绝的启示录。

《时间之箭》的故事情节大致如下：在一家美国医院里，一位名叫托德·富兰德里的退休医生死于车祸，与此同时，一个“幽灵”诞生了（这个角色似乎可以被理解为死者的灵魂）。作为整部小说的叙事者，“幽灵”发现自己获得了生命，他附着在“主人”身上，乘坐逆行的时光之船，把死者的一生顺序颠倒地过了一遍。小说从富兰德里去世开始，一直写到此人重回娘胎。起初这位退休医生年迈多病、行将就木，但他的体质越来越好，开始回到医院工作，开始和女人约会。后来他远行来到纽约，在那里，他更换了自己的姓名，变成约翰·杨格，有了一个新家，在城里一家医院上班。1948年夏天，“幽灵”目睹自己和“主人”登上一艘轮船，远航欧洲，开始了一段流亡式的旅行。在欧洲，这位医生再度更名改姓，几经辗转，抵达了德国。在德国，此人恢复了本来的名字——奥狄罗·安沃多本，摇身一变，成为一位在奥斯威辛集中营里工作的年轻纳粹军医，接下去读者以倒带的方式目睹了纳粹分子对犹太人的残杀。

正是通过这种倒叙，艾米斯构建了一个虚构的世界，这个世界充满了苦难和黑色幽默。教堂里，人们从捐款箱里拿钱而不是捐钱；医生的任务是制造创伤而不是医治伤痛；清洁工往街道上倾倒垃圾；人们每天呕吐食物而不是消化食物；二战时期成了一个甜蜜的回忆；集中营里的纳粹医生不是在谋杀犹太人，而是在治疗他们，最终囚犯们个个精神奕奕、身体健康。

马丁·艾米斯在写《时间之箭》时受到两本书的重要影响。在写法上，《时间之箭》的“倒带叙事”借鉴了美国作家库尔特·冯内古特的小说《五号屠场》。该书以二战期间盟军轰炸德国城市德累斯顿为背景，也是一部写战争和屠杀的小说（也同样具有大胆创新的精神）。书中有一段著名的描写——主人公先是以正常顺序观看一部二战影片，然后又倒着观看。这样战争就完全变了模样：轰炸机返回基地，士兵将炸弹卸下来运回美国本土，炸弹中的危险物质被分解成矿物元素，然后这些矿物元素被运到边远地区，由专家将这些矿物元素巧妙地掩藏起来，这样就不会再用来害人了。就这样残酷的二战变成了一幅乌托邦景象。艾米斯把这个奇异的想法加以发展，形成了《时间之箭》的叙事框架。

在内容上，《时间之箭》参考了精神病学者罗伯特·杰伊·李弗顿的专著《纳粹医生：医学迫害和种族屠杀心理学》。该作品记录了作者对一批亲身参与过大屠杀的前纳粹医生的采访和分析。关于纳粹军医的史料为马丁·艾米斯塑造笔下的人物提供了依据，同时也让他深切地感到“这是一个只有倒着讲述才会具有意义的故事”。这种独特的叙事技巧使读者在向往美好乌托邦的同时，深刻而痛苦地意识到现实与之恰恰相反。也就是说，人们面临的真实世界是残酷而血腥的；如果要摆脱残酷与血腥的恐怖现实，只有通过一系列与现实完全相悖的事情才能实现。这种叙事手法中体现出的批判指向和批判力度由此可见一斑。可以说，作者用这种倒叙的写作技巧，达成了对现实最有力、最彻底的颠覆。

启蒙运动以来的主导时间观念，认为时间是“线性的、矢量的、不可逆转的时间进程”。以爱尔兰作家乔伊斯为代表的英国现代小说大胆地摆脱了钟表时间对作品的束缚，并成功地组建了新的时空秩序。现代主义的时间观主要得益于伯格森的直觉主义和心理时间学说。伯格森认为：“由过去、现在和将来一条直线表示的钟表时间是一种刻板、机械和人为的时间观念，只有心理时间才是真实和自然的。”现代小说向传统的线性时间观念进行了挑战，使得小说“向空间形式迈进”。后现代小说在时间艺术的探索上走得更远，不仅彻底打破了线性时间的束缚，而且加速了时间空间的一体化进程。戴维·哈维用时空压缩来描述后现代的状况，他认为，现代性改变了时间与空间的表现形式，促进了时间与空间的压缩，这个过程在后现代时期被大大加速。现代小说通过压缩时间来突出空间，《尤利西斯》把时间也缩为大约 19 个小时，代之而来的是实际场景以及主人公意识场景的不断变换，也就是说，压缩时间导致了空间的相对膨胀。后现代小说则是时空一体压缩：《蝇王》把空间压缩在一个孤岛上，把整个人类历史还原成原始社会状态并压缩在一年之内；《品彻·马丁》不仅对现实的时空进行压缩（把空间限制在一块礁石之上，时间被压缩为片刻之间），还对主人公的意识空间进行了压缩。而在《时间之箭》中，马丁·艾米斯挑战了叙述时间的极限，尝试着按照时间的反向流动讲述一个人的人生故事。他让主人公起死回生，由老及幼，让时间整个逆转回来，自启蒙时期延续至现代的线性时间观念被彻底解构。《时间之箭》的时间轨迹是逆流而上的："10 月 2 日过后，你将迎来 10 月 1 日。10 月 1 日过后，你将迎来 9 月 30 日……对我而言，就好像电影在回放。"

同冯内古特一样，艾米斯也将真实残忍的历史事件转换成了乌托邦想象。在这个简单美好的虚构世界里，纳粹搀扶着可怜的犹太人，将他们从毒气室带回安全的户外。文中纳粹对他搀扶着的犹太人说："我们的永恒目标是打造一个梦幻种族。"当然，这里指的不再是雅利安人，而是犹太人。无疑这种讽刺乍看上去有些令人难以接受，这也正是艾米斯的创作手法最大的问题，很容易就会擦枪走火、引人误解，然而读来却并未心生反感。艾米斯的讽刺成立的最大原因就是，以奥斯威辛集中营为代表的纳粹恶行给全人类造成的心理恐慌，不亚于一场核战争。正是通过倒转叙事，艾米斯不仅仅将这种梦魇置换成了一种梦幻场景，更是暗示了纳粹的道德蜕变。历史上的纳粹及其帮凶不正是打心底里相信自己正在打造梦幻种族（雅利安人），建立乌托邦世界吗？真实的历史中，正是纳粹将大屠杀描述成了一个乌托邦，艾米斯只是以其人之道还治其人之身罢了。更深刻的讽刺则直指人类的命运——假若人类不反思自己的所作所为，放任战争在世界上爆发，那么带来的将是无穷的梦魇。只有放弃战争，回归真诚而质朴的生活，才是人类的希望所在。

通过这种对纳粹宣传的戏仿，艾米斯的主题也就昭然若揭了。白爱宏在《后现代寓言——马丁·艾米斯的〈时间之箭〉》中指出："这种时间倒置之后产生的看似荒唐的逻辑实际上折射了纳粹德国国家机器对战争、对屠杀犹太人的看法，即战争和屠杀正是为了一种新秩序、新世界的诞生，正是一种创造。此外，这种倒置同时也为戏仿诞生，堕落和拯救的人生模式进而为象征意义上质疑永恒进步的历史观奠定了必要的时间基础。可逆的时间观念中，对犹太人的大屠杀成了创造，成了进步，成了跳越罪恶渊薮、获得生理及道德新生的必由之路。这种时间观念是一种陌生化策略，这种策略恢复的是道德感的敏锐性，通过对现代史上纳粹对犹太人的大屠杀这一事件的陌生化，强化了读者对其中所展示出来的人类的巨大罪恶的感受性。”复杂的结构和叙述技巧的应用正是为了反映道德的复杂性；读者在惊异于作者将奥斯威辛集中营翻转成乌托邦狂欢的同时，看到的也正是纳粹对自己所作所为的宗教般的认同；通过这种现实与想象的撕裂，读者在惊出一身冷汗的同时，也必将更加深刻地领悟到纳粹的恶。

正如读者可以把《时间之箭》里的叙事者看作纳粹医生的灵魂一样，整部小说也可以被理解为一个即将死去的人对自己一生往事的追溯，即一个负罪的人，在临终之际，灵魂无法安息，于是他不得不沿着记忆之河逆流而上，重新面对生命中最黑暗的部分。

当阅读变得轻松以后，主人公的一生也就清楚明白了。主人公真名为奥迪罗·安沃多本，1916 年生于德国索林根市，也就是阿道夫·艾希曼的故乡。阿道夫·艾希曼身为纳粹德国的高官，也是在犹太人大屠杀中执行“最终方案”的主要负责者，被称为“死刑执行者”。阿道夫最终于 1961 年被捕。受审期间面对其犯罪事实的控诉，都以“一切都是以命令行事”回答，其纳粹死硬态度可见一斑，最终被处以绞刑。不得不说奥迪罗·安沃多本的形象设置在很大程度上正是影射艾希曼。作品中的主人公攻读医学，结婚生子，加入了纳粹组织，被派往臭名昭著的哈特海姆从事纳粹医学研究。

20 世纪 50 年代后期，主人公曾经一度陷入被揭穿的危险，只得再次改名，成了“托德·T. 弗兰德雷”（Tod T. Friendly）。Tod 在德语中意味着死亡，取这名字的本意就是与死亡近在咫尺。他虽然最终融入了美国这座大熔炉中，逃脱了法律的惩罚，但是并未逃脱良心的惩罚，他不断地梦到那些惨死的灵魂像风中的枯叶四散而去，又像是天上结成星座的繁星不敢让人仰视。

故事如果按照这个正常的时间顺序叙述，那就变成了一个纳粹军官洗白的过程；但是作者将故事翻转过来讲，便又多了一种现代文明裹挟下对人类命运的无奈的喟叹。正如齐格蒙·鲍曼在《现代性与大屠杀》中所述：“没有现代文明，大屠杀是不可想象的。与此同时也治愈脏污的额头上恶化着的暴起的伤痕……”

如果说这种主题的揭示还是过于隐晦，那么这部著作最为著名的当然还要数它的叙述顺序。不同于一般小说，阅读《时间之箭》需要读者学会适应这种古怪的叙事方式。假如事先对此书没有丝毫了解，读过几页之后，读者可能会和小说的叙事者一样感到困惑不解：“等一下！为什么我是‘倒着’走回屋子呢？等等！现在天色变暗是因为黄昏，还是黎明？这到底……这到底是什么样的次序?”读者有时必须转动大脑、进行自助式“翻译”。小说的叙事者自始至终都没搞清时间是在逆行，他按照常人的思路去解读眼前的一切，于是看到的是一个荒谬无比的世界。例如，书中写到年迈的富兰德里在大街上公然抢夺儿童手中的玩具，他“同时夺走了小孩的玩具和微笑，旋即转到商店去，把玩具换成现金”。这种邪恶的行为令叙事者不齿，然而如果读者动用脑中的“翻译机”把这个事件的顺序颠倒过来，就会发现事情其实是这样的：这位医生（或许出于赎罪的动机）从商店里买了一个玩具，送给了街上的孩子。这种黑白颠倒式的描写遍布全书。下面这段对出租车的描述就不乏幽默成分：“出租车这一行似乎已是完美到无可挑剔的行业。当你有需要时，无论是在雨中还是戏院散场，它们都会适时出现在那儿。现代的文明化的理性世界使大屠杀变得可以想象。”马丁·艾米斯通过摧毁启蒙主义以来的理性传统与理性方式，用颠倒的顺序记叙战争故事，其对理性文明导致的战争和屠杀的批判便深深蕴涵在故事之中。于是摆脱无情而冷酷的理性视角，关注人的心灵与情感，避免大屠杀的再次发生，便也成为《时间之箭》的主要诉求。

有评论家认为艾米斯是从小说的视角来拉近读者和大屠杀的距离从而加深对它的认识，这样做是有价值的。但在这部篇幅较长的小说中，这种时间逆转的技巧显得吸引力不足。它可能是一个比较有力的短篇故事，却是一部枯燥的小说。马丁·艾米斯的研究者普遍认为，《爱因斯坦的怪物》《伦敦场地》和《时间之箭》三部小说构成了有关“大屠杀、大毁灭”的三部曲。的确，这三部小说的主题都与当今世界的核武器、大规模战争或者恐怖活动有关。作者通过极为巧妙，甚至有些荒诞的情节，对人类社会无限制地扩张欲望、扩张武器的现实进行批判，通过揭示人类恐怖与惨痛的未来的方法，希望使人反思自己的行为，避免未来惨剧的发生。

第五章　20 世纪 90 年代以后其他作家的小说创作

20 世纪 90 年代以后，其他小说的创作呈多元化，本章将详细解析多元化观念小说、解构小说、梦幻社会小说及跨国际化小说。

第一节　A.S. 拜厄特——多元化观念小说

A. S. 拜厄特虽然在 20 世纪 80 年代就已成名，但在 20 世纪 90 年代，她可谓名重一时，被认为是当代英国最重要的小说家和批评家之一。她不仅是英国皇家文学协会成员，享有很高的知名度，还曾获英国女王所授 CBE 勋位之殊荣。

一、生平与作品介绍

A. S. 拜厄特出生于约克郡谢菲尔德市，结婚前名为安东妮亚·苏珊·德拉布尔，是玛格丽特·德拉布尔的姐姐。1954 年，18 岁的安东妮亚·苏珊·德拉布尔从一所教会寄宿学校以优异的成绩毕业后，进入剑桥大学学习英国文学。1957 年，她获得学士学位，前往美国宾夕法尼亚州的布莱恩·玛尔学院攻读硕士。一年后，她回国到牛津大学攻读文学博士学位，研究 17 世纪英国文学。1959 年，她和伊恩·拜厄特结婚，从夫姓改名为安东尼亚·苏珊·拜厄特，简称 A. S. 拜厄特。婚后，拜厄特先后在各大学教书，业余写作。

早在剑桥求学期间，拜厄特就时断时续地开始了她的小说创作，处女作《太阳的影子》于 1964 年发表。该小说带有自传色彩，女主人公安娜夹在作家亨利和评论家奥立弗之间的处境，正是拜厄特在剑桥求学时矛盾处境的真实写照。借安娜这个人物，拜厄特表现了自己在 20 世纪 50 年代的英国作为一个女性作家的焦虑。小说名为《太阳的影子》，意在隐喻女性作家正是在“太阳的影子”中寻求独立的身份。

第二部小说《游戏》探讨了虚构与现实的冲突，反映了虚构对现实的侵蚀性和小说对生活的预言性。科贝特姐妹尤其是卡珊德拉从小把虚构的游戏当作生活的一部分，她始终无法抵挡想象的诱惑。科贝特姐妹之间的矛盾，常被评论家视为拜厄特和同为小说家的妹妹德拉布尔之间的竞争。

继《游戏》之后，拜厄特开始创作雄心勃勃的“四部曲”，即《花园里的处女》《平静的生活》《巴别塔》和《吹口哨的女人》。“四部曲”以女主人公弗雷德丽卡·波特的生活经历为主线，横跨英国学术界和社会生活的各个方面，纵贯英国跌宕起伏的20世纪五六十年代，且写作手法各异，描绘了一幅幅风情迥异的学界画卷和社会图景。除了上述作品，拜厄特的其他作品还有《马蒂斯故事》《DJ客栈和夜莺的眼睛》《冰与火的故事》和《小黑书》等。

“四部曲”的第一部《花园里的处女》以1953年的英国为背景，讲述主人公弗雷德丽卡17岁时在初恋的痛苦中慢慢成熟的经历。小说用隐喻的手法将弗雷德丽卡和她的姐姐斯黛芬尼分别对应于玛丽女王和伊丽莎白一世女王。小说探讨的一个重要主题是爱情的代价。

第二部《平静的生活》在一场凡·高画展中开始，然后回到20多年前的1954年。置身于剑桥大学的弗雷德丽卡在学术上脱颖而出，并在剧院里崭露头角。不久，她深陷于对教授兼诗人拉尔夫·法布尔的爱恋中无法自拔，但再次失恋终于使她对爱情开始持超然态度。此时，她的姐姐斯黛芬尼已生下儿子威廉，并逐渐适应了自己的身份转换——从一个女教师变成了一个贤妻良母。不幸的是，她在产下女儿玛丽后却意外触电，离开了人世。斯黛芬尼的死，给小说的主要人物带来了很大的变化。弗雷德丽卡离开剑桥，离开知识界，嫁给了商人尼格尔·里弗，做起了一个乡村庄园的女主人。

第三部《巴别塔》是继第二部之后相隔11年才迟迟出版。小说的主线之一仍是弗雷德丽卡的生活经历。弗雷德丽卡意识到婚姻对自己的囚禁，她带着四岁的儿子里奥离家去伦敦。在伦敦她和另一个单身母亲阿加莎住在一起，并通过在一家艺术学校教授文学以及帮出版社看稿子谋生，同时陷入与孪生兄弟约翰与保罗的爱情纠葛中。弗雷德丽卡面临与丈夫离婚和争夺里奥的抚养权的官司。小说的另一条主线是裘德·梅森和他创作的童话《巴别塔：给我们这个时代的孩子们》。弗雷德丽卡在帮出版社看稿时读到裘德的《巴别塔》，并促成了这部书的出版。这部童话实际上是一则讽世寓言，讲的是法国大革命的一批幸存者逃至与世隔离的地方建立了一个乌托邦式的没有拘束只有自由的理想社会。但结果是自由成了邪恶的通行证，理想国成了噩梦。裘德的书出版后，引起很大的争议，面临被禁的危险，被拖进一场官司，弗雷德丽卡亦深陷其中。

“四部曲”的最后一部《吹口哨的女人》的时间指向 1968 年。在罢学风潮中，弗雷德丽卡成了电视谈话节目《透过窥视镜》的主持人。该栏目推出的一系列谈话节目，使弗雷德丽卡成为一个小有名气的主持人，一个名副其实的“吹口哨的女人”，即叛逆而变形的女人。

如果说，“四部曲”为拜厄特奠定了文坛地位，那么真正使她出名的是出版于 1990 年的长篇小说《占有：一个浪漫故事》。这部小说既讲述了一个古今糅杂的双料爱情故事，同时又蕴含着当代人对人类历史的文明内核的深层次思考，所以一出版就备受关注，不仅荣获当年的“布克奖”，还雄居当年畅销书榜首。

此外，拜厄特曾是《时代》周刊撰稿人和 BBC 电台文学评论主持人，发表过诸多理论文章和文学评论，其中重要的有文学评论集《自由的等级：论艾丽斯·默多克的小说》《华兹华斯和柯勒律治在他们的时代》以及《失控的年代：华兹华斯和柯勒律治，诗歌创作与生活》等。

二、创作风格与特点

拜厄特既是作家，又是学者和评论家，这种多重身份首先使她的作品具有明显的“学院风格”。她的小说几乎全都取材于知识分子群体，而且喜欢旁征博引，典故意象俯拾皆是，并以高超的叙事技巧将深邃的思想、广博的知识、复杂的人物和多样的文体融合在一起，编织出一幅幅当代学院生活的风情图。因此，有评论家称拜厄特为“学院派”作家。不过，拜厄特所关注的不仅仅是知识分子问题，还有如两性关系问题、爱情问题、家庭问题，特别是当代知识女性的处境与感受，都是她所关注的重大主题。对于当代女权主义，尽管拜厄特并不赞同，而且颇有微词，但这并不妨碍她在小说创作中同样流露出强烈的女性意识，因为，她的女性意识不同于女权主义的女性意识。从另一个角度讲，拜厄特的小说以睿智、思辨为主要特点，因而也可称为“观念小说”。这不仅和拜厄特本人的身份（她是大学教师）以及她在人文学科方面的个人素养有关，也和她的创作兴趣有关。她认为，思想仅仅是小说所要表现的一个方面，小说应该像一个宽松的大口袋，可以容纳任何东西。为此，她曾做过大量笔记，而且通常都备有两本笔记本：一本记录生活素材，一本记录她的思考。在创作小说时，她就把这两方面的材料合在一起。所以，在她的小说中，既有睿智而善于思辨的人物，又有来自现实生活的、丰富而生动的情节，可谓相得益彰。换言之，她的小说多以她自己的生活经历为原始素材，再综合她所观察到的周围人物和种种生活形态。因此，她的小说表现范围较广、人物形态各异、心理状况复杂多变。只是，除了主张文学应表现生活，她更主张小说应具有丰富的思想内涵，应使读者获得智慧或哲理的启迪。

就创作技巧而言，拜厄特小说的最大特点是写实性和实验性的混合。拜厄特在很大程度上继承了英国传统小说的写实手法，但她同时又自觉采用了多种现代的乃至“后现代”的实验手法。在她的多部作品中，她尝试一种新的写实主义，即在写实的同时引入“元小说”“互文”“戏仿”“拼贴”等一系列现代的或“后现代”的技巧，把传统与现代混合在一起。因而，拜厄特可以说是一位巧妙的编织家。首先，她把生活与艺术编织在一起，在两者的交织中既探讨人生的归宿，又探讨艺术的归宿（这是她最为擅长的）。其次，她把现实与历史编织在一起，即采用一种当代人回首往事的冷静态度，在小说中演绎部分历史情节（这是她最为成功的）。这一手法，可以说在《占有：一个浪漫故事》中被运用得炉火纯青，以至于有人把此书称为“历史小说”，而实际上，拜厄特只是使历史与现实相互对应、互为参照，使历史成为现实的一种注释，使现实成为历史的一种补偿。再次，她把理性与感性（或者说理论与形象）编织在一起，即把她本人或小说人物的思辨内容编织在小说的具体情节中，以期证明两者是可以整合为一体的（这是她用心最为良苦的）。不过，尽管她在这方面做了最大努力，但有些作品还是因为思辨性过强而影响了作品的可读性。最后，她还把不同语言编织在一起，如混合使用维多利亚时代的雅语和当代大众化俗语、公众语言和私人语言、男性习惯语和女性习惯语。当然，传统小说也采用不同语言，即人物语言的个性化，但拜厄特的语言混用并不仅仅在人物语言方面，而是像詹姆斯·乔伊斯在其作品如《尤利西斯》中所做的那样，用许多不同的语言构成小说的叙事文本，以此显示（或者说强化）所叙内容的不同性质，如讲到历史事件就用历史语言，讲到公众事件就用公众语言，等等。因此，她的小说不仅编织了一个个生活与艺术、现实与历史、理性与感性相互交织的复杂网络，同时也编织了一个个与此相应的、复杂的语言网络。

拜厄特的风格与特点，无疑最突出地表现在她的“四部曲”和其后的《占有：一个浪漫故事》中。实际上，在拜厄特最初的两部小说即《太阳的影子》和《游戏》中，就已经出现了一个在她日后创作中反复出现的重要主题，即非女权主义的女性意识。特别是在《游戏》中，卡桑德拉和朱莉娅两姐妹尽管都生活在“男性光辉”（即“太阳的影子”）之下，而且都想获得“解放”，但由于她们个性不同，又相互竞争，结果两人的命运截然不同。尤其是当卡桑德拉自杀后，朱莉娅因一下子失去“游戏”对手，竟然也失去了生活目标。这无疑是说，女性要想逃脱“男性光辉”的“照耀”并非易事，因为“竞争”本身就是“男性光辉”的一部分，而女性若以竞争方式寻求“解放”，其实仍在“男性光辉”的“照耀”下。换言之，这样的“女性解放”不过是一场由女人来做的男人的“游戏”而已。如果说，这就是拜厄特小说的非女权主义女性主题的话，那么，继《游戏》之后的“四部曲”（即《花园里的处女》《平静的生活》《巴别塔》和《吹口哨的女人》）可以说是拜厄特对这一主题的充分发挥。“四部曲”以女性主人公弗雷德丽卡贯穿始终，讲述的是主人公从少女到中年的四个人生阶段，即少女时期、青春时期、婚后时期和创业时期。其基调既是嘲讽的，又是思辨的，因而既可以说它们是讽刺小说，又可以说是哲理小说。尽管这四部小说的非女权主义女性主题已十分耐人寻味，还引发了颇多争议，但更为引人注目的是拜厄特在其中所做的一系列叙事实验，以及由此而显示出来的风格与特点，即现实与历史、生活与艺术、理性与感性以及不同语言的相互交织。

显然，在“四部曲”的第一部《花园里的处女》中，拜厄特有意将现实与历史交织在一起。17 岁的弗雷德丽卡在学校里参加戏剧演出，扮演的是 16 世纪的英国女王伊丽莎白一世。于是，她既是现实中的一个纯真少女，同时又是历史上的一个年轻女王，而她在现实中的经历，又和女王的少女时代相契合。小说中的其他人物，也都对应于剧中的其他历史人物。因此，小说充满了意象和隐喻，而这，就是拜厄特所要制造的效果与“深度”。

如果说《花园里的处女》最大的特点是现实与历史的混合，是现实与历史的相互阐释，那么“四部曲”的第二部《平静的生活》则是生活与艺术的混合，或者说，生活与艺术的相互阐释。此时，主人公弗雷德丽卡已是剑桥大学的一名年轻教员，而且已离开她当初爱慕的亚历山大（即《花园里的处女》中的编剧），爱上了教授兼诗人拉尔夫·法布尔。与此相对应的，则是亚历山大写的一部关于凡·高的新剧《黄椅子》，其剧情和弗雷德丽卡以及其他人物的恋爱、婚姻相互交织在一起，合成诸多意象和隐喻，并由此暗示生活与艺术的同一性——生活既是真的，也是假的；艺术既是假的，也是真的，两者之间没有绝对界限。

至于在“四部曲”的第三部《巴别塔》中，除了现实与历史、生活与艺术的相互阐释，拜厄特更是将语言的混用推到了极致。小说的核心意象是“巴别塔”（即《圣经》中所说的人们因语言不通而不得不放弃建造的“通天塔”），其寓意就是“语言混乱”。为了展示这种“混乱”，小说设置了三条相互纠缠在一起的主线，其中之一就是弗雷德丽卡的婚后生活。她带着四岁的儿子离家出走，后和丈夫闹离婚，还要为争夺儿子的抚养权和丈夫打官司。与此同时还陷入与一对孪生兄弟的爱情纠葛，接着又因为出版书籍而引发争议，不仅被拖进一场官司，还有可能被判刑。而那本书也叫《巴别塔》，讲的是法国大革命中有一批人逃至与世隔离的地方，建立了一个乌托邦式的没有拘束只有自由的理想社会，但结果是自由成了邪恶的通行证，理想国成了噩梦。可以说，拜厄特在《巴别塔》中建立了一个“多重记忆的连锁系统”。在这个系统中，穿插了“书中之书”《巴别塔》、给孩子们写的《王子历险记》、两场官司的文献记录、弗雷德丽卡看的若干书稿，还有她在日记，等等，可谓结构“层层叠叠”，语言“庞杂混乱”。而结构的“层层叠叠”，即象征着当代家庭生活，特别是当代女性生活的繁复芜杂；语言的“庞杂混乱”，则象征着当代人的思想混乱和感情破碎。

同样，在“四部曲”的最后一部《吹口哨的女人》中，语言混乱，或者说，语言的意义不明，特别是当代女性语言、当代女性自我表达的含混不清，仍是拜厄特关注的主题。此时，主人公弗雷德丽卡已成为一个小有名气的节目主持人，在电视台主持着一系列有关女性与家庭、生理与心理的脱口秀节目。然而，就如书名所示，尽管弗雷德丽卡在那里滔滔不绝地谈论着各种各样的问题，特别是“女性解放”问题，其实她不过是一个“吹口哨的女人”，她的言论就如吹口哨，只是发出一连串意义不明，甚至毫无意义的声音而已。当然，除了弗雷德丽卡的“口哨”，小说中还有其他各种各样的“口哨”，如宗教狂热分子试图复兴摩尼教的“口哨”、大学教授们在大型学术会议上的“口哨”、大学生在“反大学”运动中的“口哨”，等等。所有这些嘈杂混乱的“口哨”，同样是一座“巴别塔”，同样是当代人、当代思想和当代生活的写照。

三、典型作品评析

《占有：一个浪漫故事》是拜厄特的作品中最成功的。这部小说出版后不仅获当年的“布克奖”，成为评论界关注的焦点，还大受读者欢迎，一时成为风靡欧美的畅销书。

从总体上看，这部小说讲述的是一个古今杂糅的双料爱情故事：正在做博士后研究的罗兰·米歇尔在伦敦图书馆发现维多利亚大诗人伦道夫·阿什写给一位不知名的女士的信，信中表达了阿什的倾慕之情。罗兰如获至宝，在做了更多研究之后，确认这位不知名的女士是维多利亚时期的女诗人拉莫特，遂向女学者莫德·贝利求助。两人在拉莫特旧居的布娃娃床下发现了她和阿什的全部信件。另外两批研究阿什和拉莫特的美国学者也闻风而至，展开了一场跟踪与追击的游戏。从信中，罗兰和莫德得知两位维多利亚诗人曾经结伴去约克郡游历，于是他们追随两位前辈的脚步来到了约克郡，两人渐生好感。莫德从拉莫特堂妹的日记中获悉，约克郡蜜月之后，有身孕的拉莫特离开阿什去了法国不列塔尼的亲戚家，临分娩前却又突然失踪，婴儿下落不明。阿什妻子爱伦的日记透露，阿什生前曾收到拉莫特的一封来信，但爱伦没有拿给他看，而把信件放在铁盒里随阿什下葬，因此铁盒里的来信成为揭开孩子谜团的唯一线索。为抢获第一手学术资料，一个名叫墨泰梅的美国学者竟然掘墓盗信，但被守候在一旁的罗兰和莫德等人截获，孩子的疑团真相大白：临产时拉莫特秘密返回英国姐姐家，孩子生下来后被姐姐收养。后来，事实证明，莫德竟然就是阿什和拉莫特的后代，拥有对他们所有作品和书信的继承权。小说结束时，莫德对他们的所有书信作品进行整理，罗兰的事业也出现转机，两人的感情有了新的进展。

仔细斟酌作品，可以看出，小说有意将维多利亚时代诗人的精神境界和当代人的心理状态加以对照和比较。罗兰和莫德这两位当代年轻学者结伴重走阿什和拉莫特当年相依相伴的秘密旅程，细细品读了两位维多利亚诗人真挚感人的爱情诗篇，一步步揭示出了其中鲜为人知、扑朔迷离的恋情。罗兰和莫德为昔日诗人的纯真情怀所感动，彼此间生发出由衷的爱恋。阿什和拉莫特的充满诗意的至爱真情缠绵悱恻、可歌可泣，而与此形成鲜明对照的，是物欲横流、贪婪轻佻、玩世不恭的当代社会。比如，校园里的学者教授也不过是一群急功近利、沽名钓誉的“文化动物”。他们从大西洋两岸纷至沓来，不为别的，就是因为阿什的手稿具有潜在的商业价值。结果，把文史真相的查证变成了一场你争我夺、明争暗斗的史料大战，而所谓的学术竞争，其实是你追我逐、惊心动魄的学术冒险。在此过程中，冷淡隔膜的人际关系、阴暗猥琐的人物心态、毫无真情的放浪纵欲，可谓昭然若揭。

再进一步看，读者还可以看出小说中独特的女性意识，以及对当代女权主义的反思。小说中最重要的三个女性人物，一个是阿什的情人拉莫特，一个是阿什的妻子爱伦，还有一个就是莫德。拉莫特和爱伦是维多利亚时代的女人——前者为了追求精神世界的充实，不惜背着爱情的十字架苦苦走完寂寞的一生；后者始终对丈夫的婚外恋保持着冷静、缄默和容忍的态度，强迫自己以理性认同事实，极为理性地以尊重丈夫情感和守护家庭声誉为重，独自品尝着内心寂寞的苦果，甚至最终与丈夫合葬在一起时还带着丈夫婚外恋的信物。这两个旧时代的女人，在当代女权主义者眼里无疑是“牺牲品”。然而，拜厄特并没有这样简单化地处理这两个人物。在她笔下，这两个人物既令人感叹，又发人深省。拉莫特可谓“爱情的天使”，她对阿什有真情，但她并不因此而去破坏阿什的家庭；爱伦可谓“理性的化身”，她对婚姻和家庭忠心耿耿，但她并不因此而要求丈夫感情专一。一个代表“情”，一个代表“理”，但代表

“情”的仍不失为有理，代表“理”的仍不失为有情。也许，这就是拜厄特独特的女性意识和她对当代女权主义的反思。因为在她看来，当代女权主义不是因情而悖理，就是因理而失情，即要么感情泛滥、不顾一切；要么据理力争、冷酷无情。所以，她思考的是情与理的和谐。拉莫特和爱伦就是她思考的产物。至于这两个女人被说成是维多利亚时代的“旧式女人”，那只是暗示，情与理的和谐或许在过去曾有过，或者说，就人的本性而言，这种和谐是可能的。也许，正是出于这一想法，拜厄特先是把莫德塑造成一个女权主义者，而到小说行将结束时（也就是当莫德经过一番调查而最终弄明白了那一段发生在维多利亚时代的爱情故事后），又使她的女权主义信念发生动摇，使她觉得有必要参照前人的经验对自己的人生观做一番调整。

如果再深入剖析，还可以看出小说中蕴含着对整个人类文明史的深层次思考。拜厄特以学者的严谨态度收集、整理了阿什和拉莫特这对情侣的书信、诗作以及当时的寓言故事和民间传说，使之极富史料的充实感。仔细研读小说，或许会发现，拜厄特的真实用意似乎并不仅仅在于摹写一段历史。小说中所包含的丰富的互文性和对话性、三个平行的虚构历史时空之间、对应的镜像人物之间、现文本与前文本之间，以及叙述体裁之间所形成的种种对话与潜对话关系，都凸现出小说在故事与话语这两个层面上的历史性。相距遥远的不同历史时期，在文本的有限时空里交错并置、循环延绵，历史与现实并行不悖，互为参照。层层递进的历史回溯，可以说赋予了小说以时代的纵深感和历史的厚重感。在拜厄特笔下，一段充满浪漫情调的恋爱史仿佛就是一个历史的象征，而与之相对应的则是当代的现实，是由雅皮士、女权主义者、学究、收藏家等组成的当代文化圈。换言之，拜厄特在这部小说中成功地把历史与现实编织在一起，使历史人物栩栩如生，同时又提出了诸多值得思考的人生课题。

就艺术形式而言，这部小说就如拜厄特自己所说，是“腹语术、对死者的爱、文学文本中徘徊不去的鬼魂或幽灵的声音”。“腹语术”原指一种模拟多种声音的技巧。这里的“腹语术”，是指她在小说中对各种文学样式的拼贴、对传统文本的改写和对当代文本的戏仿，即把小说变成了一部含有多种声音的交响曲。对古老的挪威神话和多部童话的改写、大量真真假假的维多利亚时期的诗歌和书信、一大批真真假假的学者和批评家所撰写的多个批评文本，还有虚构的传记、“鹦鹉”式的文体模仿等，全都出现在小说中，就如有评论家所说的，“糅合了多种文学样式——侦探故事、罗曼史、校园讽刺、格林童话和挪威神话、后弗洛伊德结构主义谜语以及对爱和占有的哲学探究，充满了杜撰的情书和原创的仿维多利亚诗歌”。总之，这部小说犹如一席文学盛宴，“把英国小说中所有的叙述技巧都展示出来供人审视，又时时刻刻给人以愉悦感”。

第二节　朱利安·巴恩斯——解构小说

20 世纪八九十年代，英国文坛涌现出了一批被称为“徘徊于十字路口”的新作家，朱利安·巴恩斯无疑是其中的佼佼者，迄今已出版长篇小说和短篇小说集十余部。巴恩斯的小说均是打破传统模式的实验之作，手法新颖、风格多变，因而他有着“文坛变色龙”之称。

一、生平与作品创作

朱利安·巴恩斯出生于英格兰的莱斯特郡，父母都是法语教师。巴恩斯于 1968 年毕业于牛津大学，后任《牛津英语辞典》编辑、《新政治家》和《星期日泰晤士报》撰稿人；1982 年至 1986 年，任《观察家》杂志评论员。此后，他成为职业作家，并于 1988 年被选为法兰西艺术科学院外籍院士。自 1980 年至今，巴恩斯共出版长篇小说十部、短篇小说集两部、文集两部，以及以“丹·卡瓦纳”为笔名出版的侦探警匪小说四部，其中的两部，即《达菲》和《堕落》，还是当年的畅销书。他的作品曾获“毛姆奖”“杰弗里·费伯纪念奖”、法国“梅迪契奖”，还曾两次获“布克奖”提名。

巴恩斯的第一部长篇小说《通地铁的地方》出版于 1980 年。小说分为三部分，分别由主人公克里斯托夫·劳埃德自述其三个时期的生活经历。第一部分的时间为 1963 年，地点为伦敦郊外一个通地铁的地方。此时克里斯托夫 16 岁。小说以幽默的笔调展现了主人公及其好友托尼在青春期的性意识萌动、叛逆和对艺术的崇拜。第二部分为 1968 年，克里斯托夫在巴黎读大学，并认识了女友安妮克。安妮克坦诚直率，在她的影响下，克里斯托夫从原先的愤世嫉俗转向内省，变得成熟起来，但他最后和安妮克分了手。第三部分又回到伦敦郊外那个通地铁的地方，时间为 1977 年，此时克里斯托夫结婚已六年，生活安定平静。克里斯托夫参加了一次中学同学聚会，发现很多当年被自己嘲笑的同学都各有所成，他想起自己少年时恃才傲物，如今却平凡之极，颇觉人生的多舛与讽刺。

巴恩斯的第二部长篇小说《她遇到我之前》可以说是一部心理小说。主人公格雷姆是历史系教授，他因嫉妒妻子婚前的情人而心理扭曲，最终走向自我毁灭。小说基调低沉，格雷姆在臆想与现实、过去与现在之间苦苦挣扎，其心理病态近乎自虐。在这部小说中，巴恩斯使用了意识流手法，并且是穿插在人物动作和谈话之间的，因而又不同于一般的意识流小说。

出版于1984年的《福楼拜的鹦鹉》堪称巴恩斯的杰作。主人公杰弗瑞表面上好像在讲述福楼拜的生平，实际上是在讲述他自己的经历，而且一边讲述，一边还要发表评论。巴恩斯自己曾说，这是一部“半是评论、半是叙述”的小说，而评论界则认为，这部小说挑战了文体极限。然而，在继《福楼拜的鹦鹉》之后出版的《凝视太阳》中，巴恩斯却突然中止小说实验，返回到他早先在《通地铁的地方》中使用的那种相对传统的叙事方式。《凝视太阳》也分三部分，按时间顺序讲述女主人公的一生，并以死亡作为小说主题。第一部分，叙述女主人公姬恩的少女时代。其中讲到在她家暂住的飞行员托马斯，常对她谈到飞行中面临死亡时的体验，使她印象深刻，同时也为下文做了铺垫。第二部分，讲述姬恩的婚后经历。她离开丈夫，四处漂泊，独自抚养儿子格列高利，直到退休。退休后，她周游世界，一边领略世界各地的风土人情，一边思考生与死的意义。第三部分，叙述重心转移到成年后的格列高利。他和他母亲一样，也在思考着生与死的问题，而且比他母亲更具宗教意味。不过，尽管格列高利想到了许多问题，却始终无法得到确切的回答，因而一直为深深的困惑所缠绕。对这部小说，评论界反应平平，但巴恩斯自己认为，它比《福楼拜的鹦鹉》“更具深度和内涵”。

继《凝视太阳》之后，巴恩斯又对小说实验产生了兴趣，于是又写了一部实验小说。小说题目就很古怪，称为《101/2章世界史》。小说文体和内容更是不同寻常，有的章节用小说文体，有的章节则是法律文书，或书信形式，或文艺批评，或随感；内容涉及宗教、政治、法律、哲学、艺术各个方面，而且从古到今，无所不有。小说叙述者随章而变，一会儿这人叙述，一会儿那人叙述，有的叙述者甚至都不是人，而是一条虫。总之，《101/2章世界史》实为一部“怪诞世界史”，而其意图，则旨在使历史显得就如随意编造的故事，以此颠覆和嘲讽历史的真实性和权威性。20世纪90年代初，巴恩斯突然写了一部爱情小说，即《谈心》，讲述一个三角恋爱故事。小说没有主人公，只有三个主要人物——斯图亚特、吉莉恩和奥利弗。斯图亚特是个银行职员，奥利弗则是个失业教师，是斯图亚特的密友，他爱上了斯图亚特的妻子吉莉恩。起初，吉莉恩并不理会奥利弗的示爱，但奥利弗锲而不舍，吉莉恩渐渐动了情。于是，三人陷入了感情漩涡。最终，吉莉恩离开斯图亚特，和奥利弗结了婚。对此，斯图亚特始终感到莫名其妙，因为他坚信吉莉恩真正爱的是他，而不是奥利弗。小说采用对话体形式，由斯图亚特、吉莉恩和奥利弗轮流以第一人称从各自的视角讲述发生在他们之间的感情纠葛。

接着，巴恩斯又写了一部政治题材的小说《豪猪》。小说以20世纪80年代末东欧剧变为背景，讲述某国前总统彼得汉诺夫的受审过程。负责审讯的索林斯基总检察长是一位法律教授，他父亲与彼得汉诺夫曾是战友，在党内担任高级职务，但后来被清洗。彼得汉诺夫老谋深算，在法庭上完全掌握主动，为自己执政 33 年的所作所为辩护。他视索林斯基总检察长为毛孩，当众出他的丑。索林斯基总检察长为了给彼得汉诺夫定罪，甚至拼凑证据起诉前总统谋杀了自己的女儿。最后，法庭宣判彼得汉诺夫有罪，索林斯基总检察长则因这场审讯而使自己的家庭发生了危机：妻子执意和他离婚，女儿也离他而去。显然，小说取材于海牙国际法庭对塞尔维亚前总统米洛舍维奇的审判，但巴恩斯并非要为米洛舍维奇辩护，而只是想表达这样的意思：政治很丑恶，无论是审判者还是被审判者，其实都无正义可言；所谓政治审判，不过是一场闹剧而已。

继《豪猪》之后，巴恩斯又“摇身一变”，写出了一部故事离奇的寓言小说《英格兰，英格兰》。小说女主人公玛莎早先生活在英格兰一个叫怀特岛的地方，那里的乡村生活遵循着古老的传统，宁静而祥和，但在玛莎 40 岁时，她突然受聘于传媒大亨杰克，把怀特岛改造成了一个主题公园，并改名为“英格兰，英格兰”。那里不仅有仿造的白金汉宫、大本钟和巨石阵，还有假冒的亚瑟王、罗宾汉和约翰逊博士等历史人物，以此招徕游客。然而，“英格兰，英格兰”兴建成功后，玛莎却和她的情人保罗一起排挤了杰克，将这座主题公园占为己有。后来，玛莎和保罗又开始争夺公园的控制权。为此，保罗不惜把杰克叫了回来，两人联手，把玛莎驱出了“英格兰，英格兰”。小说结尾时，“英格兰，英格兰”似乎又神奇地变回到了怀特岛。然而，到最后一切都不过是玛莎的幻想而已。

2000 年以后，巴恩斯推出的小说有《爱及其他》和《亚瑟和乔治》。巴恩斯最近的新作是 2008 年出版的长篇小说《无所畏惧》。

二、创作风格与特点

显然，巴恩斯是一位致力于小说实验的“小说革新家”，他认为小说的“生命”就在于小说会“变异”，而正因为小说会“变异”，小说的“寿命”将比上帝还长。他曾说：“许久以来，人们曾经周期性地宣告上帝死亡和小说死亡，这都是危言耸听。”

要想确定巴恩斯的小说具有何种典型风格，几乎是不可能的，因为他抛弃了正统的小说情节设置和人物塑造的规则，代之以编织寓言、讲述笑话、连缀故事、聚集观念，随其兴之所至，进行各种形式的小说实验，其风格随其实验而变，几无定式。不过，如果我们沿着他的“实验路线”一路追寻，还是可以看出，他在不同时期的实验还是有不同侧重点的。所以，仍可以总结出一些基本特点。

巴恩斯热衷于形式实验并不意味着他对小说内容的忽视。实际上，他的每一次形式实验都和他所要探索的“新经验”有关，也就是说，他要想表现一种新的人生经验，自然要找到一种新的表现形式。基于此，便可以从他的小说创作过程中大体看到这样一条“实验路线”：从第一部小说《通地铁的地方》用实验手法表现青春期幻想，到第二部小说《她遇到我之前》用一种奇特的“意识流”手法表现一种隐秘的心理变态，再到《福楼拜的鹦鹉》《凝视太阳》和《101/2 章世界史》用解构手法阐释历史传统。从中不难看出，巴恩斯早期偏向心理小说，后期偏向历史小说。但他的“心理小说”显然不同于传统的心理小说，他的“历史小说”也迥异于传统的历史小说。

在巴恩斯的早期创作中，《通地铁的地方》从表面上看是一部“心理小说”，即主人公对内心焦虑的青春期生活的回忆，但小说的真正意图不在于表现青春期心理骚动，而是以漫画化的笔调谈论一个人如何才能获得精神上的自由，以及一旦获得了自由，又会导致何种后果。所以，有评论说，这部小说的“文化调侃”以及对当代生活的参照，很符合巴恩斯作为电视评论员的风格。同样，《她遇到我之前》也是一部很特别的“心理小说”，表面上好像是写性爱和嫉妒心理，实质上旨在探讨“在我们的本能、情绪和智慧之间进行调整而陷于永久不可估量的失败”，因而被认为是一部有趣而又哀怨的“心理小说”，提出了一个令人深思的问题。

毫无疑问，如果要说巴恩斯的小说有什么最大特点的话，那就是他对历史和传统的解构和颠覆。可以说，他其后的三部重要作品，即出版于 20 世纪 80 年代的《福楼拜的鹦鹉》和《101/2 章世界史》，采用的都是这种方式。

其中，《福楼拜的鹦鹉》表面看来好像是一部以人物传记为主线的历史小说，实质上既颠覆了“历史真实性”，又颠覆了小说传统，即小说这一文类的创作惯例——就如小说出版后不久《泰晤士报文学副刊》的评论所说，“《福楼拜的鹦鹉》是无聊傻话和极其严肃思考的非同寻常而又富于艺术技巧的杂拌。它可同时看作文学考证、文学批评和文学实验。在我们的时代，人们认为每一个问题总可以有经济的、政治的或者技术的解决方案。巴恩斯却有这份勇气和雅兴来提醒我们：有些问题不会有任何解决方案”。

《101/2 章世界史》的书名读作“101 除以 2 章世界史”，但这里的“101 除以 2 章”不是“50 章半”，而是“10 除以 2”加“1 除以 2”，所以是“5 章半世界史”。其中“五章”，由互相独立的篇章组成，各章体裁各异，有小说、法律文书、书信、文艺批评、随感；所谓“半章”，是一个“插曲”。这种文体杂乱的特点和《福楼拜的鹦鹉》很相似，而更为杂乱的是，在《福楼拜的鹦鹉》中还有一个贯穿全书的叙述者，现在连这样一个叙述者也没有了，而是以挪亚方舟及其变体为轴心意象，使各章相互联系成一个整体。这样的结构，显然不是小说结构。然而，这部作品所要颠覆的，还不仅仅是小说惯例，还有整个基督教历史乃至人类历史。或者说，它旨在揶揄、嘲讽、质疑、颠覆历史（即人们所相信的“历史”）的“真实性”。比如，第一章取名为“偷渡者”，讲述挪亚方舟的传说，讲述者则是挪亚方舟上的一条蛆虫（因为那时除了诺亚，其他人都被上帝的洪水淹死了），而在这条蛆虫的讲述中，诺亚实在不是什么好人，而是一个“嗜酒的老无赖”；再比如，在取名为“宗教战争”的第三章里，讲述蛆虫和人类辩论，人类重申自己的“历史”，而蛆虫也有它自己的一套“历史”；两者都相信自己的历史真实性，驳斥对方是“虚构的历史”。当然，这样的情节都是装疯卖傻，其真实用意是要以此提醒读者：我们所相信的历史，不过是一种“讲述”，而“讲述”是可以多种多样的，只要你相信，无论哪种胡说八道的“讲述”都具有真实性，而若你不信，那么任何“讲述”、任何历史，都无真实性可言。换句话说，所谓“历史”，其实和宗教一样，信不信由你。

当然，解构和颠覆历史只是巴恩斯小说的最大特点，或者说，只是他小说创作中的一个亮点。实际上，作为“文坛变色龙”，巴恩斯写小说从不雷同，即便是人物、情节、手法也大不相同。巴恩斯总是不断尝试创新，拒绝重复。他曾说：“要能够写作，你就必须让自己确信你的创作是个全新的开始，不仅是个人的新起点，也是整个小说史的新起点。”这样的要求固然高得很难做到，却是他的创作准则。所以，他的小说给人五花八门的感觉，但是，不管他怎么变来变去，有一点是不变的，那就是：他始终坚信，小说不管怎么写，总是一个“美丽的谎言”。

三、典型作品评析

《福楼拜的鹦鹉》堪称巴恩斯的杰作。小说名为《福楼拜的鹦鹉》，意指福楼拜的一篇名为《一颗淳朴的心》的短篇小说中的一只鹦鹉。在福楼拜的那篇小说中，写的是一个女仆，她爱过一个举止粗野的未婚夫，后来当了仆人，但她心地善良，一生任劳任怨，对主人一家忠心耿耿，把感情寄托在主人家的孩子们身上。后来，主人去世，少爷小姐们也当婚的婚，当嫁的嫁，她只能另寻精神寄托。于是，她就把自己全部的爱倾注在一只名叫“露露”的鹦鹉身上；但不久，“露露”也死了。于是，她就请人把“露露”做成标本，当作宝物一样随身带着……不过，巴恩斯关注的不是福楼拜笔下的女主人公，而是那只鹦鹉。因为据说，福楼拜写《一颗淳朴的心》的灵感，就来自一只鹦鹉标本，而巴恩斯曾在巴黎参观过两个博物馆，那两个博物馆都宣称自己藏有福楼拜的那只鹦鹉标本。那么，究竟哪只是真，哪只是假？还是，两者都不是真的？对此，研究福楼拜的学者一直众说纷纭，莫衷一是，而巴恩斯写《福楼拜的鹦鹉》的灵感，就来源于此。小说叙事者杰弗瑞·布雷斯韦特是福楼拜小说爱好者，出于好奇，他执着地想找到那只“福楼拜的鹦鹉”。但结果是，他不仅发现有好几个博物馆宣称拥有“福楼拜的鹦鹉”，甚至还发现有几十只鹦鹉标本似乎都有可能是“福楼拜的鹦鹉”。于是，他困惑了，那只真正的“福楼拜的鹦鹉”，到底能不能找到？与此同时，也就是在他寻找“福楼拜的鹦鹉”的过程中，他也在反省自己的生活经历，尤其是他和妻子的关系。他很怀疑自己是不是像《包法利夫人》里的包法利医生一样，遭受了妻子的不忠。于是，他想方设法寻找证据，以证明亡妻生前是不是像包法利夫人一样，曾有出轨行为。但结果是，他发现有许多事情似乎都和妻子的出轨行为有关，却又没有一件是可以确定的，就如“福楼拜的鹦鹉”一样。于是，他惶惶惑惑，既无法找到“福楼拜的鹦鹉”，也无法确定“妻子的出轨”。不难看出，巴恩斯在《福楼拜的鹦鹉》中所要表述的是历史的真实性问题。正如有评论家指出的，“布雷斯韦特对福楼拜痴迷的原因开始还显模糊，但渐渐地清晰，他对福楼拜真实的追寻是对他自己婚姻经历的转移和升华。我们是怎样把握过去的？这个问题既指福楼拜的过去，也指叙事者本人和他亡妻的生活经历”。在小说中，布雷斯韦特给很多专家学者写信询问，四处参观，试图确认究竟哪只鹦鹉是“真”的，但结果发现很难做到这一点。关于真相，存在着“太多的矛盾之处，太多不同的版本，太多无法认定的证据”，以至于真相飘忽，处于一种悬疑状态。不仅“福楼拜的鹦鹉”无法确定，福楼拜生平的其他方面也同样如此。在小说的第二章里，巴恩斯给出了三种不同版本的福楼拜年表，其中有许多地方是相互抵触的。这里，除了有福楼拜的“自述”，还有福楼拜的情人露易丝·科莱的“讲述”——她从另一个视角提供了另一种版本的关于福楼拜的“历史”。究竟谁的陈述是“真实的”？无从判断。同样，关于布雷斯韦特的亡妻的“历史”（即她是否出轨），也难以判断。换言之，我们是不可能直接把握历史的，只能在各种文本中追寻它的遗迹。不同的文本中无疑有不同叙事者对历史的不同阐释，而这些经过阐释的历史，就是我们所能把握“历史”。既然如此，哪里还有“历史的真实性”呢？所以，有人认为巴恩斯在“历史的真实性”问题上是个“极端的怀疑主义者”，有人甚至称他为“历史虚无主义者”。但是，也有人认为巴恩斯远没有那么极端，只是“更具试探性和模糊性”，或者说，是对传统认识论、传统历史观的质疑和再认识。

就表现手法而言，《福楼拜的鹦鹉》显然是一部别出心裁之作。

首先，它既是小说，又不是小说，其实只能说是“准小说”。通常的小说要有故事，如果全然没有故事，那就是非小说。《福楼拜的鹦鹉》中的故事可谓少而又少。全书总共 15 章，其中约有三分之二的篇幅被用来追述和评论福楼拜的一生——他和母亲、妹妹及女友的关系、他和男友的关系、他的艺术观，以及他的社会政治立场，等等。从这个意义上讲，这本书几乎就是一部福楼拜传记。至于其余约三分之一的篇幅，其中有相当部分还被用来陈述主人公布雷斯韦特的艺术信念和批评理论，唯有布雷斯韦特寻找“福楼拜的鹦鹉”的过程和他对亡妻的回忆，才有一点故事性。因而，从这个意义上讲，这部作品才能被称为“小说”，但绝对不是传统意义上的小说。

其次，这部作品所使用的叙述视角不仅是飘忽不定的，而且是模糊不清的。作品中不仅使用第一人称叙述者，而且是多个第一人称的叙述，此外还有第三人称叙述。变换叙述视角固然在当代小说中并不少见，但有意混淆叙述视角是这部作品的特色。比如，布雷斯韦特时而会将自己的视角等同于福楼拜的视角，仿佛他就是福楼拜，但他时而又会批评福楼拜，时而又会显出一副与福楼拜若即若离的样子，时而还会摆出客观转述、不对转述内容负责的姿态，等等。这样一来，由于作者巴恩斯和人物布雷斯韦特之间本有距离，现在又再上布雷斯韦特和福楼拜之间的距离，福楼拜在读者眼里就变得模糊不清了——他究竟是小说“人物”，还是历史“人物”？也许都是，因为在巴恩斯看来，历史叙述从本质上说和小说叙述一样，也是一种“虚构”，只是这种“虚构”貌似真实或者说被人相信是“真实的”罢了。

最后，这部作品混合了多种文类，其自身是“准小说”，而其对福楼拜的生平及文学理论和实践的评论，又是半真半假的“准文学评论”。这就对解读这部作品设置了很大障碍，因为这是解读的解读，是评论的评论，是解连环套、套中套。然而，这样的障碍却是巴恩斯有意设置的，其结果便是使这部作品从书名到内容都具有“互文性”，从而模糊了小说和历史的界限，就如布雷斯韦特寻找“福楼拜的鹦鹉”一样毫无结果，最后不得不说：“任何与福楼拜相关的事物都不可能永存……关于他留存下来的只是些纸张上的文字而已。”关于历史，实际上我们所知道的，也“只是些纸张上的文字而已”。

总之，《福楼拜的鹦鹉》是一部“半是叙述、半是评论”的作品，一部挑战小说极限的作品。它既是一个由主人公布雷斯韦特讲述的故事，又是一部由巴恩斯撰写的福楼拜传记。它将“虚构”与“纪实”融合在一起，打破了小说与传记之间的传统界限，以此暗示，历史文本和小说文本一样，也是主观建构，并非客观真实。小说的叙述视点不断在现代世界和往昔岁月之间、在布雷斯韦特和福楼拜之间来回转换，其中夹杂着档案摘录、寓言传说和布雷斯韦特的自由联想。此外，同一事件往往从不同角度加以重复叙述，其间相互矛盾、相互抵触之处屡屡出现。所有这一切，既是历史的解构，又是历史的重现，其用意就在于以此显示：任何叙事，无论是小说叙事，还是历史叙事，都是片面的、可疑的。所以，当小说结束时，读者不由得会自问："对于福楼拜和他的鹦鹉，我究竟知道些什么?"实际上，除了一片茫然，人们什么也不知道。而这就是《福楼拜的鹦鹉》所要营造的"艺术效果"。

第三节　伊恩·麦克尤恩——梦幻社会小说

伊恩·麦克尤恩可谓英国文坛"常青树"，从20世纪80年代至今，他一直拥有数量相当可观的读者群，同时又是获奖最多的小说家之一。所以，无论就其作品的可读性还是艺术性而言，他都是一位不可轻视的重要作家。

一、生平与作品创作

伊恩·麦克尤恩出生于英格兰的奥尔德肖特，他曾随父亲在新加坡和利比亚度过了童年，后被送回英国接受教育。1967年，他考入萨塞克斯大学英语系。在校期间，他曾受当时席卷欧美大学的反文化潮流的影响，和一批嬉皮士一起到阿富汗去体验异国情调的流浪生活。但不久，他就对这种放浪形骸的反理智主义感到厌倦了。1970年，他从萨塞克斯大学毕业后进人东英吉利大学开办的研究生进修班，修习文学创作，他的指导教师是著名作家安格斯·威尔逊和马尔科姆·布雷德伯里等人。1972年，他以优异成绩从东英吉利大学毕业，获硕士学位。1974年，他定居伦敦，以写作为生。

麦克尤恩的第一部作品是短篇小说集《最初的爱情，最终的仪式》，其中有相当一部分是他在东英吉利大学进修期间的习作。小说集出版后颇获好评，第二年还获得"毛姆奖"，这对他是一种莫大的激励。

1978年，麦克尤恩出版第二部短篇小说集《在被窝里》和第一部长篇小说《水泥花园》。后者出版后深受读者欢迎，并引起了评论界的关注，麦克尤恩由此而成名。1981年，麦克尤恩出版第二部长篇小说《陌生人的安慰》，获"布克奖"提名。同年，他还写了三部电视剧，即《模仿游戏》《杰克·弗里的生日庆祝会》和《固体几何学》。

之后，麦克尤恩大约有五六年未写小说，而是写了清唱剧《我们是否将要死亡?》和电影剧本《庄稼汉的午餐》。直到 1987 年，才有长篇小说《及时到来的孩子》问世。20 世纪 90 年代是麦克尤恩小说创作的丰收期，除了一部短篇小说集，他还出版了四部长篇小说，即《无辜者》《黑狗》《持久的爱》和《阿姆斯特丹》。2000 年以后，麦克尤恩又推出三部长篇小说，即《赎罪》《星期六》和《在切瑟尔海滩上》。

二、创作风格与特点

从某种意义上说，麦克尤恩是一位典型的英国小说家。自 18 世纪以来，英国小说似乎一直偏爱市井小镇的百姓生活，世界大事只是在乡村小镇、家庭生活、婚恋变迁中偶尔被提到，小说家所关注的是这些事给主人公的性格气质造成的影响。所以，即便是揭露人性的阴暗与丑陋，英国小说也不像法国小说那样充满力量与激情，而是讲究叙事的节奏、词句的锤炼、修辞的艺术，等等。从这一点上说，麦克尤恩的小说可以说是典型的英国小说。但是，麦克尤恩的小说又明显不同于传统的英国小说。在他的小说中，充满了谋杀、家庭崩溃等一系列令人惊骇的不寻常的描述。

麦克尤恩描述这样的场面，其用意是非常严肃的——他旨在以此揭示社会痼疾，探讨当代生活所面临的困境。麦克尤恩刚开始写小说时，就有意模仿卡夫卡的风格，即用精确、优美的文字描写阴暗、丑恶、令人反感和恐怖的景象。比如，在他最初出版的短篇小说集《最初的爱情，最终的仪式》中，一篇名为《家庭制造》的短篇小说用抒情的笔调描写了兄妹间的反伦理的行为；另一篇名为《蝴蝶》的短篇小说，则是一个儿童遇害的自我描述。还有与小说集同名的《最初的爱情，最终的仪式》也一样，同样，他的第二部作品即短篇小说集《在被窝里》也具有卡夫卡式的“黑色幽默”风格；可以说，优美精确的文字和令人恶心的内容这两种截然相反的倾向，为麦克尤恩的小说提供了“深层含义”。这种含义渗透在语言和想象的表层中。浅尝辄止的读者也许只会读到一个令人恶心的故事，有悟性的读者却能由表及里，把握住小说隐藏不露的内涵。这一特点，无疑在麦克尤恩的第一部长篇小说《水泥花园》里表现得最为明显。有人认为，《水泥花园》是一部神奇的、令人震惊的小说，既充满令人厌恶的、病态的意象，又具有令人难以抗拒的可读性；其实，麦克尤恩的绝大多数作品，如《陌生人的安慰》《无辜者》《黑狗》《持久的爱》《赎罪》《星期六》和《在切瑟尔海滩上》等，都具有这一特点。

麦克尤恩没有鸿篇巨制，他的长篇小说都很短，至多只能说是“小长篇”。但就是在这些“小长篇”中，麦克尤恩充分发挥了他那种压缩机式的语言风格，简练、干净、节制，句子长短有致。此外，麦克尤恩善于叙事，即便在短小的篇幅内，他也能用一种内敛的激情，引导读者进入他所描绘的那个既阴郁黯淡又滑稽可笑的小说世界。比如，麦克尤恩在 2008 年推出的新作《在切瑟尔海滩上》，就是绝好的例子。

三、典型作品评析

《水泥花园》是麦克尤恩的第一部长篇小说，也是他的成名作。小说主人公杰克是正处于青春期的顽童。他的父母由于意外事故突然死亡，使他成了一家之主。他不仅命令弟妹帮他把母亲尸体用水泥封在地窖里，还和姐姐发生了乱伦关系。然而，这个可恶的少年却异常冷静地说："我想不出我们刚才所做的是否是一件普通平常的事情……或许它是一种如此奇怪的事情，一旦它被人们发现，就会成为全国每一家报纸的新闻标题。"最后，当姐姐的男友把尸体挖出时，警察赶到了现场。杰克似乎对于道德和一切传统习俗都无动于衷。在他头脑里，噩梦、死亡与家庭日常生活细节杂然并存，无意识的本能冲动和普通日常感觉相互混合渗透，呈现出一种原始混沌的状态。

小说中的故事由青春期少年杰克用第一人称自述。麦克尤恩曾说："对于我来说，青春期的叙述者是一种很有目的意图的修辞手段。"在《水泥花园》里，他就是用这种"修辞手段"将错乱的青春期心理予以放大，以此展示一个畸变而被忽略的复杂世界。小说一开始，就以一种"俄狄浦斯式的愧疚感"将读者带入主人公杰克的青春期"成长"世界。杰克是一个典型的邋遢懒散的青春期少年：满脸粉刺疙瘩、不修边幅，他具有典型的成长期"逆反心理"，对母亲的教诲与忠告置之不理，对母亲的责备与批评置若罔闻，并"为超出她的控制而感到自满"——可以说，青春期的躁动与紊乱历历在目。但是，小说并没有停留在简单的生活表层，而是充分暴露了主人公杰克的性意识与性冲动的死角。

在整部小说中，作为青春期的主导意识，就是性意识的萌动和性心理的反常。杰克和他的兄弟姐妹游离于父母的管教和控制之外，当父母为了水泥在客厅里吵架时，四个孩子便躲到楼上玩起了他们的游戏。一般来说，人随着青春期的到来，身体迅速发育成熟，性意识强烈萌动，性欲望、性冲动越来越旺盛，只有当外在力量对之进行规范和整合之后，个体才能形成正常的合乎文明规范的性心理。然而，杰克在生理发育成熟期产生了欲望与冲动之后并没有接受成人社会或文明社会的引导和调控。在父母管教不严的家庭中，杰克的性意识完全摆脱了社会意识的影响与约束，因而处于一种自发而危险的原始状态。

这样，当父母双亡之后，成人世界的印记便完全淡出了，未成年世界成了小说的中心。于是，在欲望驱使下，狂乱的“原生态”暴露无遗，上演了一场未成年世界的肆无忌惮的疯狂剧。

诚如弗洛伊德所说，“人们普遍认为，幼儿身上是没有性冲动的，它只是在被称为青春期的那段生命中才开始苏醒的。然而，这种观点不仅仅是一种单纯的误解，而且也会产生严重的后果，因为这种误解主要源自我们目前对性生活基本原则的无知”，幼儿不仅有性意识，而且其性意识是混乱的。继而，如果没有成人世界的监督与调整，幼儿混乱的性意识便会在青春期呈现为性畸变。

简单说来，麦克尤恩的《水泥花园》和戈尔丁的《蝇王》一样，也旨在表现“人性本恶”这一西方文学的惯常主题。不过，这里的“人性”仅指人的动物属性，并不包括人的社会属性或道德属性。否则，如果人性从整体上说都是恶的话，那就无所谓恶，也不必来“表现”了。实际上，“人性本恶”这一主题基于基督教的“灵肉对立”——“灵”为善，“肉”为恶。前者即人的社会属性或道德属性（或表现为“宗教伦理”），后者即人的动物属性，也就是恶的“本性”。由此言之，麦克尤恩和戈尔丁一样，也是站在道德乃至宗教的立场上来揭露“人性”的。

就表现形式而言，《水泥花园》作为麦克尤恩的第一部长篇小说，已充分显示出了麦克尤恩长篇小说的基本风格和显著特点。就如有评论者称，“小说的文风那么直接，人们不难接受这样的事实，即它是一个 15 岁少年的语言。杰克表达清楚，而且从不做作”，《水泥花园》的笔法确实是洗练而直白的，但准确地说，这部小说的文体既是简洁透明的，又是恍惚朦胧的，因为这毕竟是“一个 15 岁少年的语言”。比如，他说：“要不是下地窖，我感觉自己睡着了似的。一周一周的时间过去了，我浑然不知。如果你问我三天前发生了什么事情，我也说不出来。”这显然是青春期的特点，即任何事物在记忆中都是朦朦胧胧的。过去的事情其实并不遥远，却像一个遥远的梦，显得虚妄而不真实。可以说，这是一种介于记忆和遗忘、幻觉与真实之间的心理状态。对于这一特殊心理状态，麦克尤恩是用一种特殊的文体将其表现出来的，即小说中的每一句话都是简单明了的，但这句话和那句话之间的逻辑关系往往是含混不清的。以此，麦克尤恩巧妙地再现了青春期少年既冲动又朦胧的心理状态，而这一心理状态，很大程度上就是狂躁而混沌的原始“人性”的写照。

第四节　石黑一雄——跨文化国际化小说

石黑一雄年轻时即享誉英国文坛，和拉什迪、奈保尔一起被称为“当代英国移民文学三杰”，但他以“国际化作家”自称。对他而言，小说是一个国际化的文学载体，因而他写小说的目的，就是要突破地域疆界，写出不受文化背景限制的国际化小说。他不仅多次获奖，还曾获得由英国王室授予的“文学骑士”称号，以及由法国颁发的“艺术文学骑士勋章”。

一、生平与作品创作

石黑一雄生于日本长崎，5 岁时随父亲移民英国，后在肯特大学读本科。他最初希望能在音乐方面有所发展，但最终还是转向了文学。从肯特大学毕业后，他进入东英吉利大学深造，就读于由著名作家马尔科姆·布雷德伯里主持的“文学创作班”，1980 年获硕士学位。

1982 年，28 岁的石黑一雄出版了第一部长篇小说《群山淡景》。小说以第一人称叙写一个移居英国的日本寡妇的乡愁，基调孤寂凄凉，风格虚幻空灵，颇具东方特色，出版后获英国皇家学会颁发的“温尼弗雷德·霍尔比奖”。此后，石黑一雄便成了一名职业作家，并在英国娶妻成家，定居于伦敦。

石黑一雄的第二部长篇小说《浮世艺术家》出版于 1986 年。这部小说仍以第一人称叙写主人公的回忆和沉思，小说以高超的手法营造了某种类似日本“浮世绘”的意境，因而对英国读者来说颇具新意，出版后获英国及爱尔兰图书协会颁发的“惠特布莱德奖”，并获“布克奖”提名。不过，使石黑一雄真正成名的，是他的第三部长篇小说《长日余晖》。这部小说依然是对往事的追述，但完全是英国题材。小说以独特的视角，从一个庄园管家的角度，用一些琐碎的小事折射出 20 世纪 30 年代发生在欧洲的许多重大事件，使英国读者很容易联想到萨克雷的《名利场》，因而出版后好评如潮，不仅获当年“布克奖”，荣登当年《出版家周刊》的畅销排行榜，第二年还被拍成了电影。成名后的石黑一雄沉默多年，直到 1995 年才推出他的第四部长篇小说《无可安慰》。这部小说继续讲述心灵孤独者的故事。评论家认为，这是一部卡夫卡式的小说，营造了一个类似爱丽丝所漫游的“奇境”，但又处处指向现实社会，发人深省。小说出版后获“契尔特纳姆奖”。继《无可安慰》之后，又过了五年，他的第五部长篇小说《吾辈皆孤儿》问世（石黑一雄写得很慢，大体要三到五年才推出一部长篇）。这部小说既具有他最初三部小说的含蓄委婉、简朴淡雅的风格，又有和《无可安慰》一样的超现实主义写法，出版后获“布克奖”提名。2000 年之后，石黑一雄的重要作品有《哀乐之最》和《别让我走》等。其中，最为成功的是《别让我走》。这部长篇小说不仅获当年“布克奖”和美国“全国书评家协会奖”提名，第二年还获得美国“亚历克斯奖”和意大利“塞罗诺小说奖”，并被《时代周刊》《纽约时报》《环球邮报》、英国广播公司等英美媒体列入年度最佳图书。

二、创作风格与特点

石黑一雄和拉什迪、奈保尔一样，也是在英国娶妻成家的“移民作家”，但他比拉什迪、奈保尔更自觉地想摆脱这种身份。他曾说：“我是一位希望写作国际化小说的作家。”言下之意，他的小说不应称作“移民小说”，而是“国际化小说”。那么，何谓“国际化小说”？他回答道：“我相信国际化小说是这样一种作品：它包含了对于世界上各种不同文化背景的人们都具有重要意义的生活景象。它可以涉及乘坐喷气飞机穿梭往来于世界各大洲之间的人物，然而他们又可以同样从容自如地稳固立足于一个小小的地区。”那么，为何要有国际化小说？因为“这个世界已经变得日益国际化，这是毫无疑问的事实。在过去，对于任何政治、商业、社会变革模式和文艺方面的问题，完全可以进行高水准的讨论而毋庸参照任何国际相关因素。然而，现在早已超越了这个历史阶段。”他甚至认为，“如果小说能够作为一种重要的文学形式进入 21 世纪，那是因为作家们已经成功地把它塑造成为一种令人信服的国际化文学载体”。显然，石黑一雄的创作理念就是致力于小说的国际化。因而，要说他的小说风格，首先就是国际化风格，主要包括两个方面：一是小说题材的国际化；二是小说叙事的国际化。

何谓“小说题材的国际化”？那就是，小说家选择非一国读者所关心的主题；或者，用石黑一雄自己的话来说，就是“他（指小说家）必须能够鉴别那些真正为国际读者所关心的题材”；换言之，小说家在选择小说题材时就意识到自己的作品将被多国读者阅读，因而有意选择某些可能为多国读者所关心的题材。当然，这并不是说，小说家若不这么考虑，他的作品就一定不会被多国读者阅读。实际上，历代小说大师的诸多作品，其题材都可以说是“国际化”甚至是“全人类化”的；否则，像《鲁滨孙漂流记》《傲慢与偏见》《双城记》《高老头》《罪与罚》《安娜·卡列尼娜》这样的作品也就不会成为“世界名著”。但无论是笛福也好，狄更斯也好，还是托尔斯泰也好，他们作品中的国际化题材是“无意识”的，或者说，他们当初并没有意识到要为多国读者写作，而石黑一雄是“有意识”这么做的。所以，继他的第二部《浮世艺术家》之后，他就再也没有采用唯有和他一样的移民或者和他具有相似文化背景的读者才关心的题材。比如，他的第三部小说《长日余晖》写的是英国贵族庄园生活；第四部《无可安慰》写的是一个心灵孤独者的故事，小说背景从日本转到英国又转到中欧一个小城市，好像是德国，但并不明确；第五部《吾辈皆孤儿》写的是一个英国人在上海和伦敦两地的传奇经历，其间还涉及英国鸦片贩运史和日本侵华史等；还有2000年之后出版的《哀乐之最》和《别让我走》等，也同样如此，都是跨国题材，其中《别让我走》还是一部科技题材的作品，涉及因克隆技术而引起的科学与伦理问题。

除了追求国际化风格，石黑一雄的小说中另一个明显特点就是具有一种沉重的历史感。回忆是石黑一雄最常用的叙事手法，或者说，他的小说几乎都是以主人公回忆的形式加以叙述的。至少，回忆是小说中的一条主要线索。

石黑一雄最初发表的短篇小说讲述的都是童年时代的故事，即回忆“二战”后荒凉孤寂的日本，而其共同主题就是不堪回首的往昔和一种痛苦的失落感。他的第一部长篇小说《群山淡景》可以说是他的短篇小说的一种“扩大”，使用的是同样的手法，表达的是同样的主题。在这部小说中，主人公悦子虽然已从日本移居英国，但女儿的自杀勾起了她对往事的回忆：她想起了战后长崎的重建，想起了自己不幸的婚姻，想起了当初的孤独与忧伤，想起了自己怎样无奈，最后嫁给一个外国人，并随其离开日本，来到异国他乡……在她的回忆中，不仅蕴含着她个人的身世，还蕴含着一代日本女性的命运和一段日本历史——在某种程度上，她和她那一代女性既是这段历史的见证者，也是这段历史的受害者。同样，他的第二部小说《浮世艺术家》也是一部节奏缓慢，情节淡化，充满了回忆、对话和偶然邂逅的小说，其主要内容也是主人公大野增次的回忆和沉思，只是这种回忆具有一种反讽意味。当年主人公血气方刚，充满爱国之情，结果日本战败，并受到全世界指责，他恍若大梦初醒：原来，当初的“远大理想”不过是镜花水月般的“浮世绘”！

准确地说，石黑一雄是在他的第三部小说《长日余晖》中才真正表现出国际化风格。这部小说的主人公不再是日本人，而是一个英国管家；内容虽然仍以主人公的回忆为主，但其中所蕴含的是“大英帝国”的历史。

显然，继《长日余晖》之后，石黑一雄便有意避开了“日本题材”，再也没有以日本人作为小说主人公。不仅如此，他还有意采用多国题材，使其超越日、英两国。比如，在其后的《无可安慰》中，主人公莱德是一位著名的钢琴演奏家，但国籍不明；他到欧洲的某座城市去举行一场音乐会，但欧洲哪座城市？同样不明。这种人物和背景的不明确，既和小说题材的国际化有关，也和小说所要表达的“心灵孤独”主题有关。小说内容由莱德自述，然而他的自述又像一座迷宫。他说，他自己也不知道为什么要举行这场音乐会，还说他来此地不仅仅是为了演出，更是为了“唤醒这座城市”云云。接着，他便讲了许多令人匪夷所思的事情。他说，演出前三天，他莫名其妙地被纠缠在各种各样的陌生人的生活中，例如，旅馆老板和他一团糟的家庭生活、守门人和他女儿的纠纷，以及守门人的外孙（即整天醉醺醺的乐队指挥）和他的妻子的事情，还有一些“社会名流”和他的交往，等等。更为令人匪夷所思的是，其中有些人居然不是他真正遇到的，而是从他的回忆中冒出来的；还有一些人，根本就是他想象出来的。反正，虚虚实实、真真假假，全都纠结在一起。不仅人物荒诞不经，场景也不可思议。比如，城市中心有一座幽暗的森林、有些小街其实是废弃的农场，等等。总之，一切就如一场梦魇。然而，这场梦魇其实就是主人公的一段可怕的回忆；他所要“唤醒”的“这座城市”，其实就是他的内心世界，或者说，是他的潜意识的浮现，而在他的潜意识记忆中，既蕴含着他的身世和他的欲念，又蕴含着因他的心灵折射而扭曲变形的历史。

如果说《无可安慰》是有意模糊人物背景以显示其“无国籍”，那么继《无可安慰》之后的《吾辈皆孤儿》则是明显采用了多国题材。小说主人公班克斯是英国人，但他出生在中国上海；他的家族和英国在中国的鸦片贸易有千丝万缕的关系，而当他被送往英国接受教育后再回到上海时，又正值日本发动侵华战争。这样一来，小说不仅涉及中、英、日三国的历史，而且是相互牵连在一起的。在这部作品中，石黑一雄依然采用零散回忆的手法编织故事，通过一个个回忆片段，将尘封多年的过去重新挖掘出来，而其主题，则如书名所示，“吾辈皆孤儿”，即在当今这样一个各国相互纠缠在一起的世界上，各国的文化传统都已经被打断，因而人人都是失去文化归属的“孤儿”。这里，石黑一雄似乎有一种世界主义倾向，但他在表现出这一倾向时，又有点悲伤和无奈。

总之，在石黑一雄的小说世界里，主人公总是游荡于各国之间，总是在回首往事，不胜唏嘘，而唏嘘之余，他们似乎总想表明，世界的未来也许就是这样，人人都是“移民”——即便不是实际上的移民，也是心理上、文化上的“移民”——因为世界早就变了；国家、民族、文化、传统，早就变得含糊不清了。当然，这也可以说是石黑一雄的一种自我安慰，因为他被人称为“移民作家”，而他对此似乎很反感，所以他力求表明，“移民作家”就是未来作家，“移民文化”就是未来文化。

三、典型作品评析

《长日余晖》是石黑一雄的成名作，也是一部他自我感觉不错的“国际化小说”。小说主人公史蒂文斯是个典型的英国老管家，兢兢业业地在达林顿勋爵的庄园里服务了三十多年，自认为是个“好管家”。然而，当“二战”结束时，达林顿勋爵因在战前和战时都是纳粹同情者而失势，连庄园也转到了美国富商法拉戴先生手里。这样，史蒂文斯便不得不为新主人服务。在此庄园转手之时，史蒂文斯告假去英格兰西部访友。一路上，他断断续续地回想着自己的一生，唯有哀叹与悔恨。他想到自己曾如此效忠于达林顿勋爵，如此显示了一个英国管家的“尊严”，甚至不惜为此拒绝了女管家肯顿小姐对他的爱意，还断绝了和儿子的关系，但到头来，他所做的一切竟然是“一个严重错误”，事实证明他既丧失了良知，又毁掉了感情。好在经过一番自我反省，他幡然醒悟，终于认识到“长日即将过去，往事不堪回首，唯有剩余的时光，应该好好享受”。

关于这部小说的含义，有多种解释。首先是石黑一雄自己的解释，他曾说：“这部小说写的是个人悲剧。此人把感情与软弱纠缠在一起。他自动放弃了爱情和做人的权利。英国的中上阶层常有此类行为。”这当然是最直观的解释。按此解释，史蒂文斯确实是个悲剧人物：他忠心耿耿地追随主人多年，但命运不济，主人失势，他落得一场空。他的悲剧，很大程度上也是英国管家的悲剧。按英国传统，管家的品质就是忠诚、不图私利，因而一个“好管家”就是一个“好人”，一个为东家做自我牺牲的人。史蒂文斯就是这样一个人。他性格内向、举止谨慎，除了忠于职守，似乎没有七情六欲，简直就是“敬业精神”的化身。然而，在他无私、平静的外表底下，其实仍蕴藏着深沉而强烈的感情潜流。比如，他回想起，有一天夜里肯顿小姐突然走进他的房间，当时他正在看书，肯顿小姐问他看的是什么，他便把书抱在胸前，并请肯顿小姐尊重他的隐私，但肯顿小姐坚持要知道他在看什么书，于是就把他牢牢抓着书的手指一个一个掰下来，结果发现他在看一本爱情小说。看爱情小说本算不了什么，但对于史蒂文斯这样一个“管家”来说，是有“出格”之嫌的，所以他拼命对肯顿小姐解释说，他看这本书只是想了解一下小说中所使用的上流社会语言，没有别的意思。可见，他的自然情感是被严重压抑的。换句话说，史蒂文斯为了做一个“好管家”，“自动放弃了爱情和做人的权利”——这就是他的悲剧，一个英国管家的悲剧。

既然是一个英国管家的悲剧，那就涉及了英国的传统文化，因为自 19 世纪以来，英国管家的“敬业精神”就一直被视为英国传统文化的一种“体现”。所以，小说一出版就有评论家从文化的角度加以解释，如美国《出版家周刊》在其书评中说：这是“一部精心杰作，它既对个人心理进行了令人折服的分析与深究，也细致入微地描绘了败落的社会秩序”。这里的“败落的社会秩序”，就是指英国的传统文化，特别是指形成于 19 世纪维多利亚时代的英国“绅士”文化。实际上，石黑一雄自己也说到了小说中的社会文化含义，他说，“英国的中上阶层常有此类行为”，意思就是说，史蒂文斯的悲剧也是英国中上层社会的悲剧。确实，按英国传统，老派的“绅士”家庭要把孩子送往寄宿学校接受教育，以造就更多的“绅士”，而这类学校施行的是各种强制性管束，以使学生养成一种自我克制、自我约束的习惯，结果便形成了一种内向、保守的所谓“绅士性格”。这样的性格是悲剧性的，因为个人的自然欲望受到过度压制，便会导致人格分裂，轻者表现为虚伪，即表面上个人欲望好像被克制了，实质上却被偷偷地予以满足；重者就是盲从，因为自我被完全压制了，于是压制因素便取代自我而形成一种“假自我”，而压制因素每每就是现行的“道德”“理想”“义务”等；换言之，一个“真正的绅士”实际上是一个以一整套“绅士准则”为“假自我”的人，一个只服从“准则”而丧失了自我的人。史蒂文斯就是这样一个“绅士”。所以，他的悔恨是一个盲从者的悔恨，一个“绅士”对“绅士文化”的悔恨。

由于小说涉及英国传统文化，而石黑一雄自己则是个具有日本文化背景的日裔作家，出于此背景，他认为，这部小说是超越他本人文化背景的“国际化小说”。然而，并非人人都同意他这种看法，最为典型的例子就是和他同为移民作家的拉什迪对这部小说的解释。拉什迪认为，“就其深层意义来看，《长日余晖》仍不失为对日本历史悲剧的一种审视，英国场景和人物的设置不过使得这种审视更具客观性罢了”，其真意在于揭示“日本文化的基因，亦即以武士道为典型的仆人文化基因”。按此解释，史蒂文斯的“绅士准则”是影射日本的“武士道”，史蒂文斯的悲剧是影射日本传统文化的悲剧，就如有批评家所称，史蒂文斯是“经典日本人物的英国版本”。当然，石黑一雄不会同意这种解释。但就拉什迪所说的“仆人文化基因”而言，英国管家和日本武士之间确有某种共同之处。因而，在这个层面上，可以说，石黑一雄所审视的是一种东、西方共有的“品质”，因为就是这一“品质”，既导致了史蒂文斯的个人悲剧、英国管家的悲剧和英国传统文化的悲剧，也导致了日本传统文化和日本武士的悲剧。这种“品质”就是“忠诚”，即对主人的忠心耿耿，或者说，一种“奴仆品质”。这种“奴仆品质”，表现在国家事务上就是对国家的“忠诚”，即所谓的“爱国主义”。所以，若再进一步解释，则可以说，石黑一雄其实是在反思和消解所谓的“爱国主义”。理由很简单，因为他是“移民作家”，因为他认为“移民文化”才是未来的世界文化。他的意思是：既然国家也常常犯错误，我们又何必那么盲目地爱国呢？就如史蒂文斯，其实他当初就不该那么盲目地“爱”达林顿勋爵，因为事实证明，达林顿勋爵误入了歧途。

在艺术手法上，这部小说赢得了众口一致的称赞。确实，就如小说刚出版时《纽约时报》书评栏所称，“这是一部充满梦幻的小说，作者以消遣性的喜剧手法妙不可言地对人性、社会等级及文化进行了异常深刻和催人泪下的探究”。

第一，梦幻效果。这主要得益于石黑一雄独特的“回忆”技巧：顺时序的叙述只是交代事情的现状，表现主人公的外在活动；逆时序的回忆构成小说主干，展示主人公内心世界的变幻莫测；现时辅助过去、衬托过去，而不像一般小说那样，通常是过去辅助现时、衬托现时。因而，故事全由主人公零散的回忆片段编织而成。这些零散的回忆片段，或者说“闪回”，使“过去和现在由一个微光闪烁、几乎察觉不到的意象网络拢到了一起，而这些意象之间又有既纤弱又强劲的细丝相连”，给人以朦朦胧胧中若有所见的感觉，即在朦朦胧胧的个人记忆中，历史事件和民族传统闪闪烁烁、若有所见。

第二，喜剧效果。这主要得益于石黑一雄娴熟的语言技巧：他使用的叙述语言变化多端，时而细腻娟秀，时而晦涩难懂，时而委婉柔和，时而拘谨刻板，既显示了一个英国男管家的语言特征，又渲染了这个男管家追忆往昔时的情绪变化，但不管他的语言怎么变化，总的基调是幽默的、自嘲的。也就是说，主人公以一种典型的英国式的幽默而自嘲的口吻，诉说了自己错误而失败的一生；或者说，以一种绝妙的喜剧风格，演绎了一场沉痛的人生悲剧。

参考文献

[1] 常耀信. 英国文学简史 [M]. 天津：南开大学出版社，2006.

[2] 高新华，刘春芳，张丽华. 马丁·艾米斯小说研究 [M]. 天津：天津大学出版社，2013.

[3] 侯维瑞. 英国文学通史 [M]. 上海：上海外语教育出版社，2002.

[4] 李维屏，宋建福. 英国女性小说史 [M]. 上海：上海外语教育出版社，2011.

[5] 李维屏. 英国小说艺术史 [M]. 上海：华东师范大学出版社，2018.

[6] 李维屏. 英美现代主义文学概观 [M]. 上海：上海外语教育出版社，1998.

[7] 李伟昉. 黑色经典：英国哥特小说论 [M]. 北京：中国社会科学出版社，2005.

[8] 梁实秋. 英国文学史 [M]. 北京：新星出版社，2011.

[9] 刘炳善. 英国文学简史 [M]. 开封：河南人民出版社，2008.

[10] 刘春芳. 当代英国小说中的都市文化困境 [M]. 北京：北京大学出版社，2017.

[11] 刘春芳. 英国浪漫主义诗歌情感论 [M]. 天津：天津大学出版社，2011.

[12] 刘建军. 基督教文化与西方文学传统 [M]. 北京：北京大学出版社，2005.

[13] 刘建军. 演进的诗化人学：文化视界中西方文学的人文精神传统 [M]. 长春：东北师范大学出版社，1998.

[14] 刘春芳，李正栓.《伦敦场地》：现代人的“废都”：解读马丁·艾米斯笔下的后现代情感 [J]. 四川外国语学院学报，2008 (01)：17-21.

[15] 刘春芳.《夜行列车》中身体暴力现象研究 [J]. 解放军外国语学院学报，2011，34 (02)：99-103.

[16] 麻林娟. 论《时间之箭》的叙事策略 [J]. 海外英语，2011 (14)：254-256.

[17] 马金桃，徐建纲. 一个男人的中年危机之战：析读马丁·艾米斯《信息》[J]. 湖北第二师范学院学报，2010，27 (11)：28-30.

[18] 阮炜. 严肃的艾米斯与“恶心的快乐” [J]. 读书，2002 (02)：115-121.